THE HENNA WARS
Copyright © Adiba Jaigirdar, 2020
Todos os direitos reservados.

Imagem de Capa
© Nabigal-Nayagam Haider Ali

Tradução para a língua portuguesa
© Dandara Palankof, 2023

Diretor Editorial
Christiano Menezes

Diretor Comercial
Chico de Assis

Diretor de MKT e Operações
Mike Ribera

Diretora de Estratégia Editorial
Raquel Moritz

Gerente Comercial
Fernando Madeira

Coordenadora de Supply Chain
Janaina Ferreira

Gerente de Marca
Arthur Moraes

Gerente Editorial
Marcia Heloisa

Editora
Nilsen Silva

Capa e Proj. Gráfico
Retina 78

Coordenador de Arte
Eldon Oliveira

Coordenador de Diagramação
Sergio Chaves

Designer Assistente
Aline Martins

Finalização
Sandro Tagliamento

Preparação
Flora Manzione
Carolina Vaz

Revisão
Retina Conteúdo

Impressão e Acabamento
Gráfica Geográfica

DADOS INTERNACIONAIS DE CATALOGAÇÃO NA PUBLICAÇÃO (CIP)
Jéssica de Oliveira Molinari - CRB-8/9852

Jaigirdar, Adiba
  Pegas de surpresa / Adiba Jaigirdar; tradução de Dandara Palankof.
— Rio de Janeiro : DarkSide Books, 2023.
  304 p.

  ISBN: 978-65-5598-332-6
  Título original: The Henna Wars

  1. Ficção irlandesa I. Título II. Palankof, Dandara

23-5338   CDD Ir820

Índice para catálogo sistemático:
  1. Ficção irlandesa

[2023]
Todos os direitos desta edição reservados à
DarkSide® *Entretenimento LTDA.*
Rua General Roca, 935/504 — Tijuca
20521-071 — Rio de Janeiro — RJ — Brasil
www.darksidebooks.com

Pegas de Surpresa
adiba jaigirdar

TRADUÇÃO
DANDARA PALANKOF

DARKSIDE

Para todas as garotas *queer* de pele escura. Este livro é para vocês.

Alerta de gatilho

Este livro aborda temas como racismo, homofobia, bullying e uma personagem sendo forçada a sair do armário.

"I donate my truth to you like I'm rich
The truth is love ain't got no off switch."

— Janelle Monáe, "pynk" —

1

Decidi me assumir para meus pais na festa de noivado de Sunny Apu.

Não por causa de Sunny Apu e de seu noivo, ou de toda a agitação pelo casamento. E não pelo fato de que tudo que diz respeito a um casamento bengalês seja de uma heterossexualidade quase nauseante de tão palpável.

Decidi me assumir por causa da forma como Ammu e Abbu olham para Sunny Apu: com uma mistura de orgulho, amor e admiração. Não é algo de fato direcionado a Sunny Apu; na verdade, é direcionado ao futuro. Aos *nossos* futuros, meu e de Priti. Quase posso ver Ammu e Abbu costurando tudo em suas cabeças: sonhos impossíveis feitos de sarees* de casamento vermelho-escuros e revestidos pelas joias matrimoniais do ouro maciço dos das suas aspirações casamenteiras.

Antes disso, eu nunca havia pensado em meus pais como tradicionalistas. Eu os via como pioneiros, pessoas que haviam feito as coisas acontecerem mesmo quando pareciam impossíveis. Eles romperam com a rigidez da tradição e tiveram o que os bengaleses chamam de "casamento

---

* Há um glossário ao final deste livro. (Nota da editora.)

por amor". Embora nunca tenham nos contado a história, sempre imagino um encontro digno de uma cena de cinema, exatamente como em um filme de Bollywood. Seus olhares se cruzam em meio a um salão lotado, talvez no casamento de parentes distantes. Ammu está usando um saree, Abbu um sherwani. De repente, uma música começa ao fundo. Algo romântico, mas animado.

O "casamento por amor" de meus pais é uma das razões para eles se darem tão bem por aqui, apesar da falta da família e de apoio. Da falta de tudo, na verdade. Certo dia eles desenraizaram suas vidas para emigrarem para a Irlanda. Para *nos* trazer para cá. Para nos dar uma vida melhor, disseram, mesmo que em certos aspectos eles ainda estejam presos ao passado. A Bangladesh. A tudo que as tradições bengalesas ditam aos dois.

Infelizmente, uma dessas coisas é a seguinte: um casamento é composto de uma noiva e um noivo.

Mas Ammu e Abbu conseguiram ir além das tradições que diziam que o amor antes do casamento era inaceitável, e que o amor após o casamento devia ser escondido em um quarto trancado, como um segredo vergonhoso. Então talvez, com um pouco de sorte, possam aceitar essa outra forma de amor que às vezes desabrocha em meu peito quando vejo Deepika Padukone em um filme de Bollywood e *não* quando o homem que é seu interesse romântico aparece.

Então é assim que eu passo o noivado de Sunny Apu, tentando orquestrar o momento perfeito para me assumir e me perguntando se isso existe mesmo. Tento recordar cada filme, série de tv e livro que algum dia já vi ou li e que tem protagonistas, ou até coadjuvantes, gays. Todas as saídas do armário foram tragicamente dolorosas. E eles eram todos brancos!

"O que está fazendo?", pergunta Priti quando percebe que estou digitando em meu telefone no meio da cerimônia de noivado. Os olhos de todos estão voltados para os futuros noivos, então achei que esse seria o momento em que eu poderia jogar "finais felizes gays" no Google sem que alguém espiasse por cima do meu ombro.

Enfio depressa o telefone na bolsa e abro um sorriso inocente, com os olhos arregalados.

"Nada. Nadinha mesmo."

Ela aperta os olhos como se não acreditasse em mim, mas não diz mais nada. Então volta sua atenção para os futuros noivos.

Sei que Priti vai tentar me convencer do contrário se eu contar a ela o que estou pensando em fazer. Mas também sei que não posso ser convencida do contrário agora.

Não posso continuar vivendo uma mentira. Vou ter que contar a eles uma hora ou outra.

E essa hora vai ser amanhã.

É estranho, mas depois de tomar minha decisão sinto como se estivesse vivendo com os dias contados. Como se este fosse o último dia em que minha família estará junta e algo estivesse prestes a criar um abismo entre nós. Quando estamos voltando da festa de noivado para casa, já passa da meia-noite. Os postes de luz lançam uma estranha incandescência na estrada adiante, desfigurada pela brilhante lua cheia à nossa frente. A noite está clara, para variar. Priti está ao meu lado no banco de trás, cochilando. Ammu e Abbu conversam em um murmúrio baixo, então mal consigo entender o que estão dizendo.

Queria poder engarrafar este momento trivial — um instante no tempo quando estamos todos em paz, juntos e separados ao mesmo tempo — e mantê-lo comigo para sempre.

Me pergunto se as coisas também vão ser assim amanhã, depois de eu contar a eles.

Mas então o momento chega ao fim e estamos em casa, saindo trôpegos do carro. Nossos churis retinem batendo uns contra os outros, soando altos e alegres demais na quietude da rua na calada da noite.

Lá dentro, removo toda a maquiagem pesada que Priti cuidadosamente aplicou no meu rosto apenas algumas horas atrás. Tiro meu salwar kameez desconfortável e piniquento e me enterro nos cobertores, onde abro o Google mais uma vez e traduzo a palavra *lésbica* para bengalês.

Na manhã seguinte, Priti sai voando para a casa de Ali, sua melhor amiga, com um sorriso nos lábios. Ela prometera lhe contar cada detalhe possível sobre a festa de noivado e o casamento, que acontecerá em breve. Com direito a fotos.

Ainda restam algumas horas antes de Abbu ter que ir para o restaurante, então, na verdade, é o momento perfeito. Enrolo para fazer meu chá matinal, mexendo-o de forma especialmente lenta e repassando as palavras que ensaiei na noite passada. Elas agora parecem bobas e chochas.

"Ammu, Abbu, tenho algo para contar a vocês", eu finalmente digo, tentando respirar normalmente mas de algum modo esquecendo como funciona a respiração.

Eles estão sentados à mesa da cozinha segurando os telefones, Abbu lendo as notícias de Bengali e Ammu checando o Facebook — ou seja, lendo as notícias de minha tia/as fofocas de Bengali.

"Sim, shona?", diz Abbu, sem se dar ao trabalho de erguer os olhos da tela. Pelo menos minha amnésia respiratória momentânea não está evidente.

Avanço cambaleando, quase derrubando meu chá e, de algum modo, consigo chegar à cadeira na cabeceira da mesa.

"Ammu, Abbu", digo outra vez. Minha voz deve soar séria, porque eles enfim erguem o olhar, desmanchando o sorriso ao repararem em mim, de mãos trêmulas e tudo. De repente, desejo ter conversado com Priti. Ter permitido que ela me convencesse a não fazer isso. Afinal, eu só tenho 16 anos e ainda há tempo. Eu nunca tive uma namorada. Nunca nem mesmo beijei uma garota, apenas sonhava com isso enquanto fitava as rachaduras no teto do meu quarto.

Mas já estamos aqui e meus pais me encaram com expectativa. Não há como voltar atrás. Eu *não quero* voltar atrás.

Então eu digo: "Eu gosto de mulheres".

Ammu franze o cenho. "Certo, Nishat, que ótimo. Você pode ajudar sua Khala com o casamento."

"Não, eu..." Tento me lembrar da palavra para lésbica em bengalês. Eu *achei* que a tinha decorado, mas claramente não. Queria tê-la escrito na mão ou coisa assim. Como uma cola para saídas do armário.

"Então, Sunny Apu vai se casar com Abir Bhaiya, não vai?", tento novamente.

Ammu e Abbu fazem que sim, os dois parecendo igualmente desnorteados pelo rumo que a conversa está tomando. Eu estou na mesma que eles, para ser perfeitamente honesta.

"Bom, acho que no futuro não vou querer me casar com um garoto. Acho que em vez disso vou querer me casar com uma garota", digo de forma leviana, como se essa fosse uma ideia que acabara de brotar na minha cabeça, não algo com o qual eu passara anos agonizando.

Há um momento em que não tenho certeza se eles entenderam, mas então os olhos dos dois se arregalam e posso ver a ficha caindo para eles.

Eu espero alguma coisa. Qualquer coisa.

Raiva, confusão, medo. Uma mistura de todas essas coisas, talvez.

Mas Ammu e Abbu se viram um para o outro, não para mim, comunicando algo através de seu olhar que não entendo em absoluto.

"Certo", diz Ammu após um instante de silêncio. "Nós entendemos."

"Entendem?"

A cara feia de Ammu e a frieza em sua voz sugere qualquer coisa, menos compreensão.

"Pode ir."

Eu me levanto, embora pareça errado. Como uma armadilha.

A caneca de chá queima minha pele quando eu a agarro e a levo comigo para o andar de cima, lançando olhadelas para trás durante toda a subida. Estou esperando — desejando — que me chamem de volta. Mas não há nada além do silêncio.

✻ ✻ ✻

"Eu contei a eles", digo assim que Priti passa pela porta. Acaba de passar das nove da noite. Nem dou a ela a chance de respirar.

Ela pisca, confusa. "Contou o que a quem?"

"A Ammu e Abbu. Sobre mim. Que sou lésbica."

"Ah", diz ela. Então: "*Ah*".

"Pois é."

"O que eles disseram?"

"Nada. Eles disseram… 'tá, pode ir'. E foi isso."

"Peraí, você realmente *contou* para eles?"

"Eu acabei de dizer que contei, não?"

"Achei que talvez... fosse brincadeira sua. Tipo uma piada de primeiro de abril ou alguma coisa assim."

"Nós... estamos em agosto."

Ela revira os olhos e fecha a porta do quarto atrás de si antes de se jogar na cama ao meu lado.

"Está tudo bem?"

Dou de ombros. Passei as últimas horas tentando descobrir exatamente isso. Passei anos repassando todos os diversos desdobramentos de como seria me assumir para os meus pais. Nenhum deles incluíra o *silêncio*. Meus pais sempre foram tão abertos quanto ao que pensam e sentem; por que escolheram justo esse momento para se fechar?

"Apujan", diz Priti, me envolvendo com seus braços e descansando o queixo em meu ombro. "Vai ficar tudo bem. Eles provavelmente só precisam de um tempo para assimilar tudo, sabe?"

"É." Eu quero acreditar nela. Quase acredito.

Para me distrair, Priti coloca um filme na Netflix e nós duas nos enfiamos embaixo de meu edredom. Nossas cabeças se tocam levemente quando nos recostamos na cabeceira. Priti enlaça meu braço com o seu. Há algo de reconfortante em tê-la ali; quase me esqueço de todo o resto. Nós duas devemos ter pegado no sono, porque o que me lembro em seguida é de abrir os olhos piscando.

Priti ressona de leve ao meu lado, seu rosto apoiado em meu braço. Eu a afasto gentilmente. Ela resmunga um pouco, mas não acorda. Me sento, esfregando os olhos. O relógio em meu telefone se ilumina, indicando que é uma da manhã. Ouço vozes murmurando em algum lugar da casa. Deve ter sido isso o que me acordou.

Me arrasto da cama e abro a porta só um tiquinho, deixando entrar o ar e as vozes de meus pais. Eles conversam em vozes baixas e cautelosas, em um volume que é alto o suficiente apenas para que eu possa distingui-las.

"É isso que dá dar toda essa liberdade para ela. E o que isso sequer significa?", pergunta Ammu.

"Ela está confusa, provavelmente viu isso nos filmes, escutou os amigos conversando a respeito. Deixe ela se resolver com isso, então vai voltar e mudar de ideia."

"E se não mudar?"

"Ela *vai* mudar."

"Você viu o modo como ela estava olhando para nós. Ela acredita nisso. Ela acha que... que vai se casar com uma *menina*, como se fosse algo normal."

Um suspiro alto se faz ouvir e não tenho certeza se foi Ammu ou Abbu, ou o que ele significa, ou o que eu quero que ele signifique.

"E o que é que nós vamos fazer enquanto ela *se resolve* com isso?" É a voz de Ammu de novo, salpicada de algo semelhante a repulsa.

As lágrimas lutam para subir por meu corpo, tentando irromper. Eu de algum modo as contenho.

"Nós vamos agir normalmente", diz Abbu. "Como se nada tivesse acontecido."

Ammu diz mais alguma coisa, só que mais baixo. Não consigo distinguir as palavras.

Abbu diz: "Conversamos sobre isso depois". E a noite fica silenciosa mais uma vez.

Fecho a porta. Meu coração está acelerado. Mas antes mesmo que eu possa pensar, assimilar tudo, Priti lança os braços ao meu redor em um abraço. Nós duas cambaleamos para trás fazendo mais barulho do que qualquer um deveria à uma da manhã após escutar a conversa dos próprios pais às escondidas.

"Achei que estava dormindo."

"Eu acordei."

"Percebi", diz ela. E, em seguida: "Vai ficar tudo bem".

"Eu tô bem", digo.

Mas acho que nenhuma de nós duas acredita realmente nisso.

2

Ammu e Abbu cumprem com sua palavra. Na manhã seguinte, é como se nada tivesse mudado. É como se eu não tivesse contado a eles esse segredo enorme que estou carregando há anos.

"Sunny quer saber se vocês vão ao salão com ela amanhã", diz Ammu a Priti e a mim à mesa do café. Esses são nossos últimos poucos dias das férias de verão, então Ammu acorda e nos prepara um café da manhã bengalês sempre que tem tempo. Nesta manhã, temos norom khichuri com omeletes. Levo à boca uma colherada do arroz amarelo e macio, mas desta vez ele não tem lá muito sabor. Passei a noite inteira com as palavras de Abbu e Ammu se repetindo em minha cabeça; olhando para eles sob a luz da manhã, não sei como podem simplesmente ignorar a verdade que contei a eles.

"Apujan?" Priti me cutuca com o ombro.

"Hã?" Quando me viro, ela está me encarando com uma sobrancelha erguida. Me dou conta de que ela deve ter me feito uma pergunta. Há uma colherada cheia de khichuri não comido à minha frente. Eu a enfio na boca e mastigo lentamente.

"Você quer ir ao salão? Sunny Apu vai fazer a henna dela agora para dar tempo de a cor assentar bem até o casamento."

A última coisa que quero fazer é pensar nesse casamento, mas estamos bem no meio dele. Tudo que ele me lembra agora é que Abbu e Ammu pensam que, de algum modo, eu voltarei a ser isso. De algum modo, depois de tudo, eu serei exatamente como Sunny Apu. Pronta para me casar com um cara Desi como Abir Bhaiya.

"Não." Eu balanço a cabeça. "Acho que não. Pode ir, se quiser."

"Se você não vai, eu também não vou."

Ammu revira os olhos como se estivesse cansada de nossas presepadas.

"Então, vocês vão ao casamento com as mãos sem henna nenhuma?", pergunta ela com o cenho franzido. "Vocês são as damas de honra, vão ficar parecendo o quê?"

Isso é verdade. Sunny Apu vai ter henna subindo em espirais por todo o braço e tenho certeza de que todas as outras damas de honra — sejam lá quem forem — também vão estar enfeitadas com henna. Além disso, não acho que qualquer uma de nós já tenha comparecido a um evento desses sem estar com a mão coberta por henna.

Quando éramos mais novas, nossa Nanu costumava passar horas aplicando belos e intrincados padrões de henna em nossas palmas. Mas isso foi anos atrás, quando morávamos em Bangladesh. Ou quando íamos visitar a família, no auge da temporada de casamentos. Naquela época, uma camada de henna poderia durar por ao menos três ou quatro casamentos de pessoas que mal conhecíamos, mas das quais éramos, de alguma forma, aparentadas.

"Eu posso aplicar a henna", sugiro, dando de ombros.

Ammu olha para mim com os olhos semicerrados. Não sei o que ela está vendo, mas um momento depois ela assente.

"Está bem, mas tem que garantir que vai ficar bonito, viu?", diz Ammu. "Temos tubos de henna no depósito. Vou à casa de seus Khala e Khalu."

Os pais de Sunny Apu não são realmente nossos Khala e Khalu — que geralmente são títulos reservados à tia materna e ao seu marido. Mas Ammu e Abbu viraram unha e carne deles quando se mudaram para a Irlanda, um ano atrás. São os únicos parentes que temos aqui, mesmo que nosso parentesco com eles seja muito, muito, *muito* distante.

"A gente devia ir ao salão e pronto", diz Priti quando subimos as escadas e nos enfiamos em meu quarto. Cato um conjunto de tubos de henna, um pedaço de pano e meu notebook aberto antes de espalhar tudo pela cama.

"Senta."

"Vai ser primeiro em mim?"

"Não posso fazer a minha henna primeiro para depois fazer a sua. Vou estar com as mãos todas cobertas."

Priti lança um olhar desconfiado para as coisas que espalhei pela cama antes de me encarar.

"Você sabe que não tem muita prática nisso, né?"

Eu sei. Eu com certeza sei.

Só comecei a praticar a henna no ano passado, agora que só vemos Nanu pelo Skype semana sim, semana não. É algo que faz com que eu me sinta um pouco mais conectada a ela, mesmo que estejamos a oceanos inteiros de distância.

Embora meu trabalho não chegue aos pés do de Nanu, eu com certeza melhorei. Comparado às flores tortas e às vinhas tremidas que eu desenhava no tornozelo de Priti há alguns meses, agora sou praticamente um gênio da henna.

Priti leva tanto tempo para ficar quieta na cama que chega a ser frustrante, até que enfim se acomoda e estende a mão. Tomo seu pulso fino e descanso sua mão inteira no pano velho e roto que estendi sobre a cama.

"Não se mexa", eu a alerto, pegando o tubo de henna. Com meus olhos alternando da tela do notebook para a mão estendida da minha irmã, finalmente começo meu trabalho. Desenho metade de uma flor em um dos lados da mão de Priti e, na minha opinião, está ficando muito bom. As pétalas de semicírculos estão levemente assimétricas em forma e tamanho, mas de longe parecem mais ou menos iguais.

"Qual é mesmo o nosso parentesco com Sunny Apu?", pergunta Priti.

Não é que não gostemos de Sunny Apu — nós com certeza gostamos. Ela é tipo uma prima descolada e divertida que também é amiga da família. Mas desde que seu casamento foi anunciado, é como se ela fosse nossa irmã, pela forma como Khala e Ammu vêm agindo.

Franzo a testa. Tentar aplicar a henna na mão de minha irmã enquanto explico complicadas dinâmicas familiares não é exatamente o ideal. Mas se eu não continuar falando, Priti vai ficar tão entediada que com certeza vai começar a se virar de um lado para o outro mais uma vez. Ela raramente para quieta.

"Ela é filha da prima do marido da tia da Ammu", digo, desenhando uma linha curva que parte de uma das pétalas e sobe até a ponta do dedo anelar de Priti.

"Por que as relações bengalesas são tão complicadas?"

"Eu me pergunto isso todo santo dia", murmuro. Isso acaba saindo um pouco mais amargurado do que pretendia. Em parte, é devido a todo o ressentimento que estou sentindo por Ammu e Abbu. Afinal de contas, não são só as relações bengalesas que são complicadas, não é? É essa cultura estranha e sufocante que nos diz exatamente quem ou o que devemos ser. Que não deixa espaço para sermos mais nada.

"Apujan." Antes que eu me dê conta, Priti está arrancando o tubo de henna de meus dedos. Há uma bolha de henna em sua mão onde com certeza não deveria haver, porém mal consigo enxergá-la através das lágrimas que de repente brotaram em meus olhos.

"Desculpa." Esfreguei o rosto, torcendo para que as lágrimas desaparecessem.

"Sei como é", declara Priti, gentil.

Ela definitivamente não sabe como é e não tenho coragem de dizer isso a ela. Eu me estico até a caixa de lenços na mesinha de cabeceira e puxo um. Limpo a mão dela suavemente, dando batidinhas para que a bolha de henna e qualquer parte borrada sejam apagadas enquanto o resto do desenho continua impecável.

"Não precisamos continuar..."

"Eu quero." Pego outra vez o tubo de henna. Nos acomodamos na cama. Há algo de tranquilizante na henna, algo familiar, real e *concreto*. Faz com que eu me esqueça de todo o resto, pelo menos por alguns minutos.

Embora a mão de Priti ainda trema enquanto sigo trabalhando, dou conta de finalizar sua palma sem mais nenhum incidente. Me afasto com um leve sorriso no rosto enquanto Priti examina sua mão adornada de henna, erguendo-a na frente do rosto com certa admiração.

"Quer saber?", diz ela. "Você realmente melhorou."

"Eu sei." Meu sorriso se alarga. Priti me cutuca com sua mão sem henna.

"Não vá ficar convencida."

"Tá, muito bem. A outra mão." Estendo a mão com o tubo de henna, esperando Priti me dar a outra palma.

Ela resmunga. "Podemos fazer um intervalo? Preciso esticar as pernas." Ela está tirando um milhão de fotos da mão estirada, sem dúvida para postar no Instagram. Que meu trabalho tenha sido considerado instagramável por minha irmã caçula, também conhecida como minha segunda pior crítica, me deixa feliz, mas não me distrai.

"Priti, o casamento é em alguns dias. Se eu não terminar agora, a cor não vai assentar direito. Você sabe muito bem disso."

"Tá bom, tá bom, tá bom." Ela bufa. "Mas não fique com raiva se eu não conseguir ficar quieta."

Eu vou ficar com raiva. Ela sabe disso e eu também. Mas começamos a mão direita dela mesmo assim.

***

O salão de festas está deslumbrante. É o meu primeiro casamento fora de Bangladesh, e eu não sabia o que esperar. Casamentos de verão em Bangladesh são oito ou oitenta — ou são tão lindos, caros e luxuosos que você nem se dá conta de que está fazendo 40 graus lá fora, ou realizados em um calor tão sufocante que a ideia de vestir suas melhores roupas e cobrir todo o rosto de maquiagem te dá vontade de cometer sérias atrocidades.

E casamento é o que não falta nesta época do ano. Durante uma visita de verão à casa de Nanu, tivemos que ir a quinze diferentes. Na metade do tempo, nem sabíamos os nomes das pessoas que estavam se casando, muito menos qual o parentesco delas conosco.

Adentrar o salão de festas é como revisitar aqueles verões de Bangladesh. Ele está todo preenchido por grandes mesas circulares, cada uma com um pequeno vaso de flores vermelhas e brancas atadas umas às outras. Cordões luminosos cintilam por toda parte, acendendo e apagando a cada poucos segundos.

"Hani Khala e Raza Khalu não pouparam despesas", sussurra Priti enquanto entramos no salão. Tenho que concordar, pois faz sentido; eles jamais iriam economizar no casamento de sua única filha.

Tenho apenas um momento para me perguntar onde está todo mundo antes que Priti e eu sejamos conduzidas a uma sala nos fundos por uma mulher usando um salwar kameez branco e preto que dá a impressão de que não está para brincadeira.

"Sunny Apu!", grita Priti assim que entramos. Porque lá está ela, toda montada como uma linda noiva em um tradicional lehenga vermelho com bordas douradas. Sinto a pontada de algo borbulhando dentro de mim, algum tipo de ansiedade inesperada, e mordo o lábio para me conter.

"Como vocês estão adoráveis!", diz Khala detrás de Sunny Apu. "Absolutamente estonteantes, não é?"

Sunny Apu abre um sorriso tenso e concorda, mas não diz nada. Ela parece apreensiva — até assustada. Priti lança um olhar em minha direção, como se para conferir se eu também notei o nervosismo de Sunny Apu.

"As damas de honra estão esperando na outra sala." Hani Khala aponta com a cabeça para a porta depois da penteadeira. "Acho que já estão quase prontas para entrar."

Priti e eu nos apressamos na direção dela, lançando um tênue sorriso a Sunny Apu antes de entrarmos lá discretamente.

Não reconheço quase ninguém na sala, embora estejam todas vestidas como Priti e eu. Levo um momento para me recuperar da vertigem de entrar em um ambiente no qual estão todas vestidas da mesma forma e educadamente murmurar um "olá".

"Elas devem ser as amigas de Sunny Apu, não?", pergunta Priti. "E as primas dela também."

Faço que sim, meus olhos passando por todas da forma mais sutil possível. Há duas garotas em um canto da sala, ambas de pele clara e, tenho certeza, irlandesas. O salwar kameez rosa e dourado que Hani Khala mandou para todas nós parece estranhamente descabido nelas.

"Deixa as duas muito pálidas", diz Priti, como se lesse meus pensamentos. Lanço um olhar para que fique quieta. A sala é pequena o bastante para que possam ouvi-la, mesmo que ela fale bem baixinho.

No outro canto, há um grupo de quatro garotas. Duas delas são parecidas com Sunny Apu, mas as outras não parecem ser de Bangladesh.

"Acho que eu conheço uma delas", sussurro a Priti tão baixo quanto posso. "A garota alta de cabelo cacheado... não dê tão na cara quando for olhar!" Tenho que me deter porque Priti abandonou qualquer noção de sutileza e está encarando diretamente o grupo de garotas. Ainda bem que estão absortas demais em sua conversa para prestarem atenção em nós.

"Ela é bonita", diz Priti. "Mas acho que nunca a vi antes."

Estou tentando lembrar de onde a conheço. Da escola? Não, ela parece bem mais velha do que eu. Deve ter no mínimo a mesma idade que Sunny Apu. Talvez a tenha visto em alguma festa Desi? Mas ela não é Desi, ou pelo menos não parece.

"Eu sei que já a vi em algum lugar", sussurro a Priti, tentando encarar a garota tão discretamente quanto posso, para ver se me recordo de onde eu a conheço. "Mas não consigo lembrar onde."

Não temos mais tempo para ponderar a respeito porque, um instante depois, a porta da sala é escancarada outra vez e a mulher de preto e branco nos dá instruções de como entrar devidamente no salão de festas.

"É só isso que precisamos fazer como damas de honra?", sussurra Priti para mim enquanto recebe um pequeno buquê de flores vermelhas e brancas. "Andar?"

Dou de ombros. "Acho que sim."

Os casamentos em Bangladesh não têm nada desse negócio de damas de honra — não que nós teríamos desempenhado esse papel se tivesse, considerando o quanto éramos novas e como mal conhecíamos as pessoas que estavam se casando.

Entrelaço minha mão à de Priti.

Ela faz uma careta e diz: "Você passou desodorante antes de sair de casa?".

Bato com meu buquê no topo de sua cabeça, desejando em segredo que um dos espinhos das rosas vermelhas dê uma espetadinha nela. Infelizmente dou azar, porque ela se esquiva e ri. A mulher de preto e branco nos dirige um olhar severo lá da frente da fila e me pergunto se é possível ser expulsa de um casamento quando se é uma das damas de honra.

É melhor não arriscar, penso comigo mesma, e dou uma cotovelada em Priti para que ela se comporte.

***

"Eu não vou ter damas de honra no meu casamento", diz Priti quando a procissão do casamento acaba e nós finalizamos nossa parte como boas damas de honra e... bem, andamos até o salão de festas de braços dados. Foi um pouco decepcionante, embora suponha que Priti e eu não deveríamos ter esperado muito mais que isso.

"Não deu nem para ninguém ver a henna em nossas mãos", diz Priti. "Por causa dessas flores irritantes."

"Shh. Você vai arrumar problemas para a gente de novo", eu sussurro.

Ela bufa, escorrega para trás na cadeira e cruza os braços. Conseguimos encontrar dois lugares juntos em uma mesa na qual não conhecemos absolutamente ninguém. Olho em volta, tentando localizar Ammu e Abbu, mas há tanta gente perambulando que é quase impossível.

"Será que é melhor a gente ir atrás deles?", pergunta Priti. É meio que a última coisa que eu quero fazer. Estou estranhamente feliz por estar separada deles, pra variar, e por não ter nossa conversa pairando feito uma nuvem escura e velada.

"Não, já estamos aqui, é melhor segurarmos nossos lugares." Me acomodo na cadeira, colocando minha bolsa *clutch* dourada e de contas em cima da mesa.

"Boa ideia, provavelmente não iríamos achar lugares juntos de novo, mesmo. Estão prestes a servir a comida."

"Como você sabe?"

"Tenho o nariz bom pra essas coisas."

Tenho um vislumbre de Sunny Apu no palco, com seu novo marido sentado ao lado dela. Os dois estão sorrindo.

"O que será que aconteceu antes?", pergunto a Priti.

"O quê?"

Inclino a cabeça para mais perto dela, ciente de que a Tia sentada à nossa frente acabou de se virar para nos dirigir um olhar interessado. Eu imediatamente a identifico como fofoqueira.

"Você sabe, como Sunny Apu parecia... meio... sei lá, em pânico."

"Ela estava prestes a se casar, é claro que estava em pânico. É um compromisso para a vida inteira."

A voz de Priti é mais alta do que eu consideraria razoável. A Tia à nossa frente não está mais olhando, mas de alguma forma se aproximou de nós. Tenho a sensação de que está se esforçando para escutar.

"Eu sei que as pessoas *entram* em pânico mesmo. Eu sei por quê. Mas só não imaginei que ela fosse entrar." Baixo minha voz ainda mais.

Priti não entende a deixa. Ela dá de ombros e diz: "É normal. Só porque ela já conhecia o Bhaiya... perdão, o Dulabhai... antes do casamento não significa que não ficaria nervosa".

Exceto que era exatamente o que eu achava que seria o caso. Ela o conhecia há tanto tempo, desde que eles eram crianças. Se você conhece a pessoa há anos e ainda assim fica nervosa no seu casamento, que esperança o resto de nós tem?

Tento não deixar que o desalento transpareça em meu rosto. Ela agora parece feliz, eu penso, erguendo o olhar para o palco. Até mais do que meramente feliz. Parece exuberante. Isso faz aflorar um tipo de beleza que eu não tinha visto na sala dos fundos, uma beleza que não tem nada a ver com seu vestido vermelho e dourado ou com o intrincado padrão da henna, subindo entrelaçado por todo o comprimento de seu braço, nem com a maquiagem pesada que deixa sua pele duas vezes mais pálida que o normal e seus lábios vermelhos tão escuros e volumosos quanto os da Angelina Jolie. É mais como se uma fagulha de felicidade interior agora reluzisse em seu exterior. Me pergunto se Dulabhai também consegue ver. Acho que sim, pelo modo como ele olha para ela.

Quando desvio o olhar, tenho um vislumbre da garota da sala dos fundos, aquela de cabelo cacheado. Ela está conversando com alguém com quem tem uma notável semelhança.

Franzo o cenho, enquanto a ficha cai.

Não foi ela quem eu reconheci, mas essa outra garota com o mesmo tipo de cabelo cacheado e pele escura. Estudei com ela no primário, há alguns anos. Assim que tenho um vislumbre dela, aquela parte da minha vida volta em uma torrente.

Ela vira a cabeça de súbito, como sentisse estar sendo observada. Seu olhar encontra o meu e, por um instante, somos só nós duas, uma reparando na outra do lado oposto do salão de festas. Se eu não tivesse juízo, diria que este é meu próprio momento Bollywood.

Mas eu tenho juízo, então me viro rapidamente, antes que nosso olhar se demore mais do que eu possa justificar.

3

Minha parte favorita do casamento me distrai de todas as minhas preocupações. Até mesmo desperta Priti de sua melancolia de dama de honra. Comida!

Como entrada, os garçons nos trazem kebabs e espetinhos de shashlick de frango com pimentões vermelhos fritos entre os pedaços de carne. Começo a fazer montanhas de comida em meu prato antes mesmo de o garçom terminar de servir tudo. A Tia sentada à nossa frente me olha assustada, como se não tivesse pensado que Priti e eu pudéssemos ser vorazes em nossa fome. Eu sorrio de volta para ela, esperando que não seja uma parente assim tão próxima de Sunny Apu.

Estou prestes a começar a comer quando Priti me detém com um tapinha no meu ombro.

"Não pode comer com as mãos", diz ela fazendo careta.

"Por que não?" Mas me dou conta da resposta ao olhar em volta e notar que todo o resto das pessoas apanhou os talheres junto de seus pratos e está educadamente cortando seus kebabs. Como se fôssemos ocidentais, e não bengaleses. "Não acredito que é para a gente comer feito gente branca em um casamento bengalês", reclamo em um sussurro.

Priti revira os olhos, mas não diz nada, provavelmente esperando que eu fique farta de reclamar e cale a boca. Tenho mais a dizer, mas estou faminta demais e a Tia na nossa mesa já empilhou tanta comida no prato dela que receio que eu não vá conseguir repetir a menos que comece a encher a barriga exatamente agora.

Alcanço minha faca e meu garfo, mas os derrubo em minha pressa de chegar à comida. Eles retinem alto em sua queda. Percebo que *ela* está olhando de soslaio e minhas bochechas ficam quentes com o constrangimento. Ela se lembra de mim?

"É isso o que acontece quando cedemos às tradições ocidentais", sussurro à Priti antes de me abaixar. Cato a faca e o garfo e tento me levantar, mas devido ao salto agulha que nunca uso, subestimo minha altura e bato a cabeça na mesa com uma pancada alta.

"Você tá fazendo a maior cena!", diz Priti de um jeito deleitado, como se aquilo fosse a coisa mais divertida para ela.

"Merda, merda, merda", murmuro.

A cabeça de Priti aparece debaixo da mesa e ela estende um braço adornado com tilintantes churis dourados. Eu o seguro, resmungando "merda, merda, merda" enquanto me levanto pois minha cabeça está latejando. Com certeza não é disso que eu preciso antes de me sentar para um elegante jantar de casamento.

A Tia à nossa frente me dirige um olhar maldoso quando eu tomo meu lugar, e sinto meu rosto se aquecer todo outra vez quando me dou conta de que ela deve ter me ouvido praguejar.

"Tsc!", eu exclamo dessa vez. "O chão deste salão de festas está tão podre, Tia! A senhora nem acreditaria."

Ela não parece *mesmo* acreditar, mas lhe dirijo um sorriso ainda assim. Priti está tendo um acesso de riso ao meu lado. Lanço a ela um sorriso largo antes de atacar meu kebab com entusiasmo. Todo o constrangimento e o julgamento da Tia valerão a pena se o kebab estiver bom.

"Mmmmmm", diz Priti quando ela enfim supera seu acesso de riso por tempo suficiente para colocar um pouco de comida na boca. Estou ocupada demais empilhando mais kebabs em meu prato para responder.

"Você sabe que ainda tem o prato principal, né?" Priti ri depois de eu comer meu quarto kebab.

"Mas o prato principal vai ter esses kebabs? Hein?" Estou me sentindo bem satisfeita por termos conseguido encontrar lugares separados de Ammu e Abbu.

"Qual será que vai ser o prato principal?", pergunto a Priti. Estou torcendo para que seja biryani. Esse é fácil de se comer com talheres. Priti revira os olhos. Como se ela não estivesse pensando exatamente na mesma coisa que eu.

Nós conversamos sobre esse casamento por bastante tempo. Durante o verão inteiro, na verdade. É o primeiro casamento ao qual comparecemos no qual de fato desempenhamos um papel — mas não era com esse papel que estávamos empolgadas. O que nos animava bem mais era imaginar como poderia ser a comida de um casamento bengalês realizado na Irlanda.

"Eles não vão servir os pratos típicos de casamento bengalês, né?", Priti havia me perguntado em um dia de verão — um dia no qual o sol havia decidido nos agraciar com sua presença e estávamos as duas relaxando no quintal, eu com um livro nas mãos e Priti com um fone no ouvido e o outro pendurado.

"Por quê? Você não gosta de korma e polau?", perguntei.

Ela fez uma careta. "São meio sem graça, não são?"

Revirei os olhos. Priti nunca havia reclamado de eles serem sem graça quando estávamos no meio da temporada de casamentos em Bangladesh.

Porém, uma coisa ficou clara desde o princípio: para nós, este casamento se resumia à comida.

Mal consigo conter minha empolgação quando o garçom traz o prato principal: travessas cheias de biryani que cheiram como se o paraíso tivesse sido servido em um prato. Priti me lança um olhar que diz *não agarre a tigela de biryani antes de o resto da mesa se servir*, supostamente porque a Tia à nossa frente está de olho nele com ainda mais fervor do que eu. Acho que isso é um pouco injusto. A Tia é adulta e pode comer todo o biryani que quiser em qualquer dia. Eu só posso comer quando Ammu considera que se trata de uma ocasião especial o bastante para fazer um pouco.

Priti e eu esperamos pacientemente, observando o garçom trazer mais e mais pratos — uma tigela fumegante de cordeiro ao curry, pratos de naan, uma pequena tigela de mung daal e um prato de tikka de frango. Enquanto a Tia serve colheradas de biryani em seu prato, eu agarro o naan, jogando um para Priti e outro em meu prato.

"É para eu comer isso de garfo e faca também?", murmuro entre dentes, partindo o pão com os dedos e em seguida dando uma garfada no cordeiro ao curry. É o modo mais insatisfatório de comer ao qual já fui submetida. É cruel, de fato, fazer um casamento bengalês cheio de bengaleses e esperar que eles comam de um modo totalmente não bengalês. Estou quase com saudades dos casamentos em Bangladesh; pelo menos lá éramos livres para comer com as mãos, mesmo que o calor fosse insuportável e a comida fosse quase sempre korma e polau.

Depois de nossos pratos serem recolhidos, todos os convidados começam a se levantar. Os noivos obviamente terminaram seu jantar e estão no palco na frente do salão. Estão sentados em um sofá forrado de um tecido dourado e prateado que parece mais um trono do que um móvel prosaico. Sunny Apu se parece um pouco com uma princesa, sentada com seu vestido vermelho e dourado, a urna pendurada sobre a cabeça quase casualmente. Sei por experiência própria que aquela urna provavelmente foi presa com grampos por um cabeleireiro profissional para dar essa impressão.

Porém, o que realmente a faz parecer uma Rajkumari são as joias com as quais está enfeitada. Há pesados braceletes retinindo em ambos os pulsos adornados de henna e uma corrente de ouro pendendo de seu pescoço, acomodada gentilmente sobre o vestido, mas a parte que mais gosto é a argola dourada que se fecha ao redor de sua narina e cuja corrente se estende até a orelha. Parece pesada, mas de alguma forma funciona em Sunny Apu. Aquele visual combina com ela.

Toco meu próprio brinco de nariz, acanhada, enquanto olho para o dela. Depois de vestir meu salwar kameez hoje, mais cedo, troquei a tacha de costume por uma argola dourada. Me pergunto se consigo sustentar uma corrente tão bem quanto Sunny Apu. Me pergunto se um dia vou ter essa chance. Ela só é usada em casamentos, afinal de contas. E do jeito que vão as coisas...

"Você vem comigo tirar uma foto com eles?", pergunta Priti, interrompendo minha linha de raciocínio. Ela já está sacando o telefone de sua bolsa *clutch*, branca com contas, então sei que não tenho muita escolha. Mas no momento estou tão grata por ela estar aqui, por ela ser minha irmã, que nem ligo.

"Claro." Dou à Tia de nossa mesa um sorriso que espero que expresse desculpas, condescendência e malandragem, tudo de uma só vez, e nós duas escapulimos para longe das mesas e para o meio da turba esperando para tirar uma foto com os noivos.

"Ela agora parece tão feliz", digo.

"Claro, dããã", diz Priti, embora não seja nem um pouco "dããã". Ela saca seu telefone, quase socando um cara à sua frente, vestido com um sherwani cáqui. Ele se desvia dela, fazendo cara feia para nós enquanto eu tento dar a ele um sorriso de desculpas. Priti está ocupada demais para notar, conferindo se não tem comida presa nos dentes.

"Tenho que correr até o banheiro para ajeitar isso." Ela balança a mão à frente do rosto.

"Tá bonito", digo. Quero acrescentar "seu rosto", mas isso poderia ser elogioso demais. E "sua maquiagem" poderia fazê-la reclamar, porque ela com certeza está falando de algo específico. Então me contento em não acrescentar nada.

"Obrigada, agora me sinto confiante. Quer vir comigo?"

"Ao banheiro?"

"Não, pra Lua. Ouvi dizer que lá tem um espelho enorme... perfeito pra ajeitar a maquiagem e tirar umas *selfies*, sabia não?"

"Tá, não precisa ser sarcástica." Dou-lhe um soco no ombro.

"Eu já volto. Não suba no palco sem mim, tá bom?" Ela se vira e me açoita no rosto com sua urna.

"Tá bom", murmuro, mas Priti já desapareceu em meio à multidão. Eu me viro para encarar o palco. As meninas irlandesas da sala dos fundos agora estão lá em cima, seus rostos exibindo largos sorrisos enquanto a fotógrafa profissional faz seus cliques. Uma delas avança pelo palco, quase tropeçando, e entrega seu iPhone para a fotógrafa, murmurando algo. A mulher faz uma careta, mas começa a tirar fotos com o aparelho. Eu me pergunto se fotógrafos se sentem um pouco insultados quando as pessoas lhes pedem esse tipo de coisa.

"Então é assim que geralmente são os casamentos no seu país?"

Viro e fico cara a cara com a garota de cabelo castanho cacheado que esteve dançando lá no fundo de minha mente a noite inteira. Ela deve se lembrar de mim para vir falar comigo dessa forma. Há um sorriso se insinuando em seu rosto; não consigo dizer se ela está impressionada com o casamento ou se está tentando falar mal dele.

"Hã?", é tudo que consigo dizer, embora haja um milhão de outras coisas que eu pudesse ter dito que teriam feito eu parecer um pouquinho mais encantadora e um pouquinho menos atônita.

"Você não se lembra de mim." Agora o sorriso dela se torna zombeteiro. Combina com ela, estranhamente. Uma covinha se forma em sua bochecha direita.

"Lembro, claro." Acaba saindo mais defensivo do que eu pretendia, mas eu *lembro*. Mais claramente do que devia.

"Então qual é o meu nome?", pergunta ela, erguendo uma das sobrancelhas.

Eu mordo o lábio. Então, agindo com mais coragem do que tenho, digo: "Você lembra qual é o *meu* nome?".

"Nisha." Mais confiante do que *ela* deveria se sentir.

É minha vez de sorrir com zombaria. "Errou."

Ela parece desnorteada. "Não, eu... esse é..." Ela franze a testa como se realmente estivesse pensando a respeito. "Seu nome *é esse*. Eu lembro, você é de Bangladesh. A srta. O'Donnell mandou você fazer uma apresentação sobre o seu país natal na sua primeira semana de aula e você estava tão envergonhada ou tímida ou sei lá que sua cara inteira estava vermelha e você gaguejou durante toda a apresentação."

Eu me lembro dessa apresentação. Era minha primeira semana na escola, meu primeiro mês na Irlanda. Tudo ainda era novo e todas as palavras se borravam em uma só com um sotaque que eu ainda não conseguia entender.

"É Nishat", eu declaro. "Não acredito que você se lembra disso."

"Você era meio que inconfundível." Ela está tentando conter outro sorriso. Consigo dizer pelo modo com que os cantos de sua boca se viram para cima.

"Flávia", respondo, e seu rosto se ilumina ao som de seu nome, como se ela realmente não esperasse que eu lembrasse. "Você ficou bonita com essa roupa." As palavras escapolem, e eu imediatamente sinto o calor me subindo às faces. Mas ela ficou bonita, mesmo. Está usando um salwar kameez que uma garota Desi não usaria nem morta em um casamento, mas Flávia o veste de forma tão despretensiosa que funciona. Ele é azul royal, com uma estampa floral prateada no peito. Ela enrolou a urna ao redor de seu pescoço como uma echarpe, com a ponta mais comprida pendurada na lateral. É lindo, mas o modelo é simples demais para um casamento tão requintado quanto este.

"Obrigada." Dessa vez ela sorri mesmo, com covinha e tudo. "Gostei da sua henna. Foi você mesma quem fez?"

Olho para ambos os lados da minha mão direita, repleta de vinhas e flores e folhas escurecidas em um tom vermelho-escuro.

"Sim. Ando tentando aprender sozinha."

"Você acha difícil?"

Dou de ombros. "Um pouco. Foi... só pro casamento, na verdade."

"Ah..." Seus olhos me abandonam e se deslocam até o alto do palco, onde Sunny Apu e seu marido estão sentados com um grupo de pessoas que eu não reconheço. "Quer subir lá?", pergunta ela. "Eu realmente não conheço mais ninguém aqui."

Ela também não *me* conhece de fato. Faz anos desde a última vez em que eu a vi. Ela mudou tanto que agora mal a reconheço. E não éramos exatamente amigas na época do primário, mas agora estou meio que desejando que tivéssemos sido.

"Sim, claro. Seria legal", digo.

"Você ainda não foi?"

"Não, hã... tem uma fila." É menos uma fila e mais as pessoas se empurrando na frente umas das outras sempre que têm uma chance.

"Acho que você tem prioridade de dama de honra. Vamos." Ela pega minha mão. Seu aperto é suave, cálido e sua palma está um pouco suada, porque há um monte de gente à nossa volta, mas não me importo. Estou nas nuvens porque essa garota linda está segurando minha mão. Tenho certeza de que não significa nada, mas meu coração está acelerado e não consigo deixar de pensar que isso é melhor do que o kebab. Talvez melhor até mesmo que o kebab e o biryani juntos.

Eu mal percebo que abri caminho pela multidão até o palco. Só me dou conta de que estamos lá quando Flávia solta minha mão e sorri. Ela se senta em uma cadeira ao lado de Dulabhai e eu me sento ao lado de Sunny Apu, tendo de repente a desconfortável percepção do quanto aquele sofá é pequeno.

"Parabéns", sussurro para Sunny Apu, segurando a mão dela e dando um leve aperto.

"Obrigada, Nishat", diz ela. "Cadê a Priti?"

Meus olhos disparam para minha direita, como se eu estivesse esperando que Priti simplesmente aparecesse ali. Só agora me ocorre que eu fiz exatamente a única coisa que ela me pedira para não fazer.

"Ela está no banheiro", digo, me virando outra vez para Sunny Apu.

"Ah", diz ela com um sorriso educado.

"Ela tinha que ajeitar o rosto", explico. "A... a maquiagem." Eu provavelmente devia ter calado a boca depois de "banheiro".

"Com licença?" A fotógrafa me olha com certa exasperação. Ela me dá um aceno, indicando que devemos todos olhar para a frente. Há alguns cliques e *flashes*, e então a fotógrafa nos conduz para fora do palco.

"Tchau", murmuro para Sunny Apu. Dentro de um instante, meu lugar é ocupado por uma garota miúda que eu nunca vi antes. Ela sussurra algo no ouvido dela, e sinto uma estranha pontada de ciúme, me dando conta de que a menina provavelmente é uma parente por parte do marido. Sinto como se Priti e eu já tivéssemos sido substituídas pela nova parentela de Sunny Apu.

"Você vem?", Flávia me pergunta inclinando a cabeça. Faço que sim, esperando que ela pegue minha mão outra vez, mas ela não o faz.

Somos emboscadas por minha irmã antes mesmo de termos descido do palco.

"Eu disse para você não subir sem mim!", exclama Priti, postada na base do palco com as mãos nos quadris. Ela fica tão parecida com Ammu quando está com raiva que tenho que segurar o riso.

"Desculpa", digo, sem muita sinceridade. Imagino que seja melhor não mencionar o quanto ela está parecida com Ammu porque isso a deixaria mais brava ainda. "É que... a Flávia não conhece ninguém." Aceno com a cabeça para ela, ao meu lado. "Essa é a Flávia, por sinal."

"Oi", diz Flávia.

"Olá." Priti olha para Flávia de cima a baixo, o julgamento em lampejos nos seus olhos cor de mel.

"Ela estudava comigo", digo, e acrescento (de novo), "ela não conhece ninguém aqui."

"A irmã dela não é uma das damas de honra?"

"Priti." Tento enfiar um monte de coisa nesse vocativo: um alerta e um pouco de minha empolgação quanto ao fato de que Flávia estava segurando minha mão apenas minutos atrás. E também um pedido de desculpas.

Priti obviamente não entende nada disso, porque ela apenas encara Flávia e a mim.

"Na verdade, é melhor eu ir achar minha irmã", diz Flávia, e embora eu queira dizer *não, fique e segure minha mão por mais tempo,* digo: "Tá certo, a gente se vê depois".

Mas é claro que não vamos nos ver depois. Ou talvez nunca mais. Então, tudo que terei para me lembrar dela será o modo como nossas mãos se encaixaram por aqueles breves instantes.

"Você sabe que podemos subir no palco de novo", digo assim que tenho certeza de que Flávia está muito longe para ouvir. "Não tem nenhuma regra que diz que só se pode subir uma vez!"

"Eu... eu sei", diz Priti, um pouco de seu rompante agora tendo se esvaído. "É só que... eu queria subir com você. Nunca ouvi você falar dela antes."

"Eu já disse, estudamos juntas. Muito tempo atrás", respondo, me sentindo desanimada. *E provavelmente não nos veremos outra vez por muito tempo. Se é que vamos nos ver.* "Bom, quer subir, então?"

Priti parece tão amuada que, por um momento, penso que ela vai dizer que não quer. Mas ela assente, mesmo fazendo um bico enorme. Tenho que sorrir, porque é meio que adorável. Eu até murmuro um pedido de desculpas enquanto subimos os degraus até o palco outra vez, nos postando uma de cada lado dos noivos.

Depois de a fotógrafa ter tirado algumas fotos, Priti corre na direção dela — os saltos estalando alto — e lhe entrega seu telefone.

"Pode, por favor, tirar algumas com ele?" Sua voz é pura doçura e melosidade.

A fotógrafa parece um pouco exasperada, mas concorda. É enquanto ela clica com o telefone de Priti que me dou conta do quão ridícula foi a minha desatenção.

Por que não fiz isso quando estava com Flávia? Eu tive a oportunidade perfeita para documentar os momentos que passamos juntas — por mais fugazes e saídos do nada que tenham sido. Mas eu estava tão ocupada contando a Sunny Apu sobre Priti estar no banheiro retocando a maquiagem que perdi minha chance.

"Uau, essas com certeza vão pro Instagram", diz Priti, olhando as fotos em seu telefone enquanto descemos do palco. "Você ficou bem bonita."

"Duvido." Afinal de contas, eu não corri para o banheiro com Priti para retocar minha maquiagem. Faz horas desde a última vez em que me olhei no espelho. Nem posso imaginar o que todas aquelas porções de comida fizeram com minha maquiagem.

"Ficou, sim. Você parece até mais feliz do que Sunny Apu nessa aqui. Olha!" Ela segura a tela na altura de meu rosto. A imagem está ampliada em meu rosto sorridente. Não está ruim, mesmo que metade de minha urna esteja fora do lugar.

"Ei, espera aí. Eu estou sentada ao lado de Sunny Apu nesta. Mas eu não estava do lado de Dulabhai?"

"Pois é, na foto comigo. Essa aqui *eu* tirei de você com... você sabe, aquela garota."

"O nome dela é Flávia...", murmuro. Não consigo fazer com que soe como uma reprimenda pois Priti fez o que eu, ingênua, tinha esquecido de fazer. Sinto um estranho frio na barriga que reconheço bem demais, mas que não me agrada nem um pouco. "Você tirou muitas fotos da gente?"

"Algumas." A cabeça de Priti está enterrada no telefone mais uma vez.

"Pode mandar elas para mim?"

Com isso, Priti ergue o olhar, os lábios franzidos.

"Tá, o que é que tá rolando com você hoje?", pergunta ela. "E com essa garota, a Flávia?"

"Nada. Nem sei que lenga-lenga é essa sua", digo. "Olhe! Estão cortando o bolo!"

Eu grito tão alto que algumas pessoas à nossa frente se viram e olham para mim. Eu não ligo, porque Priti realmente olha para a frente, para onde Sunny Apu e Dulabhai estão depois de terem descido do palco para cortar um bolo que parece ter pelo menos oito camadas diferentes.

"Uau! Que tipo de bolo você acha que é?", pergunta ela.

4

Flávia fica esquecida até todos nós entrarmos no carro mais tarde. Parece estranho que o casamento agora seja um assunto encerrado; todos aqueles meses de planejamento resultaram em um evento que durou apenas umas poucas horas.

Ammu e Abbu estão nos bancos da frente falando sobre alguém que encontraram no casamento. As complexidades da conversa são mais ou menos silenciadas pela música alta retumbando no rádio.

Uma notificação soa em meu telefone. Fuço em busca dele só para me deparar com uma mensagem de Priti no WhatsApp. Me viro para dirigir a ela um olhar questionador. Ela sorri, atrevida, e gesticula que eu devia ler.

Por um instante, acho que ela está sendo gentil, embora seja óbvio que isso é mais do que eu deveria esperar de minha irmã caçula. Três fotos do casamento são baixadas, todas minhas e de Flávia no palco com Sunny Apu e Dulabhai. Eu sorrio, até que rolo a tela para baixo.

E aí, o que tá rolando entre você e a Flávia?

Faço uma careta. Eu realmente achei que Priti esqueceria disso depois do bolo. Suponho que ele estava sem graça; se estivesse melhor, quem sabe...

Nada, eu digito rapidamente. Eu me detenho por um instante antes de acrescentar: *Pode deixar isso pra lá?*

Posso ver Priti lendo a mensagem. Ela não digita para responder, nem diz nada, então acho que ficou por isso mesmo. Mais tarde, porém, quando estou tirando meus brincos com pingentes e meu brinco de nariz, Priti surge pela porta. Já colocou seu pijama e tirou a maquiagem do rosto. Ela é rápida.

"Eu achava que a gente não guardava segredos uma da outra", diz ela, como se tivéssemos parado no meio de uma conversa e Priti estivesse simplesmente a retomando. "Bom, pelo menos antes não guardávamos."

"Não tem segredo nenhum." Meu olhar encontra o dela no espelho de minha penteadeira.

"Bom, então me conta."

"Não tenho nada para contar."

"Eu conheço esse seu olhar, sabia?"

"Que olhar?", pergunto, embora saiba exatamente de que olhar ela está falando. Priti suportou muitos de meus *crushes*, todos os quais deram em nada. De certa forma, foi melhor assim, creio eu. Tudo que me restou desses *crushes* (provavelmente) não correspondidos foram os sonhos e as lembranças, e aquela sensação familiar de frio na barriga.

"Apuj..."

"Ela não conhecia ninguém lá. Como eu disse."

"Você queria que eu mandasse as fotos."

"Só para, tipo... guardar, sabe. *Você* quem tirou."

"Você fez uma cara estranha quando disse isso."

Eu me viro. "O quê?"

"Uma cara estranha. Tipo, sei lá. Meio pateta. Espero que não tenha feito essa cara na frente dela."

Faço uma cara de pateta, então, e Priti dá risada. Ela se afasta da soleira da porta e se joga na cama.

"Não achei que ela fizesse seu tipo", diz Priti depois de um instante de silêncio.

"Eu não tenho um tipo", digo, e é verdade. Nunca pensei de fato sobre ter um tipo. Acho que meu tipo é... garotas que são lindas. E existe um monte delas. A maioria delas, talvez? Basicamente, todas as garotas.

"Bom, mas... você gosta dela, né? Aquilo tudo não foi por causa disso?"

Aperto os lábios e me sento junto dela. Gosto? O frio na minha barriga, os olhares e os pensamentos sobre como ficar de mãos dadas com ela é melhor do que biryani indicariam que sim. Mas talvez tenha sido mais o barato de ser uma *garota bonita* do que especificamente *ela*.

"Só toma cuidado, tá?", diz Priti.

"Eu provavelmente não vou vê-la nunca mais. Além disso, eu sou a irmã mais velha aqui. Tenho quase certeza de que era eu quem devia te dizer isso."

Priti apenas sorri.

***

Sinto um pouco de vergonha de dizer que perco um bom tempo com os olhos grudados nas fotos em meu telefone. Só há três, e Flávia e eu nem estamos perto uma da outra.

No primário, ela era uma das menores meninas de nossa turma. Ainda não havia passado por seu estirão. Ela era quieta também. Gostava de ficar na dela e não tinha muitos amigos durante os poucos anos em que convivemos.

Desencavo uma de nossas antigas fotos da escola. Ela é fácil de identificar, mas eu também sou. Nós duas somos mais escuras do que o resto das meninas, postadas uma em cada canto da foto. Ela está sorrindo cheia de dentes, exibindo um leve brilho do aparelho. Seu cabelo está preso em um pequeno e impecável rabo de cavalo. Suas mãos pendem frouxas ao lado do corpo, fazendo-a parecer desconfortável.

No casamento, ela pareceu completamente diferente. Havia um ar de confiança que não me lembro da época da escola. Acontece, creio eu. As pessoas mudam quando começam o ensino médio. Elas adotam novas personalidades, como se estivessem testando um novo ser.

Claro, todas as coisas de que me lembro a respeito dela não aparecem na foto da escola. Como o fato de que, nas minhas primeiras semanas na escola, Flávia era a única que falava comigo. De que quando Ammu mandava arroz e daal para meu almoço e todas as outras garotas caçoavam de mim, Flávia ficava ao meu lado. De que eu tenho quase certeza de que ela foi meu primeiro *crush*, mas só agora me dou conta disso, em retrospecto. Na época, eu nem *pensava* sobre ser lésbica, mas pensava muito na Flávia e nas sardas que salpicam suas bochechas.

Depois de praticamente gravar as três fotos do casamento nas minhas retinas, entro no Instagram e vou até o perfil de Priti. Passo por todas as fotos que ela postou hoje. Estou marcada em quase todas elas. Há a nossa foto no palco com Sunny Apu e Dulabhai, é claro. Priti parece absolutamente bela e composta. Eu pareço meio que avacalhada.

Também tem uma *selfie* que ela deve ter tirado no banheiro do salão de festas e há fotos do bolo de casamento. A última foto é minha e de Priti no meu quarto. Foi depois de termos terminado de nos arrumar, e Priti insistira que precisávamos de uma foto antes de sairmos para o salão de festas, só nós duas. Ela também insistira para que achássemos um modo de exibir a henna que passei o verão todo aperfeiçoando, então nossas mãos estão à nossa frente em ângulos esquisitos. Parecemos totalmente artificiais, mas de certa forma ela também captura totalmente nossa essência: patetas e esquisitas. Eu sorrio. Quase poderíamos nos passar por gêmeas. Com nossos salwar kameezes e nossos cabelos pretos e grossos espalhados ao nosso redor, quase não dá pra dizer onde eu termino e Priti começa.

É a única foto da noite que eu realmente gostei.

E então, abaixo da foto, vejo um comentário da Flávia, e meu sorriso se alarga.

Que henna bonita — sua irmã fez um ótimo trabalho!

***

Estamos no último dia das férias de verão e passo ele inteiro pensando em Flávia Santos, uma garota que provavelmente nunca mais vou ver de novo. Eu sou patética.

O sol está brilhando lá fora, como se estivesse me provocando por ser o tipo de pessoa que passa mais tempo fantasiando com uma garota inatingível do que vivendo a própria vida.

"Eu não quero voltar pra escola", resmunga Priti, entrando em meu quarto e se jogando na cama. Diferentemente de mim, ela passou a maior parte do dia com a cabeça enfiada nos livros escolares, por insistência de Ammu. Ela é um ano mais nova do que eu, o que significa que neste ano ela fará seu primeiro exame estadual. Cada estudante na Irlanda precisa fazê-lo no terceiro ano do ensino médio.

"Que chato pra você", digo a ela.

Ela resmunga de novo e se vira para me encarar com os lábios curvados para baixo. "Que sorte a sua estar indo pro Ano de Transição.* Vai fazer coisas divertidas. Tentar umas paradas novas. Ter experiências de trabalho."

"Ah, é, que sorte..." A verdade é que enquanto as outras garotas do meu ano estão na maior pilha de tanta empolgação com o Ano de Transição, eu venho tendo uma sensação de pavor desde que decidi passar por ele em vez de pular direto para o quinto ano. A ideia do Ano de Transição é fazer coisas práticas, ter experiências de trabalho e explorar o mundo ao nosso redor, mas ainda não tenho certeza de que estou pronta para o mundo. Prefiro muito mais me estressar com provas.

"E aí, tá se sentindo preparada pra tirar seu Certificado Júnior?" Sei que isso vai fazer Priti cuspir fogo. Sempre faz.

Ela resmunga e enterra o rosto nas mãos, como se eu tivesse acabado de dizer a pior coisa possível.

"Por favor, por favor, nem começa", diz ela. "Por favor, durante todo esse ano, não mencione as provas nunca, de jeito nenhum. Ammu já vai fazer isso o suficiente."

Não consigo evitar e solto uma risada.

---

* Na Irlanda, o ensino médio começa mais cedo (entre os 12-13 anos) e dura cinco ou seis anos. O quarto ano, o Ano de Transição, divide os ciclos Júnior (ao final do qual é preciso fazer uma prova) e Sênior. Ele pode ser opcional e, se o aluno decidir não cursá-lo, pula do terceiro para o quinto ano. (As notas são da tradutora.)

"Então, o que você quer que eu faça quando estivermos em junho? Não falar sobre absolutamente nada com você?"

"Pode falar comigo", diz ela. "Mas só não sobre as provas. Pode só evitar isso. Finja que não existem provas. Finja que também estou de férias com você."

"Tá bom, tá bom. Sem papo de prova. Mas você também não pegou leve com isso no ano passado."

"Você tá nervosa?" Priti então pergunta, olhando para mim de olhos arregalados. "Por conta dos resultados?"

Tento conter a ansiedade fervilhando no fundo de meu estômago e só balanço a cabeça. Se eu deixar meu nervosismo transparecer agora, Priti vai ficar ainda mais apreensiva para o início do ano.

"O que tiver de ser, será. Não posso fazer nada sobre isso agora, então não há motivo para ficar nervosa, certo?"

Durante a noite passamos nossos uniformes e os deixamos prontos para a manhã, reclamando aos suspiros sobre toda e qualquer coisa em que conseguimos pensar que tenha a ver com a escola.

Enquanto estou no banheiro escovando os dentes antes de ir para a cama, Priti se recosta no batente da porta.

"Você não vai... tentar alguma coisa com a Flávia, vai?"

Minha boca está cheia de pasta de dente, então só dou de ombros.

"Porque... eu vi o comentário que ela deixou na minha foto no Instagram e vi o perfil dela e..."

Me viro olhando feio para ela, cuspindo a pasta de dente.

"Você ficou *stalkeando* a Flávia?"

"*Stalkear* na internet não conta!"

"Priti, eu a encontrei naquele casamento e provavelmente nunca mais vou vê-la", digo, enfática, embora tenha passado incontáveis horas pensando nela desde que vi seu comentário na noite passada. A verdade é que eu mesma dei uma leve *stalkeada* nela e tenho certeza de que Flávia está morando nas redondezas. Eu até bolei algumas situações nas quais poderia topar com ela "acidentalmente", de forma casual. Não levo isso a sério — acho que não. Mas não vou dizer isso a Priti.

"É só que ela me parece ser cilada."

"Você nem a conhece." Enfio a escova de dentes na boca mais uma vez, esperando encerrar o assunto. Mas claro que não é fácil assim.

"Eu passei bastante tempo averiguando a vida on-line dela." Priti acena com a cabeça, orgulhosa, como se essa fosse uma habilidade admirável que todos deveriam possuir. "E descobri muita coisa. Tipo... sabia que ela já teve um namorado?"

Franzo a testa. "E daí?" Tento ser indiferente a isso, mas a informação faz meu coração palpitar. Será que ela ainda tem um namorado?

"Então é muito provável que ela seja hétero."

"Priti, existem mais sexualidades além de gay e hétero. Ela ter tido um namorado não significa nada." Embora possa significar *muito*.

"Só estou dizendo que ela já namorou antes. Você não. E ela namorou um garoto. Tenho quase certeza de que você não pretende namorar nenhum garoto, e vocês não parecem compatíveis, e ela provavelmente é hétero, e eu não quero que você fique alimentando falsas esperanças." A respiração dela está pesada quando ela termina, as sobrancelhas vincadas pela raiva.

Não estou certa se devo ficar braba ou tocada por sua esmagadora demonstração de preocupação.

"Não vai acontecer nada mesmo. Está se preocupando à toa", digo, mesmo que as palavras de Priti tenham sido um ligeiro banho de água fria. *É muito provável que ela seja hétero.* Eu não tinha razão alguma para duvidar que ela fosse. Segurar minha mão no casamento não significava nada. Garotas hétero fazem isso o tempo todo. É por isso que ser lésbica é tão confuso.

Mas eu tinha aquela pontinha de esperança, e agora eu a sinto murchar até virar um nada.

5

Acordo na manhã seguinte com o gotejar da chuva do lado de fora da minha janela. É um som agradável nas manhãs em que você pode enrolar na cama, escutando o tamborilar contínuo da água da chuva batendo no peitoril. Mas quando há um ano escolar assomando à sua frente, não há nada de agradável nisso.

Quando finalmente me levanto da cama para ir ao banheiro, Priti já está lá dentro.

Bato na porta com os nós dos dedos o mais alto possível.

"ANDA LOGO!"

Ouve-se um resmungo baixo vindo do banheiro e me pergunto por um momento se Priti caiu no sono lá dentro. A imagem faz com que eu me sinta um pouco melhor quanto a ter que levantar às sete da manhã.

"Que tal não gritar comigo de manhã?", resmunga Priti alguns momentos depois, colocando metade da cabeça para dentro de meu quarto. Seu cabelo está uma completa bagunça. Tufos se espetam para todas as direções e suas pálpebras ainda estão pendendo de sono.

"Desculpa." Eu rio.

Ammu olha para nós com os lábios franzidos quando Priti e eu enfim cambaleamos escada abaixo e chegamos à cozinha.

"Você ao menos passou sua saia?", pergunta ela a Priti em vez de nos desejar um bom-dia. "Está toda amarrotada!"

"Passei sim, juro!", exclama Priti na defensiva, baixando o olhar para a saia xadrez e tentando alisar as poucas pregas com as mãos. "Ela amarrota um pouco quando eu visto, só isso."

Ammu não parece acreditar nela, mas seus olhos vão de Priti e sua saia semi-amarrotada até mim. Ela parece reparar em mim por um instante, e eu espero a crítica que é de costume em nossa casa. Mas ela nunca vem. Em vez disso, Ammu se vira e permite que alcancemos nossas tigelas de cereal com leite.

Nunca antes me senti tão mal por não ser criticada. Parece um tapa na cara — como se a crítica suprema fosse essa súbita falta de crítica.

Sinto um nó me subir à garganta enquanto enfio colheradas de cereal na boca. Elas têm gosto de papelão. Por um momento, me pergunto se isso tem a ver com o fato de que passamos o verão todo comendo feito marajás no café da manhã e agora estamos de volta à dieta ocidental dos cereais; já sinto falta de acordar com o cheiro de porotas ou khichuri e de nós todos comendo juntos na cozinha feito Desis bagunceiros, fazendo a maior lambança com nossas mãos.

Agora, me pergunto se algum dia teremos isso de novo. Não só porque o verão acabou, mas por causa de minha revelação.

Priti e eu quase perdemos o ônibus e temos que correr para alcançá-lo antes que ele deixe o ponto. Estamos arfando quando nos enfiamos dentro do ônibus entupido de gente.

"Será que tentamos lá em cima?", pergunta Priti bufando, desalentada, enquanto nós duas nos esprememos para passar pela multidão.

"Priti..."

"Eu sei, eu sei."

Por fim, chegamos a um canto em que conseguimos nos apoiar. O ônibus arranca com um solavanco e eu quase caio no colo do cara sentado no banco do canto. Priti me agarra, e eu lanço a ele um olhar encabulado.

"Mil perdões." Ele me olha com uma cara feia e sonolenta antes de voltar a encarar o telefone.

"Como eu odeio isso", eu sussurro a Priti assim que o cara se vira.

"Ônibus? Cair nas pessoas? Multidões?"

"Tudo!", exclamo. "Mas... a escola. E chegar lá desse jeito", gesticulo ao meu redor, mas discretamente, porque receio cutucar alguém acidentalmente e não preciso que mais nenhum estranho me olhe feio nesta manhã. "Já tô de saco cheio."

"A gente acabou de começar o ano escolar, gadha", diz Priti.

"Não me chama de gadha." Faço cara feia pra ela, mas minha irmã apenas revira os olhos. Em vez de retrucar, ela chega mais perto de mim e apoia a cabeça em meu ombro. Apesar de Priti ter tido um estirão esquisito há alguns anos, quando ela chegou a ficar mais alta do que eu, com o tempo consegui ultrapassá-la. Nós ainda temos quase a mesma altura, mas tenho uns poucos centímetros a mais que ela, e eu os ostento com orgulho.

Estou tentada a empurrar Priti para longe agora, já que não estou muito no clima de ter 58 quilos extras em cima de mim a essa hora da manhã, mas sabendo como Priti é neste horário — rabugenta, tipo, muito, muito rabugenta —, decido que vou deixá-la quieta. Faço uma anotação mental sobre não deixar que isso se torne um hábito.

Em vez disso, passo o braço ao redor dos ombros dela e me recosto no gradil. Fico olhando para as árvores, os prédios e as pessoas passarem correndo lá fora, pela janela, dando meu melhor para não pensar no modo como Ammu pareceu evitar meus olhos hoje de manhã.

Algo parecido com desgosto pesa no meu peito, mas não é exatamente desgosto. É algo que beira isso. Vergonha, talvez? Ou o desgosto por algo não ter acontecido do jeito como eu gostaria, por as coisas terem azedado. Ou, nesse caso, *silenciado*.

Assim que entramos na escola, Priti se despede e sai correndo, sem dúvida para encontrar Ali e colocá-la a par de todas as fofocas do casamento. Eu a vejo desaparecer pelo corredor, serpenteando por entre multidões de garotas vestindo os mesmos uniformes xadrez, sua mochila balançando atrás dela. Antes que eu tenha chance de me virar, alguém me envolve em um abraço apertado.

"Nishat!" Uma voz familiar guincha em meus ouvidos. Me viro e me deparo com dois rostos contentes me encarando de volta. Lá está Chaewon, com seus cabelos muito pretos que estão pelo menos alguns centímetros mais longos do que eu me lembrava. Ao lado dela está Jess, com uma franja nova em folha que cobre metade de seu rosto. Parece que não as vejo há uma eternidade, embora só tenham se passado poucos meses.

"E aí?!" Dou o sorriso mais reluzente que posso oferecer a essa hora da manhã.

"Que saudade!", elas dizem em um coro quase perfeito. Então eu sorrio *mesmo*, porque senti saudades disso. Chaewon e Jess, tão grudadas que já eram capazes de terminar as frases uma da outra.

"Também fiquei com saudade", eu declaro. "Tenho que dar uma passada nos armários e largar esses livros todos." Aponto para a mochila gigante balançando nas minhas costas, cheia até a borda com todos os meus livros. Será que é isso o que está me pesando, e não a coisa que beira o desgosto?

"A gente se vê lá na assembleia, tá?"

"Claro." Me despedindo, vou na direção dos armários. Há garotas papeando em todos os cantos da escola. Recostadas em armários e paredes, colocando a conversa em dia com gritinhos de contentamento após passarem o verão separadas. Escolas católicas só para meninas nem sempre são dos lugares mais empolgantes, mas há algo de cativante em estar de volta e ver todo mundo outra vez após um verão inteiro. Contenho um sorriso enquanto abro a porta de meu armário. Eu nem mesmo pensei no que vou dizer a Chaewon e Jess. *Se é que* vou dizer qualquer coisa a elas. Agora, com aquele sentimento adjacente ao desgosto dentro de mim, não sei mesmo se quero contar a elas. Não sei se posso suportar perder minha família e minhas amigas ao mesmo tempo.

"E aí, Nishat?", murmura uma voz familiar ao meu lado. Quando me viro, Flávia está abrindo o armário bem ao lado do meu.

Eu pisco, confusa.

Será que eu dormi? Bati a cabeça no armário, de algum modo? Minha mochila pesada cortou o fluxo sanguíneo até meu cérebro?

"Hã. Oi. Por que você... tá aqui?" A pergunta sai de minha boca antes que eu possa detê-la, e posso sentir o calor me subindo à face. Para variar, fico grata por minha pele escura, que de certa forma obscurece o que de outro modo seria uma cara vermelha.

Ela sorri. A covinha faz uma aparição.

Meus batimentos se intensificam mais do que deveria ser humanamente possível.

"Acabei de me matricular aqui. Não te contei?"

Não, ela não havia me contado. Se houvesse, eu teria pensado nisso ininterruptamente, tenho quase certeza.

"O que... você..." Estou no meio de deixar escapar uma outra pergunta sem sentido quando o estalo do alto-falante me interrompe. A voz anasalada da diretora Murphy preenche o corredor.

"Bom dia. Todas as alunas devem se dirigir ao salão principal para a assembleia. Começaremos às 8h30 em ponto. As atrasadas receberão uma advertência. Obrigada."

Curta e gentil, esse é o estilo da diretora Murphy.

"Acho que a gente devia..." Flávia dá um aceno de cabeça. Exceto que ela está apontando para a direção exatamente oposta à do salão.

"Você... sabe onde é o salão principal?"

É a vez dela de parecer atrapalhada. Noto um tom rosado em suas bochechas escuras e isso faz arrepios percorrerem toda a minha pele. Ela balança a cabeça.

"Achei que talvez pudesse fingir que não sou uma novata." Ela ri.

"Tudo bem. Vem comigo." Vou mostrando o caminho, serpenteando pelas multidões de colegiais empolgadas que também seguem na direção do salão. Meu coração ainda está um pouco acelerado e estou tentando dizer a ele que pare de martelar, que pare de alimentar esperanças, que pare de sentir... bem, *sentimentos*.

Quando entramos no auditório junto a uma fila de outras garotas, localizo Priti quase imediatamente. Ela está em uma conversa intensa com Ali, mas ergue o olhar e seus olhos encontram os meus assim que entro. Suas sobrancelhas pulam para junto da linha de seu cabelo quando ela me vê. Ou — provavelmente — quando vê Flávia ao meu lado. Não estou ansiosa por seja lá o que ela tenha a me dizer mais tarde, mas no momento também não ligo tanto assim.

Do outro lado do salão, Chaewon e Jess me chamam com um aceno. Estou prestes a sair de mansinho para ir até elas, mas a voz de Flávia me detém.

"É melhor eu ir ali encontrar minha prima", diz ela. E, para minha surpresa, Flávia aponta bem para Chyna Quinn. Agora é a vez das *minhas* sobrancelhas pularem até a linha do meu cabelo. Como pode Flávia, a linda e perfeita Flávia, ser parente de *Chyna Quinn*?

"Sua prima?"

"Sim, você a conhece?"

Tenho um milhão de anedotas que posso revelar a ela, mas mordo a língua.

"Mais ou menos. Quer dizer, nós somos do mesmo ano."

"Bom, minha mãe me disse que ela me mostraria as coisas por aqui hoje." Flávia dá de ombros como se não tivesse escolha quanto a isso. "Mas a gente se vê mais tarde?" E então ela me lança um sorriso que deixa meus joelhos bambos e esqueço totalmente de Chyna Quinn. Faço que sim com a cabeça, embasbacada, e observo Flávia seguir na direção da minha inimiga mortal.

"Quem era aquela?", pergunta Chaewon quando me junto a elas, após minha pernas finalmente se solidificarem outra vez.

"Flávia", digo, um pouco mais sem fôlego do que deveria. Eu pigarreio e repito em uma voz mais grave que me faz soar um pouco como Dwayne "The Rock" Johnson. "Flávia."

"Isso... não quer dizer nada pra gente", diz Jess.

"A gente estudou juntas. Há um tempão."

"E agora ela estuda aqui?"

Sim, ela estuda aqui e acho que me apaixonei por ela. Eu sorrio e faço que sim como se meu estômago não estivesse dando cambalhotas contínuas. Por sorte, nossa conversa é interrompida pela diretora Murphy dando tapinhas no microfone, fazendo um estalido alto ressoar pelo salão. Aos poucos, todas voltam sua atenção. Cabeças se viram para a frente conforme as conversas vão parando.

"Bem-vindas ao novo ano escolar", começa a diretora Murphy com um sorriso tenso. Meu olhar vagueia na direção de Flávia, sentada ao lado de Chyna Quinn, e me pergunto o que exatamente esse novo ano escolar estará reservando para nós.

6

Chyna Quinn nem sempre foi minha inimiga mortal. Na verdade, muito tempo atrás, nós éramos amigas. Bem, mais ou menos.

Em nossos primeiros dias no ensino médio, quando todas nós chegamos a esse lugar novo com um frio na barriga, Chyna e eu nos conhecemos. O destino — ou a administração da escola — decidiu colocar nossos armários um ao lado do outro.

Quando nós duas nos ajoelhamos para abrir nossos armários com um tranco, murmurando entredentes nossas combinações para nós mesmas, nossos olhares se encontraram. Trocamos um sorriso nervoso.

Ela era mais corajosa do que eu, o que era previsível. Ela estendeu a mão e disse: "Eu sou a Chyna!", na voz mais radiante que eu já havia escutado.

"Nishat." E foi assim que sobrevivi ao meu primeiro dia no ensino médio sem minha irmã caçula. Eu estava navegando por mares inexplorados, mas com Chyna ao meu lado tudo aquilo pareceu mais fácil. Fizemos uma amizade descontraída que se restringia à escola, mas que floresceu como acontece com toda nova amizade.

O problema era que não tínhamos muito em comum além da ansiedade de não termos amigos em um novo ambiente escolar no qual não conhecíamos uma só alma.

Nossa escola também sofre da síndrome da falta de diversidade, o que significa basicamente que no primeiro ano eu podia contar nos dedos das mãos o número de pessoas que não eram brancas na escola. Chyna ter me aceitado — a bela Chyna, com sua pele de porcelana, seus cabelos loiros e seus olhos azuis — me deu a sensação de que eu estava começando o ensino médio com o pé direito.

"Então, Catherine McNamara me convidou para uma festa do pijama no aniversário dela", Chyna me disse durante nossa segunda semana. Não era uma surpresa, considerando que ela sempre foi mais extrovertida do que eu, mais falante, mais charmosa, mais *tudo* de positivo. "E ela foi *bem* exclusiva quanto aos convidados." Chyna pareceu cheia de si quanto a isso, como se ser convidada para festas adolescentes fosse como ganhar um Oscar.

"Ah, legal", eu disse, tentando não soar murcha, mas definitivamente, com cem por cento de certeza, soando murcha.

"Ela disse que eu podia levar uma amiga."

"*Ah*, legal!"

Ela sorriu, eu sorri, e me senti como se fôssemos ser amigas para sempre, trocar braceletes da amizade e, se acrescentássemos mais duas pessoas à nossa turma, fazer um lance tipo *Quatro Amigas e Um Jeans Viajante*. Mesmo que eu tivesse que ser a cota da pessoa não branca. Eu topava tranquilamente ser a cota da PNB.

Mas é claro que tudo que é bom dura pouco, e uma amizade construída sobre fundações frágeis tende a acabar bem rápido. Então, antes de chegarmos ao estágio no qual estávamos usando braceletes da amizade e trocando calças mágicas, estávamos juntas na festa de aniversário de Catherine McNamara.

Era minha primeira festa no segundo grau e apenas minha segunda festa do pijama, porque Ammu e Abbu são bem superprotetores e demoram para confiar em gente branca.

Eu estava uma pilha de nervos e mandei pelo menos umas quinze mensagens para Chyna antes de a festa começar.

O que você vai vestir?
O que eu visto?
O que você vai levar?
Você acha que meu presente é sem graça?
Você avisou a Catherine que vai me levar?
Tem certeza de que é tranquilo eu ir?

Ela só respondeu cerca de cinco das minhas mensagens, mas eu não podia culpá-la por isso.

Chyna já estava à porta quando cheguei, tocando a campainha e acenando para Ammu, que dava ré da entrada da garagem sem tirar os olhos de mim nem por um segundo.

"E aí?", disse Catherine depois de escancarar a porta. Ela sorria para mim com os lábios apertados, e eu imediatamente soube a resposta para metade das minhas mensagens. Chyna não havia contado a Catherine que ia me levar. Não era tranquilo eu ir.

Mas eu já estava lá, minhas mãos todas ocupadas com as bolsas, minha Ammu já a meio caminho de casa, e não havia nada que eu pudesse fazer. Então, engoli meu orgulho e fui entrando, murmurando um "Feliz aniversário!" sem muito entusiasmo e empurrando um presente nas mãos de Catherine.

Chyna se encaixava na festa como a última peça de um quebra-cabeça. Já eu me encaixava mais como se alguém muito ruim em quebra-cabeças tivesse tentado usar supercola em uma das peças, movida pela frustração.

Por algum tempo, fiquei ali pelos cantos, assistindo a Chyna ser a alma da festa.

Mandei uma mensagem para Priti, fingindo que meu telefone era a coisa mais interessante que um dia já havia existido.

Esta festa tá horrível, quero ir embora!!!

Priti respondeu, *Tem que segurar a onda, é sua primeira festa com essas meninas!* VAI FICAR TUDO BEM*!*

Me encaixei ao lado de Chyna no meio de uma conversa.

"Oi!" Tentei ser animada e esfuziante como tinha visto Chyna ser com outras pessoas. Nela, era charmoso. Em mim? Patético, talvez. Foi isso que pesquei da forma como todas naquela sala olharam para mim, com sorrisos que não chegavam até seus olhos.

"Ah, essa é... a Nishat." Chyna estava dando exatamente o mesmo tipo de sorriso que as outras. Ela acenou na minha direção como se eu não chamasse atenção. Como se minha pele escura não me destacasse como um ponto de interrogação em um mar de pontos finais.

"Oi, Nesha, eu sou a Paulie", disse uma garota com uma brilhante cabeleira ruiva, estendendo a mão como se fôssemos mães de meia-idade e não garotas de 12, 13 anos.

"Hã, oi. É N*i*-sh*at*."

"Nihchá."

"N*i*sh*at*", tentei outra vez.

Uma ruga apareceu na testa dela, como se pronunciar meu nome fosse um problema de matemática difícil que ela não conseguia entender muito bem.

"Ei, posso falar contigo?" Chyna já estava me levantando e me puxando para longe do bando de garotas antes que eu conseguisse respondê-la. Ela me levou até um canto do corredor bem junto à porta da frente. Lembro de ver um reflexo do pôr do sol no rosto dela — dourado, laranja e vermelho.

"Acho que você devia ir embora."

Franzi o cenho.

"Foi você quem me convidou para vir."

"Foi um erro. Achei que não seria um problema, mas acho que Catherine só disse que eu poderia trazer uma amiga para ser gentil."

"Mas eu já estou aqui."

"Eu sei, mas você pode inventar uma desculpa e ir embora. Diga para Catherine que está se sentindo mal, tenho certeza de que ela vai entender."

"Mas e você?", perguntei. Achei que não haveria como nós duas fingirmos que estávamos passando mal e nos safarmos. "Vai dizer a ela que tem que ir comigo, para garantir que vou ficar bem?"

Algo se transformou no rosto de Chyna. Ficou mais sombrio, ou talvez fosse só a luz do sol do crepúsculo. Mas uma mudança aconteceu. Não só na expressão dela, mas no ar ao nosso redor.

"Eu não vou com você."

"Por que não?" Mas no instante em que eu fiz essa pergunta, a ficha caiu. Chyna havia encontrado seu lugar, e ele não me incluía. Não podia me incluir. Eu estava sendo abandonada ao relento frio. Literalmente, porque fazia menos de 3 graus lá fora, apesar de ainda estarmos no verão.

"Não posso ir. Seria indelicado."

"Ah", disse, mesmo que aquilo não fizesse sentido. "Então vou ligar para minha mãe e..."

Mas Chyna já estava dando meia-volta, já estava retornando depressa à sala de estar, já estava sorrindo abertamente como se estivesse satisfeita por se livrar de mim.

Enquanto eu ligava para Ammu para pedir que ela me buscasse, podia ouvir Chyna recontando a história que a fizera se encaixar perfeitamente na panelinha daquelas meninas.

"Então, por que seu nome é Chyna?" Foi a ruiva Paulie quem fez a pergunta. "Nunca conheci alguém com um nome tão diferente."

Eu teria revirado os olhos até eles ficarem do avesso se minhas mãos não estivessem tremendo enquanto o tom de chamada do celular continuava se desvanecendo e voltando sem indicativo de que Ammu fosse atender logo.

"Minha mãe foi para a China depois de se formar na faculdade, para dar aulas de inglês. E foi lá que ela conheceu meu pai. Eles ficaram lá por mais ou menos um ano, namorando, então foi tipo o lugar onde eles se apaixonaram, e eles decidiram me dar o nome dele."

Ouviu-se uma rodada de ooowwwnns, e o rosto de Chyna se iluminou.

"Você já foi pra lá?", perguntou Catherine.

"Ainda não, mas minha mãe e meu pai prometeram me levar lá algum dia para eu poder ver com meus próprios olhos!"

"Ai, que *emocionante*."

Ammu enfim atendeu ao telefone. Ela concordou em dar meia-volta e ir me buscar, embora não tenha parecido feliz com isso. Para minha surpresa, Catherine veio se despedir de mim, embora ainda estivesse me dirigindo aquele sorriso de lábios apertados.

"Que pena você não poder ficar, a gente ia ver um filme de terror", disse ela, destrancando a porta da frente. "Mas acho que era inevitável, considerando o tipo de comida que você prefere."

"Oi?"

"Chyna falou que... você sabe, como o povo da Índia come muita comida apimentada, você teve..." Ela se inclinou para sussurrar as palavras seguintes, como se elas fossem um segredo sujo. "Alguns problemas digestivos."

"Eu não tive... eu não..." Mas minhas palavras se perderam porque no minuto seguinte Catherine havia aberto a porta da frente e me empurrado para fora com um aceno animado.

Foi assim que começou o boato, que se espalhou pela escola inteira, de que o restaurante do meu pai causava diarreia nas pessoas.

Aquele também foi o último dia de minha amizade com Chyna.

7

Não tenho nenhuma aula com Flávia pela manhã. Na hora do almoço, fico atenta, mas quando percebo que ela está sentada com Chyna e seu bando, rapidamente dou fim ao meu olhar errante.

Chaewon e Jess trocam um de seus olhares de curiosidade e tenho certeza de que é a meu respeito, mas finjo não notar.

No fim do dia, nós três seguimos até nossa aula de administração. Mesmo sendo apenas o primeiro dia do ano escolar, já tenho a impressão de estarmos ali há tempos, e estou inquieta à espera do sinal que indica o fim da aula.

"Vamos sentar na frente hoje?", pergunta Chaewon, apoiando a mochila na fileira de mesas bem na frente da mesa da professora — os lugares que todos detestam mas que Chaewon, por alguma razão, adora.

Jess já está se esgueirando até a fileira dos fundos, pelo visto farta de suportar o escrutínio dos professores. Chaewon faz bico, mas não reclama. Nós duas nos sentamos nas cadeiras ao lado de Jess, tirando nossos livros de administração das mochilas.

"Quem você acha que vai ser nossa professora de administração?" Jess se inclina para a frente em sua mesa para sussurrar para nós enquanto uma batelada de alunas adentra a sala, o som de suas conversas enchendo o ambiente.

"A srta. Montgomery, talvez?", pergunta Chaewon, esperançosa.

A srta. Montgomery havia sido nossa professora de administração no primeiro ano e sempre tinha as formas mais criativas de ensinar. Ela nos fazia pensar sobre tudo de maneira prática em vez de só nos mandar ler o livro e fazer os exercícios. Suas aulas eram sempre divertidas, embora isso fosse algo que administração pudesse se permitir ser no primeiro ano, que era o período em que os exames pareciam incrivelmente distantes.

"Aposto que vai ser a srta. Burke." Jess franze o rosto ao dizer isso. "Abram seus *liiiiivros*, meninas", ela acrescenta em uma voz aguda, imitando um sotaque do interior e fazendo Chaewon e eu cairmos na gargalhada.

"Se acalmem." A voz da srta. Montgomery vem da frente da sala. Nós três damos um jeito de conter nossas risadas e erguer nossos olhares com os risos ainda repuxando os cantos da boca. "Boa tarde."

"Boa tarde", respondemos em coro.

A srta. Montgomery sorri e vai até sua mesa.

"Bom, administração no Ano de Transição... esse é o melhor momento para vocês utilizarem suas habilidades práticas." Ela ergue uma das sobrancelhas como se estivesse nos desafiando. "Então, podem deixar seus livros um pouco de lado, pessoal."

A turma inteira troca olhares. De repente, essa parece a Aula de Defesa Contra as Artes das Trevas em *Harry Potter e o Prisioneiro de Azkaban*. Só falta a srta. Montgomery aparecer com um bicho-papão.

Enquanto me curvo para baixo, tentando enfiar meu pesado livro de administração na mochila, tenho um vislumbre dos cachos castanho-escuros que de repente se tornaram tão familiares.

Flávia.

Nesta aula.

Porém, ela está sentada várias fileiras à frente. De repente, me arrependo de não ter apoiado Chaewon.

"Sua cabeça ficou presa na mochila?", sussurra Chaewon, me dando um cutucão nas costelas.

Eu me ergo, sentindo o rubor se alastrando por meu pescoço uma vez mais.

"... e assim", a srta. Montgomery está no meio de seu discurso, mas não parece ter notado minha desatenção. "Vamos passar uma porção significativa desse ano trabalhando em nosso plano de negócio." Ela coloca mais ênfase do que o necessário na palavra plano, como se fosse algo chique em vez de algo que fizemos praticamente em todas as aulas das quais participamos. "E temos algumas empresas de verdade envolvidas, que estão oferecendo um prêmio em dinheiro."

Isso conquistou a atenção de todas. Houve uma mudança significativa no clima da aula. Se antes o que todas ouviam era a srta. Montgomery em uma ladainha sobre alguma coisa, agora o que ouviam era a srta. Montgomery em uma ladainha sobre algo que tinha um prêmio em dinheiro.

Ela parece sentir nossa atenção aumentar, porque há um sorriso repuxando seus lábios enquanto ela examina toda a turma. Ela se detém por um instante. Um longo instante. Como se estivesse tentando prolongar o suspense.

"Então, nós vamos desenvolver nossos próprios negócios", diz ela. "Em grupo ou de forma individual. As empresas são suas, então quem decide são vocês. E esse projeto vai compor boa parte da nota de suas provas de fim de ano."

A turma irrompe em lamentações quando ela diz isso, mas o resquício de um sorriso permanece nos lábios da srta. Montgomery. Porque, é claro, ela ainda está retendo a informação que nós realmente queremos.

"O prêmio em dinheiro, doado pelos patrocinadores que realizam esse concurso, será de..."

Estamos todas prendendo o fôlego. Bom, eu, pelo menos, estou. Mas consigo sentir no ar a expectativa de minhas colegas de classe.

"Mil euros."

***

"Mil euros é bastante dinheiro", diz Chaewon junto aos nossos armários no fim do dia. "Tipo... consegue se imaginar ganhando isso? Dá pra fazer muita coisa com mil contos."

"Eu poderia comprar todos os jogos de videogame que eu quisesse", diz Jess em um meio sussurro, como se um estoque infindável de jogos de videogame fosse sua ideia de paraíso.

"Sabe, acho que eu colocaria meu dinheiro no banco e o usaria quando realmente precisasse", diz Chaewon.

Jess e eu suspiramos ao mesmo tempo.

"Você tem que ser um pouco mais criativa do que isso. Pense em algo que você queira muito fazer", digo.

"Pois é, você ainda não tem permissão para ser tão adulta assim. Toda essa conversa de bancos e economias", acrescenta Jess.

"Parece até que já tem 40 anos."

"De repente até 50."

"Economizar é importante", murmura Chaewon.

"Tá, mas essas são nossas fantasias, Chaewon. E fantasias podem ser qualquer coisa que você quiser."

"Acho que, se fosse para aloprar..." Chaewon começa, pensativa.

"Aloprar mesmo." Eu reforço, encorajando-a.

"Tipo, aloprar muito mesmo", acrescenta Jess.

"... acho que eu faria uma viagem de férias", diz Chaewon. "Quer dizer, eu gostaria de voltar à Coreia. Para visitar, sabe. Mas com mil euros... não tenho certeza de que seria possível."

"Você poderia viajar de férias para algum lugar na Europa", comenta Jess alegremente, sem saber que uma viagem para a Coreia seria bem mais do que apenas uma viagem de férias. Embora Chaewon e Jess sejam melhores amigas que não guardam segredos uma da outra, dessa vez Chaewon procura o *meu* olhar. Como se esse fosse um segredo que nós dividimos e do qual Jess não faz a menor ideia. Dura só um momento.

Então Chaewon dá um risinho e diz: "Sim, e eu poderia levar vocês duas, óbvio".

"Essas seriam as melhores férias", concorda Jess.

Também estou pensando em como mil euros mal seriam suficientes para uma viagem a Bangladesh.

* * *

Priti tem aulas de reforço após a escola, que Ammu e Abbu a persuadiram a fazer, mesmo que ela não precise de fato. Ela já estuda bastante em casa.

Mas isso significa que tenho que esperar no ponto do ônibus sozinha. As brilhantes letras laranjas do painel de espera anunciam dez minutos, onze, então voltam outra vez aos dez no espaço de apenas alguns segundos. Os ônibus de Dublin são inconstantes, como sempre.

"Cadê a sua irmã?"

A voz de Flávia provoca o efeito de sempre em mim e faz meu coração bater em um ritmo humanamente impossível. O que ela está fazendo aqui?

Se ela está no ponto, provavelmente também está esperando o ônibus para casa.

Ela se senta ao meu lado no banco com uma expressão de expectativa.

Certo.

Ela me fez uma pergunta.

"Minha irmã e eu não estamos sempre juntas." Não sei porque minha voz sai na defensiva. Pelo visto, Flávia me causa algo que faz com que minha mente reaja das formas mais estranhas.

"Eu sei." Ela dá um risinho, de algum modo sem ficar totalmente desencorajada por minha postura defensiva. "É só que... parece que nunca te vi sem ela. Chyna diz que vocês duas são unha e carne."

Não tenho certeza de como me sentir quanto a isso. Primeiro, por Flávia ter feito perguntas a Chyna sobre mim, e segundo, por ela poder acreditar em qualquer coisa que Chyna lhe diga.

Cruzo os braços sobre o peito e olho para Flávia de soslaio, como se isso fosse me dizer exatamente o que Chyna andou dizendo sobre mim.

"Então... cadê ela?", pergunta Flávia após um instante.

"Aula de reforço. Ela vai fazer a prova do Certificado Júnior este ano, então..." Dou de ombros.

"Uau", diz Flávia, se recostando no vidro do ponto de ônibus. "Ela deve ser igualzinha a você, né?

"Quê?"

"Você não lembra? Quando a gente estava no primário, o que você mais gostava era de sair de fininho para ir à biblioteca quando devíamos estar no pátio." Ela se vira para mim com os olhos brilhando de divertimento e consigo sentir o calor subindo por minhas bochechas.

Não acredito que ela também se lembra disso. Eu tinha quase esquecido.

No primário, as outras meninas me apavoravam. Elas caçoavam de mim por causa de meu leve sotaque e pelo fato de eu precisar de algumas tentativas para entendê-las por causa do sotaque *delas*. Elas também frisavam que minha comida era estranha e cheirava mal (embora o fato de que alguém possa pensar que daal cheira mal ainda esteja além da minha compreensão).

Então, em vez de ficar no pátio na hora do almoço, passando o tempo sozinha em um canto e evidenciando a todos o fato de que eu não tinha amigos, eu ia sorrateiramente para a biblioteca, me escondia atrás de algumas estantes e me enterrava em fosse lá o que eu pudesse encontrar.

"Aquilo era diferente", digo a Flávia agora, embora não queira explicar de que forma era diferente. Eu estava apenas tentando achar um local seguro naquela escola.

Priti só é nerd.

Para minha surpresa, Flávia suspira e diz "Pois é", como se entendesse totalmente. "Sabe, é ainda pior fora de Dublin." Ela diz isso como se eu soubesse exatamente do que ela está falando.

Estranhamente, eu sei. Porque não acho que tenha sido fácil para nenhuma de nós no primário, com nossas diferenças tão evidentes.

"Tipo... se você acha que não tem diversidade na nossa escola, devia ver a minha escola anterior." Ela dá um risinho, mas há um indício de tristeza nele. Não posso nem imaginar como deve ter sido. Dublin é estranhamente cosmopolita. Talvez nem tanto no cantinho dela em que vivemos, mas é. Se você vai para o centro, vê gente de todas as partes do mundo. Muitos são estudantes espanhóis que adoram empatar todas as portas de entrada que existem, porque, pelo visto, estudantes espanhóis não vêm para cá estudar inglês ou passear pela Irlanda, eles vêm só para ficar na frente das portas e ser inconvenientes. Mas há gente de outros lugares, também — da Polônia, do Brasil, da Nigéria e de muitos outros países.

"Deve... ter sido difícil", eu declaro, mas imediatamente me arrependo. As palavras não soam sinceras. Talvez elas soem até um pouco condescendentes. Vãs.

Mas Flávia dá de ombros. "Não adianta chorar pelo leite derramado."

"Posso te perguntar uma coisa?" eu digo após um instante de silêncio se passar entre nós.

"Isso já não foi uma pergunta?" diz Flávia, erguendo uma sobrancelha. Eu reviro os olhos, mas não tenho como não sorrir. É o tipo de piada que consigo imaginar Abbu fazendo.

"É sério, posso?"

"Claro." Ela se empertiga, como se estivesse preparada para uma pergunta séria. Ela deixa seu rosto todo franzido e sóbrio. Tenho que conter um sorriso.

"Por que sua mãe levou você embora?", pergunto. "Por que... você não ficou aqui?"

A expressão de Flávia muda. Vai de uma seriedade zombeteira para quase inexpressiva. Insondável. Meu estômago afunda. Penso por um momento que talvez eu tenha feito uma pergunta muito invasiva e agora Flávia vai ficar aborrecida comigo.

Mas então ela diz: "Acho que foi difícil pra minha mãe". Ela está olhando para o chão, cutucando a terra com a ponta dos sapatos pretos padrão que todas usamos como parte de nosso uniforme escolar. "Ela veio pra cá quando era mais nova, se apaixonou pelo meu pai e achou que era isso. Que tinha chegado lá. Ela diz que o Brasil nem sempre é um lugar fácil, mesmo que ela sinta falta. Depois do divórcio, acho que ela só queria ir para algum lugar onde não a julgassem por seus sonhos terem desmoronado."

"Ah", é tudo que eu consigo dizer. Não sei por quê, mas nunca atribuí a partida de Flávia a algo relacionado à mãe dela, embora obviamente eu tenha ficado sabendo do divórcio. Éramos uma turma pequena, então nada ficava embaixo dos panos por muito tempo.

Os lábios de Flávia se repuxam em algo que lembra um sorriso. "Sabe, ela na verdade queria ter levado eu e minha irmã de volta para o Brasil."

"Uau."

"Eu fui super a favor."

"Sério?" Não consigo evitar o fato de que minha voz sobe uma oitava. É só porque não tenho certeza de que gostaria de voltar para Bangladesh de forma permanente, ou semipermanente. Além do fato de que ser gay lá é passível de morte, também não tenho certeza sequer de onde me encaixaria. Eu não me encaixo aqui, mas será que lá me encaixaria melhor? Acredito que não. Já esqueci grande parte de meu bengalês e às vezes, quando converso com meus primos de lá, parece que as diferenças entre nós são akash patal — como o céu e a terra.

"Eu só estive lá quando era nova e mal me lembro", diz Flávia. "Achei que... podia ser bom. Um modo de eu de fato aprender sobre de onde eu vim e dar uma reciclada no meu português." Ela suspira. "Mas... acabou não dando certo. Acho que minha mãe não estava preparada para voltar, e ela diz que aqui há mais oportunidades."

É engraçado Flávia e eu sermos de partes tão diferentes do mundo mas nossos pais terem a mesma filosofia. Eles se mudaram conosco para o outro lado do mundo, arriscando sua cultura, nos colocando no meio de duas nações e nos dando uma crise de identidade, tudo porque acreditam que isso nos dará mais oportunidades. É estranho pensar no quanto eles de fato sacrificam por nós. Mas até aí, estou empacada no fato de que Ammu e Abbu podem deixar seu mundo inteiro para trás, porém não conseguem parar um instante para considerar quem eu sou. Como podem sacrificar tudo por mim e por Priti, mas não podem sacrificar sua visão fechada sobre sexualidade para me aceitar como sou?

"Bom... estou feliz por você estar de volta", digo. Não é como se eu tivesse me lamentado por Flávia todos esses anos, considerando que eu nem tinha me dado conta de que tinha um *crush* nela já naquela época, mas... ela estar aqui parece esquisito, de um jeito bom. Ela mudou tanto — sua altura e seu cabelo (que ela costumava alisar sempre e prender em um rabo de cavalo), e simplesmente o jeito como ela se porta —, mas também há tantas coisas que parecem as mesmas. Ainda há essa ternura acerca dela que havia no primário e um sorriso que poderia fazer qualquer um se derreter.

Flávia se vira para mim com aquele sorriso se insinuando em seus lábios mais uma vez. "Pois é, também estou bem feliz por ter voltado", ela diz, mantendo seus olhos nos meus por um longo instante.

Somos interrompidas pelo som impetuoso do ônibus se aproximando à toda e tenho que pular do banco para fazer o sinal. Se eu perder esse ônibus, terei que esperar uma hora inteira para pegar o próximo.

Flávia se levanta quando o ônibus encosta. "Até amanhã, Nishat", diz ela, se afastando do ponto do ônibus e seguindo na direção do semáforo com a faixa de pedestres.

"Peraí... você não vai pegar o ônibus?"

"Nã-ã!" Flávia me lança um sorriso largo. Quero perguntar por que ela decidiu ficar e conversar comigo, mas o motorista já está me olhando feio e eu sei que se não subir no ônibus agora, ele vai fechar a porta e arrancar.

Então eu entro, passo meu cartão de transporte e vou apressada até a janela. Enquanto vejo Flávia se afastando, seus cachos balançando ao vento, não consigo evitar o frio que se espalha por minha barriga.

8

"O que é isso?", pergunta Priti mais tarde, após irromper em meu quarto ao chegar em casa após as aulas de reforço.

"É um formulário."

"Bom, isso eu tô vendo." Priti tenta arrancar a folha de papel das minhas mãos. "Mas... para... que... é... isso?" Ela cessa suas tentativas para me olhar de cenho franzido. "E por que não posso ver?"

"Pode me lembrar de quando foi que isso virou da sua conta?", pergunto, erguendo uma sobrancelha.

Ela deixa escapar um bufo ressentido e se joga de costas em minha cama. "Tá bom, então não me fala. Tô nem aí."

Eu rio e chego mais para perto dela, cutucando suas costelas até ela rir. Priti ainda é a pessoa que eu conheço que mais tem cócegas.

"Para!", ela exclama, afastando minhas mãos com tapas até que eu também começo a rir.

"Desculpa", digo assim que nós duas sossegamos. "Eu conto o que é o formulário. Vou precisar de sua ajuda com isso, de qualquer forma."

"Talvez eu não queira te ajudar." Priti levanta o queixo para mim.

"Quer que eu faça cócegas em você de novo?"

Ela me olha de cara feia, mas murmura "não" antes de rapidamente se inclinar em minha direção para ler o formulário por cima do meu ombro.

"Ideia de empreendimento?", pergunta ela. "Você não é uma mulher de negócios."

"É, né, dã. Mas a srta. Montgomery está organizando um concurso de empresas em nossa turma. Basicamente, nós vamos montar nossos próprios negócios e temos algumas semanas para desenvolvê-lo e tentar fazê-lo dar lucro. A pessoa que tiver a empresa mais bem-sucedida vai ganhar mil dólares, mas isso também vai fazer parte da nota das provas de fim de ano."

"Ah, seu primeiro gostinho do Ano de Transição. Você vai ser uma empreendedora!" Ela não está falando sério, então reviro os olhos. Não vejo nenhum empreendedorismo em meu futuro.

"Preciso de ideias!", digo a Priti.

Chaewon e Jess estão abarrotando nosso grupo de mensagens, que geralmente é morto, com todas as suas ideias. Elas já eliminaram qualquer coisa relacionada a comida, porque isso daria um trabalhão, e Jess começou a imaginar como transformar a obsessão dela por videogames em uma empreitada comercial.

Mas meu poço de ideias está seco e eu não tenho nada com que contribuir para a conversa. Mas queria surgir com uma ideia brilhante que fizesse Chaewon e Jess pensarem que eu sou uma gênia.

"Você poderia abrir uma barraquinha de comida", sugere Priti.

"Que tipo de comida eu venderia?"

Ela dá de ombros.

"Você poderia pegar um pouco da comida do restaurante. Ou talvez pedir à Ammu que cozinhe para você." Ela ergue uma das mãos à sua frente e, arrastando-a pelo ar, diz "autêntica comida bengalesa" em um sussurro dramático.

Começo a rir do quanto aquilo soa ridículo e, quando dou por mim, Priti está acertando o topo da minha cabeça com seu livro didático de inglês.

"Tá bom, tá bom, ai. Desculpa."

Ela enfim para e senta-se outra vez, parecendo bastante orgulhosa de si mesma.

"Livros de inglês não deveriam ser usados dessa forma. Tem poesia aí dentro. Poesia muito bela e agradável." Eu esfrego a cabeça.

"Também tem vários poemas sobre a guerra. Esses são agradáveis?"

"Tá, beleza", digo. "Olha, ninguém vai se interessar por comida bengalesa. Para começar, eles nem entendem o que significa bengalês, nem sabem onde fica Bangladesh. Em segundo lugar, as pessoas não andam tão a fim de comida do Sul Asiático no momento. Dublin só quer saber de burritos e donuts. E em terceiro, eu não posso pegar comida no restaurante, e se eu pedisse à Ammu para cozinhar para a minha empresa, ela ficaria furiosa. Além disso, esse tipo de coisa não seria trapacear? Eu não estaria de fato fazendo as coisas por conta própria, estaria?

"Acho que não", diz Priti, embora não pareça querer admitir isso. "É só que... imagina só, comida de rua bengalesa nas ruas de Dublin! Hummm! Podia ser a próxima febre depois dos donuts!"

Seria bem legal se a próxima moda de comida na Irlanda fosse do Sul Asiático. Nós já passamos pela moda da comida japonesa, e os donuts já passaram da validade há muito tempo. Porém, sendo realista, comida bengalesa nunca vai virar moda nas ruas daqui. Pelo menos isso eu aprendi com Chyna.

"Ninguém além de você e eu comeria comida de rua bengalesa. Além disso, dá para imaginar o que Chyna diria se eu começasse a vender essas coisas?"

Priti franze a testa e diz: "Chyna não é assim tão ruim".

Eu recuo para longe de Priti ao ouvir isso. Não intencionalmente, é só instinto. Fito-a com os olhos arregalados. "Chyna Quinn, que disse 'o restaurante do seu pai dá diarreia nas pessoas', não é assim tão ruim?", pergunto.

Priti suspira, cruzando os braços. "Quando você coloca dessa forma, sim. Mas já faz, tipo... muito tempo desde que tudo isso aconteceu."

Encaro Priti com os olhos semicerrados, antes de me inclinar para a frente e tocar sua testa com as costas de minha mão. "Você não parece quente, mas obviamente está com tanta febre que está delirando."

Priti empurra meu braço para longe, me fuzilando de leve com o olhar. "Não estou delirando, Apujan. Caramba. É que... Chyna... convidou a mim e Ali para a festa de aniversário dela na semana que vem. Foi gentil da parte dela convidar a gente."

Minhas sobrancelhas pulam para cima. "Então... considerando o fato de que você de repente decidiu que Chyna é sua melhor amiga, posso supor que você vá à festa?"

Priti desvia o olhar, como se realmente estivesse pensando muito intensamente nisso.

Se você precisa pensar tanto assim a respeito de ir a uma festa, é provável que não deva ir. Embora isso não valha muito vindo de alguém que nunca é convidada para festas.

"Acho que sim", diz ela, por fim. "Quer dizer... Ali vai. E parece que vai ser divertido... Além disso..." Ela de repente se vira para mim com um sorriso e um brilho no olhar. "... é como se ela estivesse estendendo a... como é a palavra? Estendendo a mão e..."

"Você esqueceu a palavra mão?"

"Cala a boca!" Ela me acerta de leve no ombro e se recosta, o sorriso ainda no rosto.

"Eu só sinto, tipo... sei lá, que ela mudou desde aquela época..."

Não faz tanto tempo assim.

"E ela está tentando, sabe? Se redimir. Temos que chegar a um meio-termo, não temos? Não tenho essa responsabilidade?"

Pessoalmente, eu acho que Priti está falando groselha para justificar sua ida à festa com Ali, mas tenho juízo o bastante para não dizer isso.

"Ela pediu desculpas?", pergunto, em vez disso.

"Bom, não. Mas já faz muito tempo."

"Priti... lembra que um dia desses você me falou que eu devia tomar cuidado? Sobre o lance da Flávia?"

"Não é a mesma coisa. É completamente diferente." Suas palavras escapam tão depressa que trombam umas com as outras.

"Você sabia que Flávia e Chyna são primas?"

Isso parece deixá-la perplexa, porque ela olha para mim com os olhos arregalados e descrentes.

"Mentira."

"Não é mentira, Flávia quem me contou." O que obviamente é a coisa errada a se dizer, porque Priti semicerra os olhos, fechando a cara.

"Você sabe que isso só piora as coisas, não é? Você odeia a Chyna, então não deveria odiar também a prima dela por tabela?"

"É você quem vai para a festa de aniversário da Chyna."

"Pois é, mas é uma festa, vai ter um monte de gente lá. Eu não ando fantasiando sobre beijar a Chyna."

"Eu não ando fan…"

"Olha, eu só vou porque Ali vai, tá? E ela vai porque o namorado dela vai e…"

"Você não contou que Ali estava namorando", digo. É o primeiro namoro dela, na verdade. Priti desvia o olhar, como se essa não fosse uma conversa que ela gostaria de levar adiante. Ela cata seu livro de inglês e começa a folheá-lo como se fosse a coisa mais empolgante que já tivesse cruzado seu caminho.

"Você devia ter me contado. Eu sei que pode ser estranho quando…"

"Não está estranho." A voz dela sai em um tom agudo, me garantindo que ela definitivamente acha que está estranho. "Eu só tenho que me acostumar com ele, só isso."

Eu quero dizer mais. Sou a irmã mais velha. Era para eu ser aquela que oferece a Priti palavras de sabedoria. Que transmite conhecimento. Mas não sou exatamente habilidosa nesse departamento.

Em vez disso, deixo o silêncio tomar conta do quarto, pegando o telefone de Priti ao lado dela. Começo a rolar a tela outra vez. Ela me lança um olhar por cima da borda do livro e eu o respondo com um sorriso descarado. Nenhuma de nós faz comentário algum.

Ainda estou passando as fotos dela quando Priti fecha o livro de inglês outra vez e diz com uma voz animada: "E que tal doces bengaleses?".

"O que tem eles?"

"Você podia vender isso. Seria divertido, hein? Jilapis. Huuummmm." Priti começou a salivar ali mesmo. Seu olhar ao pensar nos jilapis é totalmente sonhador.

"Acho que não." Tenho que segurar o riso. "Você consegue imaginar aquelas meninas da escola comendo jilapis? Elas ficariam com nojinho só de olhar."

"Do que você tá falando? Jilapis são lindos. São macios, mas não macios demais. E dourados e uma delícia e… eu agora realmente quero uns."

"E são grudentos, gosmentos e algumas pessoas nunca querem se aventurar fora de suas zonas de conforto. Além disso, eu não sei fazer jilapis sozinha."

"Ammu sabe...", diz Priti, antes de ver o modo como ergo as sobrancelhas para ela. Ela suspira e diz: "Tá, vou continuar pensando".

"Valeu... Ei!"

"Quê?"

Eu me sento de pronto e mostro o telefone para Priti. Há uma foto que ela tirou das nossas mãos juntas antes do casamento de Sunny Apu. Estamos ambas envergadas pelo peso de nossos anéis e braceletes, mas a característica mais importante da foto é a henna floral vermelho-escura se entrelaçando por nossos braços, palmas e dedos.

"É a foto que eu tirei?", pergunta Priti, hesitante.

"Não, não..." Eu suspiro. "A henna!"

"O que tem ela?"

"Ficou boa, não ficou?"

"Tipo, tá boa, definitivamente não tanto quanto a da Nanu, mas..."

"Eu poderia fazer isso."

"O quê?" O rosto de Priti está mais inexpressivo do que nunca. Para uma pessoa inteligente, ela leva um tempo bem longo para entender.

"A henna!", eu exclamo.

"Sim... ficou legal, mas a da Nanu ainda é mil vezes melhor."

"Ai, meu Deus, Priti", eu resmungo. "Eu podia abrir um ateliê de desenhos de henna."

"Ai, meu Deus." Os olhos dela se arregalam quando ela enfim se dá conta da minha ideia. "Você podia fazer isso. As meninas na escola ficariam loucas. Tipo, você viu os comentários que geral deixou no meu Insta quando eu postei a foto da minha mão?"

"Não." Só me lembro do comentário que Flávia deixou na foto do casamento.

"Olha!" Ela enfia o telefone na minha cara. Eu me lembro de quando Priti tirou essa foto, embora realmente não me lembre de ver a foto em si. Foi logo depois de eu terminar a palma esquerda dela. A pasta ainda nem tinha secado direito.

Olho embaixo da foto. 148 curtidas. 30 comentários.

"Uau."

"Lê os comentários!", diz Priti.

Vou rolando por eles.

Onde foi que você fez???

Tem algum lugar em Dublin que faça desenhos de henna?

Quanto custou?

Amei o desenho!

Lindo!

"Priti!" Consigo sentir um sorriso enorme repuxando meus lábios. "Por que não me mostrou isso?"

"Bom, não queria que você ficasse se achando. Tipo, o desenho está só bom." Mas ela também está sorrindo ao afastar seu telefone.

"Mas acha mesmo que eu poderia fazer isso? Tipo, faz só um tempinho que estou praticando. E só pratiquei em você e em mim. E se eu fizer besteira?"

Priti faz uma cara bem séria, o que forma vincos entre suas sobrancelhas e faz seu nariz ficar todo espremido.

"Com certeza você pode fazer isso, Apujan", diz ela. "Você é ótima. Tipo... olha isso, olha esses comentários todos. Alguns deles até são de Desis. E elas entendem de henna."

Eu sorrio. "Você disse que estava só bom."

"Bem, alguém tem que manter seu ego sob controle", diz Priti com um suspiro dramático.

"Posso praticar nas suas mãos?", pergunto. "E posso usar suas fotos para fazer propaganda?"

"Claro!" O rosto de Priti se abre em um enorme sorriso. "E você devia começar a fazer seus próprios desenhos, sabe?"

"Você acha?"

"Claro, vai tornar seu negócio bem único!", afirma ela. "As pessoas podem fazer originais da Nishat nas mãos. Vão fazer fila na sua porta... ou na sua barraca, sei lá."

Eu rio porque não consigo imaginar ninguém querendo um "original da Nishat", mas é uma ideia agradável, creio eu. O tipo de ideia que só minha irmã poderia fazer com que me empolgasse.

Mas o plano também me enche com um tipo de empolgação que eu não sentia há tempos. Então, depois de enxotar Priti para o quarto dela para que vá terminar de estudar, eu me acomodo com um pedaço de papel e lápis nas mãos, tentando bolar um desenho original.

Quando termino, já se passaram várias horas e a página à minha frente está cheia de padrões florais, mandalas e espirais. Uma miscelânea de coisas que, estranhamente, parece funcionar.

Pego meu celular na mesinha de cabeceira e rapidamente esboço uma mensagem para Chaewon e Jess sobre minha ideia. Mas meus dedos pairam sobre o botão de enviar. Leio a mensagem várias vezes, sentindo meu coração disparar.

E se elas odiarem a ideia? E se a rejeitarem?

Deleto o texto tão rapidamente quanto o escrevi. Em vez disso, abro o Skype e ligo para Nanu.

Ela atende após uns bons minutos, bem quando estou prestes a desistir.

"Nishat?", pergunta ela, seu rosto aparecendo na tela. Parece cansada. Há bolsas sob seus olhos e sua pele parece manchada. Me dou conta de que devo tê-la acordado; nem pensei nos fusos horários diferentes antes de fazer a chamada.

"Assalam Alaikum", digo. "Acordei a senhora? Desculpe. Me esqueci da diferença de hora."

Ela sorri, embora seja um sorriso cansado. Nunca antes havia considerado Nanu velha; digo, sim, ela é velha. É minha avó. Mas comparada a outras avós que já vi, com os rostos cheios de rugas, andando de bengala e tudo o mais, sempre pensei em Nanu como sendo jovem e saudável. Mas hoje ela parece completamente diferente. Como se eu a tivesse pegado em um momento que não deveria estar presenciando.

"Tudo bem. Aconteceu alguma coisa?"

"Não...", eu murmuro, me sentindo desalentada. Não acredito que acordei Nanu e a fiz se preocupar à toa. Eu podia tê-la deixado a par de tudo durante o fim de semana, quando podemos ligar em horários apropriados. "Não aconteceu nada. Eu só... estou começando a fazer meus próprios desenhos de henna, Nanu. Vou abrir meu próprio negócio."

Com isso, a expressão de Nanu muda completamente. Ela se inclina para mais perto da câmera.

"Sério?", pergunta ela.

Faço que sim, um pouco da energia empolgada de antes voltando. Alcanço meu caderno e o ergo para que ela veja o desenho.

"Este é o primeiro. Trabalhei nele a noite toda. O que... o que a senhora acha?"

Os olhos de Nanu vagam pela página que estou estendendo. Posso ver os olhos dela se movendo, assimilando tudo. Lenta e continuamente.

"Está lindo, Jannu." Sua voz é suave. Tranquila. Como se ela meio que nem acreditasse que havia sido eu quem fez aquilo. "É seu primeiro? Está incrível!"

Sinto o orgulho inflar meu peito.

"A senhora acha mesmo?" Minha voz é pouco mais que um sussurro.

"É muito melhor que qualquer desenho que eu tenha feito quando tinha a sua idade." Ela ri. "Talvez na próxima vez que vier aqui eu possa mostrar a você todos os meus rascunhos. Tenho cadernos cheios deles."

Nanu vem decorando as mãos das pessoas com henna desde que tinha a minha idade. Ela costumava fazer em todas as suas primas. Depois que se casou, aplicou henna em seus novos sobrinhos e sobrinhas. Não consigo nem imaginar como devem ser seus cadernos de rascunho. Não consigo nem imaginar quantos ela deve ter.

"Sim! Sim! Eu adoraria!", digo.

"Sabe, um dia sua Ammu já foi muito boa nisso também."

"Sério? Ela nunca falou nada a respeito."

Nanu dá um risinho. "Sim, ela não era muito paciente, Jannu. Não como você. Ela era ótima, mas não ia tão bem nos detalhes porque tinha pressa. Ela se entediava com muita facilidade. Depois que se casou com seu Abbu e se mudou para aí... bom, acho que ela realmente não teve ninguém em quem praticar por um bom tempo. Perdeu o interesse e deixou pra lá."

Sinto uma pontada de tristeza diante dessa ideia. Imagino se Ammu tivesse continuado; talvez Priti e eu fôssemos especialistas. Talvez fosse uma tradição familiar propriamente dita. Talvez nós já tivéssemos cadernos cheios de desenhos originais.

Tento não remoer muito isso enquanto me despeço de Nanu.

9

Junto dos armários, na manhã seguinte, Chaewon e Jess *ainda* estão discutindo suas ideias, o que me deixa ainda mais nervosa sobre contar para elas a *minha*. Elas já as repassaram tantas vezes.

"Sabem, eu estava pensando...", começo, interrompendo sua discussão sobre se as pessoas pagariam ou não uma boa grana para que Jess fizesse desenhos em estilo chibi de personagens de videogame (Chaewon afirma que não, mas Jess insiste que sim). "Priti e eu estávamos fazendo um *brainstorming* ontem e tivemos a ideia de montar um ateliê de henna."

"Um ateliê de henna...", repete Jess, como se estivesse quebrando a cabeça para entender.

"Sabe, tipo..." Eu ergo minhas mãos repletas de henna na frente dos rostos delas.

"*Você* fez isso?" Chaewon agarra uma das minhas mãos e inspeciona minha palma. Seus dedos correm para cima e para baixo das vinhas vermelho-escuras das quais brotam folhas e flores, fazendo um arrepio correr por minha espinha.

"Por que não falou nada?" Jess também parece impressionada ao se aproximar de Chaewon e lançar um olhar atento para minhas mãos, como se as estivesse vendo pela primeira vez.

Eu dou de ombros, recolhendo as mãos e sentindo meu rosto esquentar.

"Não sabia que você era uma baita artista", diz Jess.

"Fiquei praticando durante o verão. Para o casamento, sabe?"

"A galera com certeza ia curtir isso." Chaewon começa a fazer que sim com a cabeça, tão rápido que parece um pouco com um boneco de mola. "Tipo, a galera *ama* essas coisas e você é bem boa."

"Valeu. E você, Jess? O que acha?"

Jess me dirige um sorriso nervoso que faz meu estômago afundar.

"Não me leve a mal, seu trabalho é lindo", começa ela.

"Deslumbrante", acrescenta Chaewon.

"Mas... a gente não sabe fazer henna. Que papel a gente teria nisso?"

"A parte estratégica? Tipo... precificação, propaganda, todas essas coisas legais."

"Isso não seria injusto com você? Que teria que fazer todo o trabalho duro?", diz Chaewon, mas suspeito que não seja com isso que ela está preocupada.

"Eu não ligo. Independentemente do que a gente faça, todas vamos ter funções diferentes, não é?"

"É."

"Isso é verdade."

Chaewon e Jess trocam um olhar.

"Acho que devíamos fazer isso", diz Chaewon finalmente com um sorriso encorajador na direção de Jess. "É diferente. Podemos de fato ter uma boa chance de vencer."

Abro um sorriso para Chaewon como se ela fosse minha pessoa favorita no mundo. Nesse exato momento, ela é.

***

"E aí?" Flávia me saúda com um sorriso na hora do almoço, sentando-se à minha frente. Chyna senta-se no lugar vago ao lado dela, parecendo infeliz por ser vista comigo. Ela me lança um sorriso que lembra um esgar.

"Já conhece minha prima, Chyna?", pergunta Flávia.

"Oi, Chyna", digo, como se não estudássemos na mesma escola pelos últimos três anos. Como se ela não tivesse espalhado boatos sobre metade das meninas da escola, arruinando a vida delas como se isso fosse um passatempo prazeroso.

"Queria te mostrar uma coisa." Flávia estende a mão em minha direção por sobre a mesa. Por um momento, penso que ela vai tomar minha mão, até que noto o que é. O vermelho envolvendo suas palmas, se entrelaçando para cima e para baixo por sua pele. "Você me inspirou no casamento. Bom, tudo lá me inspirou, na verdade. E aí Chyna me falou de uma loja asiática no centro onde provavelmente poderíamos comprar um tubo de henna."

Um desconforto que não entendo bem se alastra por todo o meu estômago. É como eu me sinto quando Priti aparece no meu quarto no meio da noite, se enfia na minha cama e rouba praticamente o edredom inteiro. Aborrecimento, talvez? Mas um aborrecimento que quase beira a raiva.

"Como você...?", eu começo, sem muita certeza de qual pergunta eu deveria fazer.

"Eu só queria tentar, sabe?", diz Flávia, estendendo a palma à sua frente. Ela está olhando para a mão e não mais para mim. Não está nem pedindo minha opinião, está apenas admirando a própria obra. "Acho que fiz um ótimo trabalho, o que você acha?"

Franzo o cenho. "Acho... acho que sim."

Ela olha para mim, o sorriso ainda no mesmo lugar. Mas em vez do costumeiro frio que ele faz surgir em minha barriga, sinto apenas um desconforto torturante.

"Eu achei que seria bem mais difícil", diz ela. "Mas depois que peguei aquela foto que a sua irmã postou no Insta, foi bem fácil, na verdade."

O desconforto evolui do aborrecimento à raiva. Flávia não pode simplesmente *fazer* henna porque viu no casamento e porque viu a foto de Priti no Instagram. Como ela pode se sentar na minha frente e agir como se não houvesse um milhão de coisas erradas nisso?

Tenho que me segurar para não dizer o que estou realmente sentindo, o que estou realmente pensando. Não sei nem como articular as palavras. E eu *sei* que Chyna não vai encarar isso bem.

"A Flá é uma artista incrível", diz Chyna, entrando na conversa. "*Sempre* foi. Eu sabia que ela daria uma tatuadora de henna incrível. Olha." Ela põe o braço um pouco para a frente e lá está, tatuada nas suas mãos: o mesmo desenho em um vermelho chamativo. Parece esquisito e deslocado em sua pele branca.

Não consigo explicar o nó que começa a subir por minha garganta, ou as lágrimas que ardem nos meus olhos. Sem nem perceber, eu me levanto. A cadeira faz um ruído alto ao ser arrastada para trás. Flávia está me olhando com os cantos da boca caídos, talvez procurando algum tipo de explicação. Porém mal consigo olhar para ela. E *definitivamente* não consigo olhar para Chyna.

"Tenho que ir."

Disparo pela cantina e porta afora.

"Ei, Nish..." Mal ouço a voz de Chaewon enquanto saio dali o mais rápido que posso, repetindo *não chora, não chora, não chora* para mim mesma em minha cabeça.

"Apujan." Antes que eu perceba, antes que me dê conta exatamente do que está acontecendo, Priti está me puxando para um dos banheiros. "O que houve, Apujan?"

"Nada." Estou esfregando os olhos, mal me dando conta de que comecei a chorar para valer. E é possível que seja pela razão mais ridícula de todos os tempos. Nunca achei que eu seria uma dessas pessoas que se enfiam no banheiro da escola para abrir o maior berreiro; meu choro é, na maior parte das vezes, reservado à privacidade do meu quarto. E a única pessoa que tem permissão para me ver chorando é Priti.

"Você está chorando!", exclama Priti.

Eu de algum modo dou um jeito de colocar minha mão umedecida pelas lágrimas sobre a boca dela para calá-la.

"ᴍᴍ-ʜᴍ-ʜᴍ-ʜᴍ-ʜᴍʜᴍ!" A voz de Priti é abafada por minha mão. Ainda estou chorando, mas em silêncio. Cada soluço lança uma descarga de dor que me atravessa.

Priti continua fazendo *hhhms* em minha mão. Posso vê-la me olhando feio através de minha visão borrada. Eu sei o que vem em seguida, mas fui lenta demais; ela morde minha mão antes que eu possa afastá-la.

"Eu tô tentando te ajudar!", diz ela.

"Você... tá... falando... muito... alto", eu falo, entrecortada pelos soluços. Priti ainda está me olhando feio, mas se inclina para a frente e passa um braço ao meu redor. Enterro a cabeça em seu suéter.

"Quer me contar o que aconteceu?", pergunta ela.

"Eu... não sei."

"Não sabe?"

"Não faz muito sentido."

"Já estou acostumada com isso. Me conta, tá bom?"

"Foi a Flávia... e a Chyna." Eu soluço.

Priti suspira. Meio que espero que ela vá desatar em sua ladainha rotineira de "eu avisei", mas ela não o faz.

Em vez disso, ela pergunta: "O que foi que a Flávia fez?".

"Não tem... imp-... importância." Minha voz, que sai em um gaguejar fraco, é abafada pelo suéter de Priti. É admirável que Priti consiga entender alguma coisa do que digo.

"Nishat." Sua voz é severa de um modo que me faz lembrar Ammu. Afasto a cabeça de seu ombro e esfrego meus olhos vermelhos e inchados. Me sentindo ridícula, patética e horrível, tudo ao mesmo tempo.

"A Flávia roubou o desenho de henna que fiz na sua mão." Minha voz é pouco mais do que um sussurro. "Do seu Instagram."

"Que vaca!"

"Priti!"

"Tá, desculpa." Ela parece encabulada, mas só por um momento. "Mas mesmo assim, esse foi seu primeiro desenho original. Eu não postei para ela chegar lá e roubar. E onde foi que ela conseguiu comprar henna?"

"Ela disse que arranjou em alguma loja asiática, mas, Priti... a Chyna também estava com a henna." Isso é o que piora tudo. Chyna, que passou os últimos três anos inventando boatos racistas sobre mim e minha família, os mais horrendos que podia pensar, está agora ostentando henna em suas mãos como se não fosse nada.

"Eu bem que te avisei sobre ela...", diz Priti, como se estivesse sentindo o terreno antes de mandar o soberbo "Eu te avisei".

"Eu sei." Não preciso que ela diga "eu te avisei". Já me sinto idiota o suficiente. Olho para a henna vermelha já gasta em minhas mãos. Ninguém na escola notou que eu e Priti estávamos enfeitadas com henna. Ninguém fez algum comentário a respeito.

O sinal toca e Priti cata sua mochila de onde a havia jogado, no chão, quando entramos.

"Você vai ficar bem?" Há preocupação em seus olhos, embora eu possa dizer que ela quer botar banca por estar certa. Fico grata por ela conseguir deixar seu orgulho de lado para me confortar.

"Vou", digo.

Mas, durante todo o dia, não consigo tirar Flávia da cabeça — e não do modo como vinha acontecendo nos últimos tempos. É como se alguém tivesse virado uma chave e mudado tudo. Como se eu não conseguisse mais vê-la da mesma forma. Não importa o quanto eu tente sufocar minha raiva, meu desgosto, isso tudo continua fervilhando dentro de mim. De novo e de novo e de novo.

No caminho para casa, Priti me conforta como só uma irmã e melhor amiga consegue.

"Você é boa demais para ela, mesmo", diz ela. "Ela é, tipo... sei lá." Ela crispa o nariz, supostamente pensando em Flávia. "Ela parece meio fria, não parece? E ela é prima da Chyna."

"Você vai na festa de aniversário da Chyna mesmo assim", eu ressalto.

"É *diferente*. Eu mal vou vê-la por lá. É uma festa grande, vai ter um monte de gente."

"Então todas aquelas coisas que você disse sobre a Chyna estar estendendo a mão e você encontrar um meio-termo nisso era conversa mole."

Priti me fita apertando os olhos, mas não nega o que eu disse. "Talvez não seja a descrição mais exata dos meus sentimentos... Eu sei como a Chyna é."

Todo mundo em nossa escola *sabe* como a Chyna é. É ela quem comanda sozinha a fábrica dos boatos. Começou com as mentiras que espalhou sobre mim, mas aquilo acabou crescendo e tomando proporções astronômicas. Ou, pelo menos, tomou uma proporção maior que a de todos os outros boatos sobre as garotas do nosso ano.

O que nunca vou conseguir entender é por que as pessoas ficam ao lado dela apesar das balelas que ela espalha. Ela não é exatamente uma jornalista de credibilidade; mais da metade das coisas que ela diz são mentiras descaradas, mas as pessoas mesmo assim as aceitam como se fossem decretos do próprio papa. Para as pessoas da Escola Secundária St. Catherine, Chyna Quinn é basicamente o papa e não deve ser contrariada.

Em casa, naquela noite, passo horas absorta em páginas em branco, tentando aperfeiçoar mais desenhos originais para henna.

"Você precisa praticar mais", diz Priti quando se esgueira até meu quarto com seu livro de matemática.

"Está me oferecendo sua mão como tela?"

Ela examina a mão com olhos cuidadosos, como se ela estivesse prestes a revelar a resposta para a minha pergunta. Como se a mão fosse um ser senciente em vez de parte do corpo dela.

"Creio que eu possa fazer esse sacrifício para ajudar minha irmã." Ela estica a mão à sua frente. "Eu ofereço esta mão ao…"

"Ai, cala a boca." Não consigo evitar sorrir. Se existe uma pessoa que consegue afastar meus pensamentos de coisas infelizes, é minha irmã caçula.

Nos estatelamos juntas na cama, ela com o livro de matemática apoiado à sua frente e eu com um bastão de henna em minha mão mais uma vez. Parece até que estamos revivendo nossos dias de verão, quando Priti e eu fazíamos isso com muita frequência. De bobeira. Passando o dia todo juntas, enfiadas no quarto dela sem ninguém para nos atormentar.

Queria que isso pudesse durar para sempre.

"Você acha que te ajudar nessa competição, vulgo sacrificar minha mão por essa causa justa, é uma boa desculpa para não ter que fazer minha lição de casa de matemática, que eu deveria entregar amanhã de manhã?", pergunta Priti.

"Com certeza não."

Ela fecha a cara e traz o livro de matemática para mais perto de si, murmurando "odeio matemática".

10

Quando termino de aplicar a henna na mão de Priti, ela de fato parece bastante impressionada. Minha irmã não fala nada, mas consigo dizer pelo modo como suas sobrancelhas se erguem até quase tocarem a raiz do cabelo. Ela franze os lábios, porque não é alguém que tenha o costume de fazer elogios; prefere aqueles irônicos, se for obrigada a dá-los. O fato de ela não conseguir inventar nada me faz sentir um quentinho no coração. Eu quase havia me esquecido do incidente na escola. E de Flávia.

Admiro meu trabalho por um segundo enquanto Priti vasculha os arredores, procurando seu telefone. É um de meus desenhos originais. E, para variar, não quero criticá-lo. Trabalhei duro para aperfeiçoar esse desenho e claramente valeu a pena. Porém, passei tanto tempo aplicando-o na mão de Priti que a maior parte da henna já secou.

É um desenho mais intrincado que aquele que experimentei para o casamento. Ele começa com a mandala básica — um círculo com padrões florais se estendendo para fora. Mas daí preenchi o círculo principal com outra mandala, e depois outra, uma sempre menor que a anterior. No exterior das pétalas das flores desenhei folhas rodeadas por pontos que se entrelaçam e envolvem os dedos de Priti, ficando maiores e menores e maiores e menores de novo.

Está tudo como deveria estar. Não há nenhuma mancha, nenhuma inconsistência como havia antes.

"Você tem que postar no seu Instagram", digo a Priti quando ela enfim recupera o telefone e está apontando a câmera para a mão.

Ela baixa o celular para me olhar com uma careta.

"No *meu* Instagram?", pergunta ela. "O negócio é *seu*."

"Sim, mas você sabe como é o meu Instagram." Com isso, quero dizer "pequeno e impopular". Só tenho cinquenta seguidores e acho que metade deles é de caras aleatórios que tentam puxar papo com garotas aleatórias e que, na verdade, não têm interesse nenhum no que eu posto.

"Porque você nunca posta nada!"

Não quero dizer a ela que não importa se eu posto algo ou não. *Ela* é a irmã de quem as pessoas gostam. A que é bonita, carismática. A inteligente. A sociável. Todo mundo ama Priti. Diferentemente dela, eu não exalo simpatia. Posso ser a irmã mais velha, mas Priti sempre brilha mais do que eu. Se as fotos forem postadas no Insta dela, mais pessoas vão curti-las. Mais pessoas vão lhes dar *importância*. E Flávia e Chyna podem roubar seu desenho de novo, sussurra uma voz na minha cabeça. Mas eu a enxoto. Quando estiver oficialmente na competição, elas não vão ousar.

Em vez de tudo isso, digo apenas: "Você já tem um monte de seguidores. Podemos capitalizar isso".

Ela aperta os lábios e diz: "Não".

Fecho a cara. "Sério? Estou te pedindo só isso para me ajudar."

"Só isso?" Sua voz se ergue levemente, algo que não ouço com muita frequência. "Oi?" Ela acena com a mão enfeitada de henna. "Você não me pediu para abandonar meus estudos para poder praticar seus desenhos de henna? Eu não passei metade da manhã acalmando você no banheiro da escola?"

"Eu não pedi para você fazer isso."

"Bom, mas eu fiz. Porque é isso que as irmãs fazem. Mas você não pode esperar simplesmente que eu deixe você usar meu Instagram a torto e a direito só porque você não tem seguidores e eu tenho." Ela agita as mãos freneticamente enquanto fala. Tenho medo de que ela vá acertar alguma coisa e borrar a henna que eu cuidadosamente rematei durante as últimas horas. Agarro o pulso dela logo abaixo de onde a henna acaba.

"Cuidado."

Ela revira os olhos.

"Isso é importante para mim." Minha voz sai mais baixo do que eu pretendia. Ela preenche o silêncio do quarto de um modo que eu não esperava. E suaviza os olhos de Priti.

"Eu sei." Ela pega o telefone novamente. Estou esperançosa, mesmo que tenhamos acabado de discutir sobre isso. "E meu Instagram é importante para *mim*."

Fecho a cara. Sei que Priti dedicou tempo a cultivar seu perfil no Instagram. Seus cerca de dois mil seguidores são seu orgulho. Eu não entendo, de fato, mas nunca tive o charme natural que Priti tem. Também nunca tive essa necessidade de que as pessoas *gostassem* de mim.

"Não pode usar meu Instagram para isso. Mas... posso te ajudar com o seu. Você pode criar outro perfil só para essa coisa toda do ateliê. Pode compartilhá-lo com Chaewon e Jess. Vai ser melhor assim. Mais profissional", acrescenta Priti após um momento de silêncio.

É uma concessão que estou disposta a fazer, então concordo.

"Mas você vai ter que bolar um nome", diz ela, que já está digitando no telefone.

"Está mandando mensagem para *quem*?" Tento apanhar o telefone. Ela o tira do meu alcance.

"Para suas sócias, Chaewon e Jess, é *claro*", diz ela como se fosse a coisa mais óbvia do mundo.

"É claro? E como é que você tem o número delas, mesmo?" Embora Chaewon, Jess e eu sejamos amigas há alguns anos, não somos exatamente grudadas. É estranho pensar na minha irmã caçula mandando mensagens de texto para as duas.

"A gente tem um grupo. Para reclamar de você", diz Priti, ainda segurando o telefone longe de mim.

"Priti!", eu exclamo.

Ela vira o telefone na minha direção. "Você mandou uma mensagem para elas do meu telefone uma vez. Só estou perguntando se é de boa eu abrir uma conta no Instagram para vocês. A gente não conversa sobre você."

Por um instante, eu realmente temi que conversassem.

"O que elas disseram?", pergunto, em vez de admitir minha própria ingenuidade.

"Nada, elas ainda não visualizaram. Talvez a gente deva esperar um pouco antes de abrir a conta."

Eu sei que esperar e perguntar a elas seria o certo a se fazer, mas também sei que quanto mais cedo nós começarmos a fazer a publicidade disso, melhor.

"Vamos determinar um nome preliminar. Daí a gente pode mudar mais para a frente, não é?"

"É", concorda Priti. "Mehndi da Nishat?"

Crispo o nariz.

"Esse é meio brega, não? E não é só meu."

"Mas é um nome *preliminar*. E é fofo, mesmo que um pouco breguinha."

Penso a respeito. Ele de fato diz exatamente o que ele é; quem está fazendo a henna. Então digo que sim, e Priti faz sua mágica e criar o perfil.

Depois disso, ela acende todas as luzes no quarto e estende a mão enfeitada de henna na minha direção.

"*Você* tem que tirar a foto se vamos usar minha mão", diz ela, acenando com a cabeça para seu telefone.

"Mas... eu não sou boa em tirar fotos", recordo a ela. "Lembra aquela vez em que topamos com Niall Horan e tudo que consegui fazer foi tirar uma foto borrada em que mal dá para ver que é ele?"

"Nem me lembre..."

Ela guardou mágoa disso por eras. Qualquer um teria reagido da mesma forma. Mas eu sou ruim nesse nível para tirar fotos. Nem a possibilidade de provar a todo mundo que nós por acaso demos de cara com Niall Horan fez com que eu ficasse melhor nisso. Ou talvez tenha até me deixado pior.

Apanho o telefone e tiro algumas fotos rapidamente. Quando as mostro a Priti, ela franze o cenho.

"Acho que você tem, tipo, surdez musical, só que para fotografia", diz ela. "Cegueira fotográfica."

"Não seria simplesmente cegueira?"

"Tronchice fotográfica?"

"Tá bom, eu tenho tronchice fotográfica." Eu sorrio e empurro o telefone para ela. "Sua vez?"

Ela balança a cabeça. "Você é quem tem que fazer, se for pra gente conseguir uma foto decente." Isso parece um verdadeiro paradoxo. "Olha, só segura ele reto e... tenta não se mexer."

Falar é fácil. Tento tirar mais algumas fotos. Elas não ficam perfeitas, mas dessa vez Priti sorri quando olha para elas.

"Essas, sim, eu consigo usar." Ela fecha a câmera e abre o aplicativo do Instagram. Alguns minutos depois, me mostra o produto finalizado. Ela mudou a iluminação, para deixar a foto mais clara. O desenho se destaca de tudo o mais, nítido, intrincado e... se ouso dizer, lindo.

Tento dizer a mim mesma que o orgulho é um pecado, mas não consigo evitar a sensação radiante que cresce dentro de mim. Eu devia ser capaz de me sentir orgulhosa vez ou outra, certo? Isso não é algo ao qual se tem direito depois de uma vida inteira de insegurança e segredos?

"Pode postar." Eu a vejo clicar no botão e se virar para mim com um sorriso largo.

"Acho que estamos abertas ao público."

Sinto um frio na barriga. Não sei se é medo ou empolgação, se é bom ou se é ruim, mas pela primeira vez na vida não estou nem aí.

**

Quando acordo na manhã seguinte, percebo que todos os sentimentos palpitantes sumiram de meu estômago. Na verdade, foram substituídos por um buraco; é o tipo de pânico que não sinto há muito tempo.

Minha mente conjura os piores cenários possíveis: ninguém curtiu nosso post no Instagram ou todo mundo deixou comentários sobre o quanto meus desenhos são horríveis.

"Já deu uma olhada no seu Instagram?", pergunta Priti quando desço a escada para o café da manhã.

Ammu olha para nós duas com um certo desdém.

"O que é esse tal de Instagram?", pergunta ela com os olhos semicerrados. A única coisa que Ammu sabe sobre redes sociais é como checar o Facebook para ver as últimas fotos de casamentos e dawats e sabe-se lá o que mais. Na maioria das vezes, ela gosta de julgar o que todos estão vestindo, muito embora sempre nos diga que não devemos julgar as pessoas.

"É só uma rede social." Priti revira os olhos, mesmo que Ammu com certeza não saiba o que é isso. Ela aperta os olhos ainda mais, como se estivesse tentando processar as palavras de Priti, mas estivesse com certa dificuldade.

"Você não precisa de rede social." Os cantos de sua boca estão repuxados para baixo. "Priti, você deveria estar estudando para as provas." Ela volta seu olhar fuzilante para mim, como seu eu fosse a responsável pela falta de foco de Priti — o que acho que nesse caso eu sou —, e diz: "Não distraia sua irmã. Ela precisa estudar".

Foi o máximo que Ammu me disse desde que me assumi algumas semanas atrás, e isso faz com que uma descarga de dor me atravesse de repente. Acho que é impossível se acostumar com seus pais te tratando como se você não valesse nada.

"Eu sei", digo, baixando o olhar para meus sapatos ao mesmo tempo em que Priti exclama: "Eu posso estudar e fazer outras coisas ao mesmo tempo!". A voz de Priti afoga a minha, e acho que Ammu nem chega a me escutar. Ela não diz mais nada, dando as costas para nós duas.

"E aí, já olhou?", sussurra Priti para mim quando nos encaminhamos porta afora.

"Hein?" Ainda estou pensando no fato de que Ammu mal olhou para mim durante todo o café, como se não me suportasse. O que eu *sou* para ela, agora? Um fantasma que ocupa sua casa?

"Seu Instagram." Isso me desperta de meus pensamentos. "Você já deu uma olhada?"

"Ainda não." Há um buraco em meu estômago ficando cada vez maior a cada segundo que passa. "Você já olhou? Como foi? Não me fala."

Priti saca seu telefone assim que embarcamos no ônibus e atravessamos a muvuca até chegarmos a um canto. Ela coloca a tela na frente do meu rosto.

523 curtidas. 97 comentários.

"Não chegou a viralizar, mas o pessoal da escola parece ter curtido."

"Não tem quinhentas pessoas na escola." Claramente a coisa errada a se dizer, já que Priti solta um grunhido.

"É claro que tem quinhentas pessoas na escola", diz ela. "Não consigo acreditar no quanto você é ruim em matemática."

Vou passando os comentários. Cada um deles faz meu coração bater mais rápido.

Aimeudeus, quando você começa?
Qual vai ser o preço de uma tatuagem?
Que outros desenhos você tem?
Me empolguei!
Que lindo!
Ameiii!!!

Fico extasiada. Ou... sinto que *deveria* ficar extasiada. Afinal, era isso o que eu *queria*. Estive antecipando este momento desde que Priti criou a conta no Instagram, na noite passada. Mas com o silêncio inflexível de Ammu no fundo da minha mente, tudo que consigo sentir é aquele buraco no meu coração ficando cada vez maior. Sigo passando os comentários, lendo-os várias vezes, esperando que de algum modo eles o preencham.

Meus dedos roçam o topo da tela e, antes que eu dê por mim, estou no *feed* do Instagram de Priti. Então vejo uma foto que faz meu coração parar.

Priti arranca o telefone da minha mão antes que eu possa encarar por muito tempo. Ela me conhece bem demais. Deve ter reconhecido meu olhar.

"Puta merda." Sua voz sai baixa, mas ainda assim uma das senhoras ao nosso lado dispara um olhar furioso que ela nem nota. "Ela é inacreditável."

Priti põe a mão no meu ombro, uma presença tranquilizante que mal consigo sentir, para variar. "Apujan", diz ela. "Não é grande coisa. Ela nem teve tantas curtidas quanto você."

"É mais bonita. Bem mais bonita."

"É só que... ela está acostumada, sabe? Deve tirar fotos da arte dela há eras. Ela tem centenas de postagens. Também tem mais seguidores que você." A voz de Priti é gentil e consoladora, mas não faz eu me sentir nem um pouquinho melhor. Seja lá qual felicidade eu havia me convencido a sentir, ela agora se foi. Evaporou no ar.

"Ela vai se sair melhor do que eu", digo. "Ela já tem uma base de clientes, e eu não tenho nada."

"Não é uma competição", diz Priti.

"É *literalmente* uma competição!"

"Sim, mas..."

"E ela vai ganhar."

"Mas ganhar é mesmo assim tão importante?"

Sei que Priti concorda comigo. Não há como eu conseguir ganhar da Flávia. Não importa que eu tenha a autenticidade ao meu lado.

Na hora em que chegamos à escola, as fotos da Flávia já estão gravadas na minha mente. Não consigo parar de vê-las — as mãos unidas, sua henna se entremeando como uma teia. De mão para mão para mão. Em um círculo. Os padrões acentuados. Cheios de ângulos. Tão diferente da minha mandala com círculos, flores e folhas.

Abro meu armário com um solavanco, sentindo o vazio crescer dentro de mim, maior e maior a cada minuto. Mas eu não vou desmoronar. Não hoje.

Vejo Flávia de relance pelo canto do olho. Ela está com o telefone desbloqueado e posso ver a foto esparramada de forma gritante na tela. Há pessoas reunidas ao seu redor. Seus rostos plenos de reconhecimento e euforia. Lá estão Chyna e todas as suas amigas. Me pergunto se são as mãos delas na foto ou as de outras pessoas. As mãos na foto são pálidas, apenas levemente rosadas, provavelmente pela friagem que se instalou.

"Quando você vai começar para valer?", ouço Chyna perguntar.

Flávia sorri. "Assim que comprar o material. Tenho que dar um pulo na loja asiática lá no centro."

A loja asiática no centro. Como se não houvesse várias, cada uma vendendo marcas diferentes. Umas melhores, outras piores. Henna com *glitter*. Henna branca. Pasta de henna normal.

De repente, é como se uma lâmpada se iluminasse em minha cabeça.

Essa é a minha vantagem. Eu entendo de henna. Mesmo nos aspectos que não entendo, conheço quem entenda. Não há possibilidade de que Flávia vá tirar vantagem da minha cultura por causa da popularidade de Chyna, porque tem amigas brancas que vão fazer as hennas delas parecerem chiques e adaptadas à cultura ocidental.

Posso não ser capaz de fazer Ammu me olhar nos olhos de novo, mas eu *vou* ganhar do ateliê de henna de Flávia. Custe o que custar.

11

Quando o fim de semana se aproxima outra vez, tenho um plano de batalha de prontidão. E eu não o contei a ninguém — nem mesmo para Priti.

No sábado à tarde, apareço em casa com uma braçada de tubos de henna e Priti me olha com as sobrancelhas erguidas.

"Isso não é um pouco... ambicioso?", pergunta ela.

Dou de ombros.

"Tio Raj me deu um desconto."

"Provavelmente porque você comprou a loja toda." Ela se detém, olha para o sorriso estampado em meus lábios e pergunta: "Por que você foi à loja do Tio Raj?".

"Bom, eu escutei a Flávia conversando com umas amigas dela na semana passada. Imaginei que a loja do Tio Raj fosse aquela que ela conhece."

"E aí você decidiu comprar *toda* a henna dele?" A voz de Priti se alça uma oitava. Ela esfrega a ponte do nariz, do mesmo modo que Abbu faz quando está aborrecido, mas não quer gritar conosco. "Você sabe que isso não vai funcionar, não é? Ele simplesmente vai encomendar mais henna. Não é assim tão difícil."

"Eu sei. Não sou tão obtusa. Mas vai retardar um pouco as coisas para ela, e no momento em que ela se der conta de que vai demorar pelo menos alguns dias, ou até mesmo semanas, para conseguir os tubos de henna de que precisa, com sorte já vou ter roubado algumas das clientes dela."

Priti sorri. "Parece que você planejou tudo."

"Em detalhes."

"Bom... Sunny Apu está aqui."

Não vejo Sunny Apu desde o casamento há algumas semanas, embora no verão nós tenhamos nos visto quase diariamente. Bengaleses durante a temporada de casamentos são como mariposas atraídas pelas chamas; e se eles não estiverem todos reunidos, passando todo o tempo conversando, planejando, dançando e cantando, será que o casamento chega mesmo a se realizar?

"O que ela está fazendo aqui?" Espio a sala de visitas e vejo que está deserta.

"Ela está no seu quarto..." A voz de Priti vai se desvanecendo. Ela nem me olha nos olhos. Em vez disso, fica percorrendo com o dedão do pé as ranhuras da madeira no assoalho.

"Priti, o que está acontecendo?"

"Ela disse que quer conversar com você." Priti dá de ombros, como se não fizesse ideia do que está havendo. Eu sei que algo mais está se desenrolando, algo que Priti não quer me contar, mas com tantos tubos de henna fazendo peso nos meus braços e Sunny Apu me esperando no meu quarto, não estou no clima de tentar arrancar algo dela com bajulação.

Passo por Priti e subo a escada, os tubos de henna sacolejando como gelatina. Quando abro a porta do quarto com o dedão do pé, Sunny Apu está inspecionando minha estante de livros. Ela me encara assim que eu apareço, um sorriso treinado colado em seus lábios.

"Nishat! *Assalam Alaikum*."

"*Walaikum Salam*...", eu murmuro, jogando os tubos de henna na cama.

"Quanta henna!"

"Estou gerindo um negócio", digo, como se isso fosse uma explicação. Eu sei que ela ficou curiosa pelo modo como arqueia as sobrancelhas, mas quero saber por que diabos ela está aqui, encarando minha estante de livros e sorrindo para mim como se eu fosse uma estranha e não alguém que esteve ao seu lado em seu casamento.

Ela se senta delicadamente em minha cama, afastando um tubo de henna para o lado. "Vem, senta aqui."

Franzo o cenho, porque é o meu quarto, a minha cama e o *meu* direito de convidar *ela* a se sentar, mas ela veio até aqui e se impôs como se estivesse no comando. Porém, eu obedeço. O espaço entre nós na cama é suficiente para preencher um oceano.

"Como está a escola?" A voz dela é irritante de tão vibrante.

"Bem."

"Que matérias você está fazendo?"

"Sunny Apu... Por que está aqui?"

Ela solta um suspiro. A cama range com o peso dele.

"Khala e Khalu conversaram comigo." Ah. Então esse é o motivo. Estive me perguntando se um dia teríamos uma conversa franca sobre isso; acho que mandar um "parente" que não é exatamente um parente é o máximo de franqueza que eles pretendem ter. Esse é um assunto de família — *eu* sou um assunto de família —, mas só o suficiente para que eles o discutam com a família, não comigo.

"Eu não quero..."

"Você precisa me escutar, Nishat", ela me interrompe antes que eu possa dizer qualquer outra coisa. "Khala e Khalu estão realmente preocupados com você. Até Amma e Abba estão preocupados. Eles andam tão chateados... e eles nem queriam nos contar, de fato, mas que bom que dividiram isso com a gente para podermos *ajudar* você."

"Eu não *preciso*..."

"Você tem um problema, Nishat, só não percebe isso. Você viu isso na tv e nos filmes, leu sobre isso nos seus livros e..."

"Era isso que você estava fazendo? Vasculhando meus livros para ver se tem algum livro de lésbica na minha coleção?" Eu a encaro com os olhos semicerrados. Ela se encolhe ante a palavra *lésbica*, como se fosse algo repulsivo e não simplesmente uma parte de quem eu sou.

"Você é jovem, está confusa."

Balanço a cabeça, mesmo que ela tenha desviado o olhar de mim e não possa ver.

"Não estou confusa." Se estivesse, nunca teria me submetido a todo esse escrutínio e julgamento. A todo o silêncio.

"Garotas como você não são... não são..." Sua voz desvanece como se a palavra "lésbica" fosse algo impossível de suportar. Como se seus lábios não conseguissem formá-la.

"São, sim. Eu sou."

"Você é *muçulmana*."

Eu rio. "Não é assim que funciona, Sunny Apu."

"Muçulmanos não são gays", sussurra ela, como se essa fosse uma regra inflexível. Ela ainda está com o rosto virado para o outro lado, olhando pela janela como se o mundo lá fora fosse ter alguma solução para o meu problema lésbico. Eu riria se essa não fosse uma afirmação ridícula. Porque *é claro* que muçulmanos podem ser gays. Como é que alguém pode sequer pensar o contrário? As duas coisas não são mutuamente excludentes. Eu sou a prova viva e encarnada disso.

"Sunny Apu, você nem reza o namaz", digo em vez de tudo isso, porque parece um bom ponto para iniciar um diálogo. "Quando foi a última vez que você foi à mesquita? Ou que simplesmente rezou?"

Ela franze o cenho, como se estivesse se esforçando muito para lembrar. Se você precisa fazer *tanto* esforço para se lembrar da última vez em que rezou para Alá, não creio que você possa odiar pessoas gays tendo Deus como argumento.

"Isso não importa", diz ela, por fim. "O que importa é o seguinte: isso é uma doença e..."

Eu me levanto da cama, o sangue subindo tão rápido à minha cabeça que chego a tropeçar.

"Acho que você devia ir embora."

"Mas..."

"Por favor, vá embora." Eu quero dizer mais. Quero gritar, berrar. Dizer a ela que tudo, cada coisinha que ela tem a dizer sobre minha sexualidade é hipocrisia. Julgamentos mentirosos baseados em nada. Que ela não tem direito algum de vir ao meu quarto me dizer que eu tenho uma doença. Mas não digo. As palavras bloqueiam minha garganta e me dou conta de que elas não fariam diferença, de qualquer forma.

Só quero que isso acabe.

Ela também se levanta e vira o corpo todo em minha direção. Ela tem só uns poucos centímetros a mais que eu, mas parece se elevar sobre mim. Me dou conta de que é a primeira vez que ela olha para mim — tipo, *realmente* olha para mim — desde que entrei no quarto. Espero ela dizer mais alguma coisa, mas ela não diz. Em vez disso, balança a cabeça e escapole porta afora. Posso ouvir o som de seus passos descendo a escada e então os murmúrios de Ammu.

Fecho a porta antes de poder decifrar o que elas têm a dizer uma à outra.

Estou cansada demais para escutá-las discutindo sobre mim. Estou cansada demais para escutá-las fazendo julgamentos sobre mim.

Estou cansada demais.

* * *

Uma hora inteira já se passou no momento em que Priti irrompe no meu quarto. É estranho, porque se as coisas fossem ao contrário, eu já estaria no quarto de Priti, pedindo a ela que me pusesse a par de todos os detalhes. Em vez disso, simplesmente estive esse tempo todo sozinha no quarto, revendo desenhos de henna e me afundando em minha própria infelicidade.

Porém, quando ergo o olhar para ela, me dou conta da razão pela qual só agora ela apareceu. Seu cabelo está preso em um coque alto, preparado para que ela se apronte para a festa desta noite, e ela tem um sorriso nervoso nos lábios.

"Quer conversar a respeito?", pergunta Priti, mas eu já sei que *ela* não quer realmente conversar a respeito. Já está com a cabeça na festa e no rolê com Ali.

Dou de ombros. "Está tudo bem."

"Certeza?"

Me pergunto o quanto ela escutou da conversa entre Ammu e Sunny Apu; ela é perita em bisbilhotice, tem pés de pano. Mas se ela *escutou* mesmo a conversa, não está me dizendo nada a respeito.

"Bom, quer ir comigo à festa de aniversário da Chyna hoje à noite?", pergunta ela após um momento de silêncio. O sorriso em seu rosto desapareceu e ela está encarando o carpete com atenção.

A festa de aniversário da Chyna é o último lugar aonde quero ir. E também é o último lugar aonde quero que Priti vá.

"Achei que você ia com a Ali."

"Eu vou."

"Então precisa de mim para quê?"

Ela dá de ombros. "Só pensei que... vai ser melhor que ficar por aqui a noite inteira completamente sozinha."

"Eu tenho coisas a fazer, sabia?", digo, embora seja mentira. Provavelmente vou passar o resto da noite vendo algo brega na Netflix, tentando não pensar no fato de que ninguém na minha família consegue mais me olhar nos olhos.

"Vai ser divertido!" Ela está sorrindo outra vez, mas existe algo em seu olhar, em seu tom, que me diz que talvez ela não esteja tão empenhada a ir a essa festa quanto havia me feito acreditar. Talvez seja *Priti* quem está me pedindo uma mãozinha. Se ela for à festa acompanhada apenas de Ali, vai estar segura? E se Chyna decidir que esse é o momento perfeito para dizer mais coisas horríveis? Pelo menos na escola Priti e eu sempre temos uma à outra. Podemos não estar no mesmo ano, mas estamos sempre por perto e sempre nos damos cobertura.

"Tá bom", digo com um suspiro.

12

Sei que não vou gostar dessa festa mesmo antes de entrar nela. A música está estrondando tanto lá dentro que posso sentir as paredes e o chão tremendo, e mesmo assim consigo ouvir risadas e gritos.

Priti toca a campainha e nos postamos na soleira, esperando. Me pergunto se é em vão. Quer dizer, como é que alguém vai ouvir a campainha com essa música estourando? Priti treme ao meu lado por causa do ar frio. Ela está usando um vestido rosa fininho que não chega nem aos joelhos. Eu sorrio com presunção por ter decidido me vestir mais casualmente com um jeans e um suéter preto.

Para minha surpresa, depois de tocarmos a campainha pela segunda vez, uma empolgada Chyna abre a porta. Uma sombra passa por seu rosto quando ela nos vê, mas ela rapidamente volta à sua versão alto-astral.

"E aí?!" Seus olhos pulam de Priti para mim. "Você... trouxe sua irmã."

"É... Tranquilo?", pergunta Priti, como se houvesse qualquer coisa a ser dita a respeito agora que já estou na porta dela. Não que eu duvidasse que Chyna fosse capaz de sugerir que me deixassem ao relento, no frio.

Mas ela não sugere nada. Ela sorri. Seus belos lábios vermelhos parecem sangue em sua pele pálida.

"É claro. *Nêcha*, não é?" Ela pergunta como se não tivesse passado os últimos três anos espalhando boatos racistas sobre mim pela escola. Como se não tivéssemos sido amigas um dia.

"Nishat." Dou a ela meu próprio sorriso, mas ele provavelmente não parece muito amigável.

"Entrem." Ela abre mais a porta e permite nossa entrada.

"Feliz aniversário!", diz Priti, animada, assim que Chyna fecha a porta atrás de si. Ela empurra uma linda sacola floral para Chyna e joga os braços ao redor do pescoço dela. É um abraço desajeitado e desconfortável; mesmo antes de Chyna e Priti se desenlaçarem uma da outra, me pergunto o que Priti tinha na cabeça.

Chyna sorri. "Valeu. Acho que a Ali está por ali em algum lugar. Talvez na cozinha."

"Ótimo, eu vou... procurar por ela." Priti me lança um olhar, suas sobrancelhas erguidas me perguntando se vou me juntar a ela quando ela se vira. Estou prestes a segui-la, mas Chyna diz "belo suéter", e eu me detenho.

Baixo o olhar para meu suéter preto liso e sorrio.

"Valeu." Não tenho certeza se ela está falando sério ou zombando de mim.

"Vi seu novo perfil no Instagram. O do seu ateliê de henna."

Eu suspiro.

"Você não vai se dar melhor do que a gente, sabe? A Flávia é a melhor artista da escola toda. Acha mesmo que pode ganhar dela? Você nem faz mais nenhuma matéria de artes."

Desisti da matéria no primeiro ano, optando por economia doméstica e administração no lugar dela. Arte, pelo menos a forma dela que aprendemos na escola, definitivamente não era meu forte. Mas henna não é uma expressão artística que aprendemos na escola. É algo com o qual eu fui criada, e não estou prestes a recuar só porque Chyna acha que ela e Flávia têm algum tipo de direito sobre ela.

"É o que vamos ver", digo com o sorriso mais educado que consigo dar.

Chyna sorri de volta antes de sair gingando na direção de um dos quartos do qual vem música alta, me deixando sozinha no corredor vazio. Respiro fundo e me recosto na parede bege.

A casa de Chyna não é como eu imaginava. É parca, enxuta e vazia, ou pelo menos esta parte dela é. Mal parece habitada. É de uma diferença imensa da nossa casa, que transborda de coisas: quinquilharias e fotos, brinquedos velhos com os quais eu e Priti costumávamos brincar anos atrás, mas que não jogamos fora porque somos sentimentais demais, e as coisas que sempre trazemos quando vamos a Bangladesh — um riquixá prateado, um *baby taxi* de madeira, bonecas de pano de noivas e noivos, um dhol, um latim. Um monte de coisas se alastrando e se espalhando por todo canto.

Respiro fundo outra vez e caminho na direção da porta pela qual Priti desapareceu. A cozinha fortemente iluminada já está cheia de pessoas batendo papo, comendo e bebendo. Algumas delas erguem o olhar quando entro. Reconheço a maioria delas da escola, mas não todas. Não parecem incomodadas por uma nova presença. Priti e Ali estão no canto, as cabeças curvadas e próximas.

Hesito por um momento, me perguntando se devo interromper seja lá que conversa que elas estão tendo. Então me lembro de que se não fosse por Priti, eu agora estaria em casa e de pijama na cama, maratonando uma série na Netflix. Marcho direto até elas.

"E aí?"

Elas se afastam e se viram para mim, Ali com os cantos da boca repuxados para baixo e Priti parecendo encabulada.

"Oi, Nishat." O cabelo vermelho e pálido de Ali, que geralmente está liso, cai em cachos ao redor de seu rosto. Ela está quase exatamente como Priti. Me pergunto se planejaram isso ou se elas são tão próximas que essas coisas simplesmente acontecem sem querer. Como se rolasse alguma telepatia entre elas.

"Acho que a maioria dos seus colegas de turma está na sala de visitas, não está?", questiona Ali.

Sei reconhecer um chega-pra-lá quando ouço um, porém ainda olho de relance para Priti, me perguntando se ela vai me pedir para ficar. Afinal de contas, ela me pediu para vir. Mas ela não diz nada. Nem mesmo olha pra mim; apenas encara o chão. Encara seus belos sapatos cor-de-rosa e os azulejos cor de creme.

"Acho que vou até lá, então", eu murmuro, dando as costas. Sinto um buraco se abrindo dentro de mim. Eu não teria vindo para esta festa se soubesse que as coisas seriam dessa forma.

Porém, acho que não deveria estar de todo surpresa. Ali e Priti podem ser melhores amigas, mas Ali nunca foi minha maior fã. Eu sempre atribuí isso ao ciúme; Priti e eu somos íntimas, é óbvio, e na ordem natural da adolescência — quando você precisa daquela BFF, aquela amiga com quem você partilha um colar com a metade de um coração — eu sou a concorrente de Ali. Para ser sincera, talvez eu também tenha um pouco de ciúmes dela.

Saindo de fininho, espio por uma fresta na porta da sala de visitas. Está bem mais cheia que a cozinha. Reconheço outras garotas da escola, mais há muitas que não me são familiares; devem ser de outras escolas, suponho. E há vários garotos, com as bochechas e testas repletas de espinhas e desodorante AXE tão forte que maltratam minhas narinas mesmo de fora do cômodo.

Avisto Flávia e Chyna em um canto com um grupo de garotos. Flávia olha com particular interesse para um cara alto, de cabelo loiro desgrenhado. Um de seus braços está no ombro dele e ela o escuta falar com atenção, embora esteja além da minha compreensão como ela possa ouvi-lo por cima do persistente *tunts-tunts-tunts* da música.

É inevitável; sinto meu estômago afundar mesmo que meu leve *crush* por Flávia supostamente tenha desaparecido. Creio que não seja assim tão simples superar alguém. Eu ainda tenho uma quedinha pela Taylor Swift, afinal. Embora deteste toda aquela baboseira de feminismo branco.

Talvez isso seja bom para mim. Flávia não só está tranquila com roubar minhas ideias de henna como também não está interessada em mim. Está interessada em um rapaz desengonçado e espinhento, para cujo caminhão ela com *toda certeza* é muita areia. Acho que eu não deveria julgar, porque ela também é muita areia para o meu.

Fecho a porta e me afasto da sala de visitas, tentando tirar da cabeça a imagem de Flávia e aquele cara. Embora eles não estivessem fazendo nada de mais, havia definitivamente algum tipo de atração.

Eu podia ver no modo como ela olhava para ele. No modo como ela o tocava. No modo como *ele* olhava para *ela*. Meu Deus, quando foi que me tornei este tipo de garota? Obcecada por alguém com quem nunca sequer tive chance.

Me sento ao pé da escada, a meio caminho entre a cozinha e a sala de visitas, e saco meu telefone do bolso.

Ainda há apenas uma única imagem no Instagram do meu ateliê. Ela não acumulou muito mais curtidas desde aquele primeiro dia, ao contrário das fotos de Flávia. Ela vem postando outras diariamente, todas das mãos de Chyna e das de suas amigas com seus desenhos de henna. Algumas fotos mostram a pasta de henna marrom, outras o resultado após ela secar e ficar vermelho-escura.

Venho tentando me sentir otimista toda vez que ela posta uma foto. Quanto mais henna ela usar em suas amigas, menos ela terá para as clientes. E sei que vai levar um tempinho até Tio Raj receber um novo carregamento.

Mando uma rápida mensagem para meu grupo com Chaewon e Jess. *Pior festa de todas.* Mas é claro, nós três sabíamos que seria. Eu esperava o quê?

Elas não respondem, provavelmente ocupadas demais vivendo suas vidas e se divertindo de fato.

Considero deixar a festa enquanto vou rolando o *feed* do meu Instagram, mal prestando atenção às fotos. Ammu e Abbu disseram que iam passar para nos buscar mais tarde, mas tenho certeza de que posso apenas ficar perambulando lá fora até que essa hora chegue. Estamos no meio de Dún Laoghaire, um dos bairros mais chiques de Dublin. Duvido que eu vá correr qualquer perigo se for perambular sozinha por um tempo.

Estou pegando o telefone para mandar uma mensagem para Priti avisando que estou saindo, embora ainda esteja com raiva dela por me trazer até aqui e me abandonar, quando a porta da sala de visitas se escancara. O estrondo da música que havia sido abafado pela porta fechada se derrama para fora outra vez. Junto com Flávia.

Eu congelo, como se isso de algum modo fosse me fazer desaparecer. Estou longe o bastante para achar que ela não vai me notar, ainda mais na penumbra do corredor e comigo usando roupas que não exatamente fazem com que eu me destaque. Mas ela me avista quase que instantaneamente.

Tento evitar que meu coração salte para fora do peito ante a visão de seu rosto se abrindo em um sorriso e o modo como seus cachos balançam desenfreadamente quando ela vem correndo e se senta junto a mim na escadaria estreita. Estou bastante ciente dos nossos braços colados um no outro e das nossas pernas se tocando; estou tão distraída que devo ter perdido a primeira vez em que ela diz "E aí?".

"Nishat?"

"O-oi", eu murmuro, olhando na direção da porta e não dela.

É só uma paixonite. Não é nada. Não significa nada.

"Eu te vi abrir a porta. Por que não entrou?"

Dou de ombros. "Tem muita gente lá dentro."

"É, né. É uma festa."

Quando eu não respondo, ela solta um suspiro.

"Então, esse não é o seu tipo de festa?"

"Acho que não."

"Então, qual *é* seu tipo de festa?"

Penso a respeito por um instante. Não tenho certeza se algum dia fui ao meu tipo de festa e realmente não tenho certeza se festas em geral são o meu rolê. Mas se eu fosse dar uma festa, haveria comida Desi de verdade por todo canto. Haveria samosas e fuchka e shingara e dal puri e kebabs.

"Haveria comidas mais gostosas no meu tipo de festa", digo.

Ela dá risada. É uma risada breve e ansiosa, mas ainda soa alta demais no corredor vazio e à meia-luz.

"Tem razão. A comida aqui está horrível. Embora eu ache que tenha rolado uma conversa sobre pizza e obviamente um bolo de aniversário. Tem até uns brigadeiros que fiz especialmente pra hoje." Ela toma um gole do copo de plástico do qual está bebericando.

"*Brigadeiros?*"

Ela assente. "É um doce brasileiro. Você *tem* que provar. Vamos comer depois de cortar o bolo."

"Não sei se vou ficar tanto tempo."

"Já está pensando em ir embora?" Suas sobrancelhas se erguem. Daqui de onde estou sentada — tão perto dela — consigo discernir o tom castanho-escuro de seus olhos e as sardas que estão quase ocultas.

"Não conheço muita gente por aqui."

"Então está como eu no casamento." Ela sorri. "Você me fez companhia lá, eu posso te fazer companhia aqui, se quiser." Ela tromba seu joelho no meu e isso me faz sentir um arrepio pelo corpo todo.

"Não precisa... Valeu." Minha voz deve ter saído mais seca do que era minha intenção, pois ela franze o cenho.

"Tem algo errado?", pergunta ela.

Não tenho de fato a intenção de dizer, mas quando ela faz essa pergunta é como se as comportas se abrissem.

"Tem. Você está começando seu próprio ateliê de henna para a aula."

Para minha surpresa, ela ri.

"Qual foi, está com medo de um pouquinho de concorrência amigável?"

"Não." Isso sai mais defensivo do que eu pretendia. "Mas... era a minha ideia. É a minha cultura. É o meu rolê."

"É um tipo de arte... isso não pode ser o rolê de uma pessoa só." Ela une as sobrancelhas em um vinco como se essa conversa fosse demais para sua compreensão.

"Não é só um tipo de arte. É parte da minha cultura. Só porque você foi a um casamento que era do Sul Asiático, no qual você aliás nem conhecia ninguém, não significa que agora possa começar a fazer henna."

"É arte!" Sua voz se elevou de forma significativa. "Tenho certeza de que a aquarela um dia também já foi parte de uma cultura em particular, mas agora todo mundo faz. É isso o que a arte é. Ela não tem fronteiras arbitrárias."

"Não é assim que funciona. Não é a mesma coisa."

"Foi por isso que você saiu correndo no outro dia, quando eu te mostrei minha tatuagem de henna? Porque estava chateada por eu ter, o quê, me apropriado da sua cultura? Você ficou ofendida?" Ela soa ofendida pela ideia de eu ter ficado ofendida.

"Sim!", digo. "Quer dizer... não. Eu estava aborrecida porque... a henna é importante para mim."

"Quão importante ela pode ser? Você disse que só começou a tentar por causa do casamento!"

"Só disse isso por dizer."

Flávia balança a cabeça. "Olha, eu entendo que esteja na defensiva e não queira competir e tudo o mais, só que... é assim que a arte funciona. Acho que você não entende de fato porque não é uma artista."

Tenho um milhão de pensamentos gritando em minha cabeça. Pensamentos maldosos que tenho que engolir porque sei que vou me arrepender de verbalizá-los.

Me levanto em silêncio em vez disso.

"É melhor eu ir." Eu meio que espero que Flávia me detenha enquanto sigo para a porta, já mandando uma mensagem para Priti sobre estar indo embora. Mas ela não faz nada. Um momento depois, abro a porta da frente e saio para o ar gelado.

13

As palavras de Flávia não me saem da cabeça a noite toda enquanto me viro de um lado para o outro na cama. Ainda estou encolhida na cama na manhã seguinte, fervendo de raiva por todas as coisas que Flávia disse, quando Priti entra no meu quarto.

"Valeu por sair da festa dando chilique, ontem", ela me diz de cara feia. "Ficou todo mundo te zoando depois que você foi embora. Alguém disse que foi porque você nunca tinha visto um garoto antes, aí se apavorou."

"Nossa, que hilário. A garota muçulmana nunca viu um garoto. Nós nem somos exatamente praticantes. Nem racismo decente isso é."

"Racismo nunca é decente."

"Talvez não seja decente, mas poderia ao menos ser preciso geográfica e culturalmente!"

Priti se enfia debaixo das cobertas, se encolhendo junto a mim.

"Foi tão ruim assim?", pergunto.

"Poderia ter sido melhor", murmura Priti contra meu ombro. "Ficaram falando um monte de coisas de você e me fazendo perguntas ridículas. Tipo, você nunca tinha mesmo visto um garoto? Vão casar a gente quando fizermos 18 anos? A gente teve que sair escondidas para ir à festa?"

"Ali te defendeu? Ela estava lá, não é?"

"Ela estava muito ocupada com a cara grudada na do namorado", diz Priti baixinho. A culpa me acerta as entranhas feito um soco. Como posso simplesmente ter deixado minha irmã lá para lidar com tudo e todos? Só porque Flávia me irritou, eu a abandonei.

"Priti..."

Ela dá de ombros, mas seus olhos pestanejam um pouco rápido demais. Passo o braço ao seu redor e ela aperta o rosto ainda mais forte contra meu ombro. Tento ignorar a sensação da umidade na camisa de meu pijama e o som de seu fungar lamurioso.

"Não foi... nada... demais", diz ela entre os engasgos dos soluços. Porém, é claro que foi algo de mais. Como posso ter ignorado isso sendo sua irmã mais velha, sendo que devia sempre protegê-la? Eu estava tão envolvida com meu próprio drama...

"É só porque é o primeiro namorado dela." Tento reconfortá-la, muito embora não tenha experiência alguma nesse departamento. "Ela vai cair em si. *Você* é a melhor amiga dela. Isso é bem mais importante que qualquer garoto."

Ela, por fim, se afasta de mim e começa a esfregar os olhos.

"Tá tudo bem. Sério. Tô só... me acostumando com isso." Sinto que há mais nessa história, algo que ela não está me contando. Mas ela me dá um sorriso aguado e diz, "E aí, por que você foi embora? Tipo, eu sei que você é lésbica, então garotos não são exatamente sua praia, mas eu tenho certeza de que você não foge quando vê um.".

Eu suspiro. Embora a maior parte da minha raiva tenha abrandado agora que Priti está aqui, ainda a sinto em fogo baixo dentro de mim.

"Eu falei com a Flávia."

"Eita!"

"Ela foi tão... tão... eu tentei explicar a ela, sabe? A questão toda da henna. Mas ela simplesmente não entendeu. E ela foi tão... condescendente, também."

"O que ela disse?"

"Algo sobre a arte não ter nenhuma fronteira arbitrária, então, como a henna é uma arte, ela pode fazer o que quiser com henna. Ela disse que eu só estou com medo de competir com ela e... Ei! Ela estava lá quando disseram essas coisas todas sobre mim, não é? Ela *sabia* por que fui embora."

Mas Priti balança a cabeça. "Acho que ela foi embora mais ou menos na mesma hora que você. Chyna ficou meio brava com isso."

"Talvez a gente não deva mais ir a festas", eu sugeri. "Não somos muito boas nisso."

Priti caçoa. "Nós somos ótimas em festas. As outras pessoas que não são. *Elas* são o problema."

"É, acho que é verdade. A gente arrasa."

"Somos fantásticas." Priti concorda com um sorriso.

O resto do sábado segue sem incidentes. Priti passa um bom tempo entocada em seu quarto, estudando para uma prova de matemática que vai ter em breve. Quero conversar mais com ela sobre o que houve com Ali, mas receio aborrecê-la novamente. Priti com toda certeza não é alguém dada ao choro, então vê-la daquele jeito de manhã me deixou abalada.

Passo um bom tempo testando fotos dos desenhos de henna para colocar em meu perfil no Instagram. Me pergunto se conseguiria o mesmo sucesso que Flávia se fizer um desenho de henna em Jess e postar no meu perfil. Jess e Chaewon não falaram muito sobre a conta no Instagram, mas tenho certeza de que posso convencer Jess a ser modelo de mão para as fotos.

A srta. Montgomery quer ver nosso plano de negócios na segunda-feira para nos ajudar a dar início a eles o mais rápido possível, então estou excepcionalmente nervosa. Preciso que tudo esteja perfeito.

Na manhã de domingo, Priti bate em minha porta, o que é uma surpresa por si só. Priti e eu não somos o tipo de irmã que bate na porta e respeita a privacidade uma da outra. Nós irrompemos nos quartos (e na vida) uma da outra sem pensar duas vezes.

"Ammu quer conversar com você", diz ela, abrindo uma fresta na porta e espiando através dela.

"Ela quer conversar... comigo?"

"Com você. Foi o que ela disse."

"Comigo? Tem certeza?"

"Ela disse: 'Pode chamar a Nishat aqui?'" Priti está tentando ser descontraída e simpática, mas consigo ver pelo modo como seus olhos vagueiam pelo quarto, sem nunca pousar em mim, que ela está tão nervosa quanto eu. Ammu e eu mal nos falamos desde que me assumi. Nem me olhado nos olhos ela tem, desde aquele fatídico dia. O que poderia querer comigo agora?

"Ela disse sobre o que queria conversar?" Minha mente está repassando milhões das piores hipóteses possíveis. Minhas palmas estão suadas, meu coração disparado feito o de um beija-flor e tenho quase certeza de que estou tremendo. E se for agora? O fim? E se eles estiverem fartos de tantos rodeios quanto ao tópico e agora queiram fazer algo drástico? Não consigo parar de pensar em todas as pessoas gays expulsas de suas casas.

Priti balança a cabeça, seus olhos enfim pousando nos meus. Ela engole em seco e isso faz com que eu engula em seco também.

"Ela só me disse para chamá-la. Está lá no quarto dela. Você... você quer que eu vá junto?"

Eu murmuro "não", muito embora queira dizer sim, sim, mil vezes sim. Mas se Ammu quiser *mesmo* fazer algo drástico, não quero que Priti esteja presente.

"Vou ficar bem." Tento tornar minha voz tão reconfortante quanto posso, mas ela ainda vacila.

Passando por Priti, caminho na direção do quarto de Ammu e Abbu. A sensação é de ser a maior caminhada de todos os tempos, mesmo que sejam necessários apenas alguns passos para cruzar o corredor. Eu de fato começo a *rezar* durante a caminhada. O que provavelmente é uma hipocrisia, mas não ligo. Continuo pensando, *Ya Allah, se estiver aí, por favor por favor por favor por favor* por favor *permita que meus pais ainda me amem.*

"Hããã..." Enfio a cabeça porta adentro. Ammu está sentada na cama e à sua frente há um cachecol tricotado pela metade que ela está cosendo lentamente. Ela ergue o olhar para mim apenas por um instante antes de curvar a cabeça outra vez. Como se não conseguisse me olhar por muito tempo.

Ela dá palmadinhas no lugar vazio ao seu lado. "Venha, sente-se."

Meu coração martela tão alto que estou surpresa por Ammu não poder ouvi-lo, por ele de alguma fora não ter rompido para fora do meu peito. Ando com cautela até a cama e me sento, examinando sua figura curvada. É o mais perto que estive dela desde aquele dia à mesa do café da manhã. Ela acabou de tomar banho. Sei disso porque seu cabelo ainda está úmido e ela cheira a óleo de coco.

"Já contei a você a história de como eu e seu Abbu nos conhecemos?", pergunta ela.

Essa era a última coisa que eu esperava que ela perguntasse. Estou tão atordoada que continuo apenas a encará-la. Quero dizer alguma coisa. Palavras! Onde estão minhas palavras? Minha língua secou e minha mente está em branco.

Porém, Ammu não precisa que eu a incite. Com as agulhas de tricô nas mãos fiando o cachecol para cima e para baixo, ela solta um suspiro e começa a falar outra vez.

"Era verão e eu estava na universidade. Tinha viajado até Dhaka para estudar e estava morando com sua Aarti Khala e seu Najib Khalu. Sua Nanu costumava ficar preocupada comigo o tempo todo. Ela morava em nossa casa na vila naquela época e seu Nana ainda estava vivo. Eles ligavam todo dia, mesmo que fosse apenas por cinco minutos, para saber como estavam as coisas *comigo* em específico. Eles tinham medo de que eu, bem... que acontecesse o que aconteceu. Que eu conhecesse alguém, me apaixonasse, envergonhasse a família." Ela se detém e apruma as costas.

Por um instante, penso que ela finalmente vai olhar para mim.

Eu *mentalizo* que ela olhe para mim, mas ela não olha.

"Não foi nenhum grande romance nem nada", continua ela. "Seu Abbu e eu fazíamos uma disciplina juntos, então começamos a conversar, embora nós dois soubéssemos que não deveríamos. Eu queria contar à sua Aarti Khala a respeito, mas na época não achei que ela fosse entender. Acho que ela teria tentado me convencer do contrário e eu provavelmente a teria deixado fazer isso. Então costumávamos sair às escondidas, sabendo que era errado. Que seu Nana e sua Nanu ficariam horrorizados de saber que eu vinha contrariando o pedido que eles tinham me feito: o de *não ter* um romance, de não me apaixonar."

"Mas por quê?", eu pergunto baixinho.

Os olhos de Ammu dardejam os meus, mas apenas por um instante, e então ela volta a olhar para seu cachecol de lã azul e branca. Me pergunto para quem ele é, se é mesmo para alguém ou se é apenas algo para ela fazer enquanto narra sua história.

"Porque há vergonha nisso, Nishat. Na época eu não me dei conta de tudo que seu Nana e sua Nanu precisaram suportar por causa do *meu* erro. Como tiveram que escutar as pessoas falando sobre mim e sobre o que eu havia feito. Eu envergonhei a família. Isso é algo que nos acompanha para a vida inteira, que nos segue não importa aonde quer que vá."

"Então a senhora se arrepende?" Sempre pensei que Ammu e Abbu tinham orgulho de terem desafiado a tradição, não vergonha. É possível ter orgulho e vergonha ao mesmo tempo?

Ammu balança a cabeça. "Arrependimento não é a palavra certa."

"A palavra certa é... vergonha?"

"Por fazer isso com seus avós, sim. Por macular nossa família, sim. A vergonha corre fundo em nossas vidas, Nishat. Ela pode manchar você para sempre. Sabe o que as pessoas dizem sobre nós morarmos aqui? Que nos mudamos para um país onde as pessoas são imorais, onde permitem que os gays se casem. Onde um gay é presidente e..."

"Ele é o primeiro-ministro", eu murmuro, embora essa definitivamente não seja a questão e eu tenha a sensação de que Ammu está me apunhalando no coração com uma faca feita por ela mesma.

"Essa é uma escolha que nós fizemos. Estamos vivendo com ela. Agora, você fez uma escolha..."

"Não é uma..."

"E quando as pessoas descobrirem, essa vergonha vai estar *conosco*, Nishat." Ela finalmente está olhando para mim, *suplicando*. "Seu Abbu e eu precisamos que você faça uma escolha diferente."

Engulo minhas palavras sobre como nada disso é uma escolha. Que não posso mudar o que sinto. Como a faço enxergar isso? Como ela não consegue enxergar isso?

"Nishat", diz ela antes que eu possa falar qualquer coisa. Ela põe de lado o cachecol costurado pela metade e as agulhas e me abraça. Essa é a primeira vez que minha mãe me toca em semanas, e eu me retraio, embora não queira. Ou ela não nota minha reação ou não se importa, porque deita minha cabeça em seu ombro. "Seu Abbu e eu amamos você." Isso era tudo que eu desejava ouvir desde que contei a verdade a eles. Isso era tudo que eu sempre desejei ouvir deles. Mas não dessa forma. "Mas isso significa que você precisa *escolher* não ser... isso."

Isso, ou seja, lésbica.

Isso, ou seja, a pessoa que eu sou.

A escolha que ela quer que eu faça não é entre ser gay ou hétero, é entre eles e eu. Quem eu escolho?

Eu me afasto dela, contendo as lágrimas que me vêm como um tsunami. Dessa vez sou eu quem não consigo olhá-la nos olhos. Se o fizer, acho que vou desabar.

"Posso ir?", eu consigo perguntar.

"Pense no que eu disse, Nishat."

"Posso..." Já estou me levantando, mas Ammu agarra minha mão, me puxando de volta.

"Você já..." Ela respira fundo. "Você não... com alguma garota..."

Balanço a cabeça freneticamente enquanto puxo os dedos dela dos meus, embora a essa altura eu pudesse dizer qualquer coisa para sair dali.

"Ótimo", diz Ammu. "*Ótimo*." Essa é a palavra que me segue para fora do quarto dela até o meu.

Priti está sentada na minha cama, mexendo em seu celular. Sua cabeça levanta de pronto no momento em que eu entro, mas não tenho a energia nem as palavras para contar a ela. Apenas desabo na cama e deixo as ondas de infelicidade quebrarem sobre mim.

Priti deve ter se deitado ao meu lado, pois tudo que sei é que logo em seguida seu braço está ao meu redor. Ficamos as duas deitadas em minha cama pelo que parecem horas, eu com as lágrimas escorrendo por meu rosto, meu nariz e meu queixo, ela tentando me consolar alisando minhas costas.

Quando minhas lágrimas finalmente se esgotam, Priti se vira para me encarar com os cantos da boca repuxados para baixo.

"Posso te perguntar uma coisa, Apujan?"

"Sobre o que Ammu disse?"

"Não..." Ela hesita. "Sobre... você. Por que você... tipo... o que fez você contar a eles? Podia ter mantido segredo, certo? Não teria feito diferença. Não é como se você estivesse namorando alguém."

Não sei por onde começar ou como explicar. Nem tenho certeza se eu mesma entendo. Mas também não tenho certeza de que me arrependo, depois de tudo.

"Foi por causa do casamento de Sunny Apu."

"Por causa do...?"

"Por causa do jeito como eles estavam. Felizes. Tipo... você sabe, Ammu e Abbu mal podiam esperar que chegasse a nossa vez. Eu... não sei, é como se eles tivessem esse sonho para nós. E eu sabia que não podia lhes dar isso. Eu sei disso. Eu só... preferia que eles soubessem logo."

"Se der tempo a eles...", começa Priti outra vez. O mesmo velho mantra. Mas não tenho certeza se é de tempo que eles precisam. Se o tempo fará qualquer diferença.

"Pelo menos eles têm você", digo. "Vão poder ter orgulho de você. É você quem traz boas notas para casa e um dia vai se casar com um cara que eles aprovem."

"Como você sabe que eles vão aprová-lo?"

"Porque pelo menos vai ser um cara."

Ela sorri com isso. "Ele poderia ser um cara *terrível*."

"Aposto que vai ser. E ainda assim vão gostar mais dele do que de qualquer pessoa que eu traga para casa. Se é que vou poder trazer alguém para casa", digo brincando, mas há uma triste verdade nisso.

"Eu te amo, sabia?", diz Priti após um instante de silêncio se passar entre nós. "Tipo... se eu tivesse que escolher entre um cara terrível que Ammu e Abbu aprovassem e você, escolheria você sem pensar duas vezes."

"Não acredito que vá sentir o mesmo para sempre."

"Vou sim." Priti assente, solene. "Prometo amar você mais, independentemente de tudo. Mesmo quando estivermos velhas, desgrenhadas, moribundas e você de algum modo for mais irritante do que já é, eu ainda vou te amar."

Eu me estico e lanço os braços ao seu redor. Pelo menos sempre terei Priti.

***

Quando estou me preparando para ir para cama na noite de domingo, meu celular apita com uma mensagem.

Você comprou toda a henna do Shahi Raj?

Ela não assina a mensagem, mas sei que é Flávia. Me pergunto como ela conseguiu meu número. Só pode ter sido com Chyna, e não tenho certeza de como isso faz eu me sentir.

Digito a resposta rapidamente: *Preciso dela pro meu ateliê*

Flávia: *Todos os tubos?*

Eu: *Sim. Não sei você, mas eu planejo ter lucro.*

Flávia está digitando...

Ela digita por um longo tempo. Espero com o telefone na mão, o coração batendo rápido. Finalmente, após o que pareceram horas, uma nova mensagem pula na tela.

Flávia: *Achei que você fosse o tipo de pessoa que joga limpo, mas acho que te julguei mal.*

Flávia: *Agora foi dada a largada.*

A sensação é de que alguém alojou uma pedra na minha garganta. Ela me *julgou mal*? Como se pode julgar mal alguém que você nem conhece direito?

Meus dedos digitam uma resposta quase por vontade própria. Minhas palavras passam mais confiança do que realmente sinto.

Que vença a melhor.

14

Na manhã de segunda, acordo me sentindo renovada. Se Ammu e Abbu não vão me aceitar, tudo bem. Se a garota de quem eu gosto vai competir comigo usando minha própria cultura, tudo bem também. Estou cansada de sentir vergonha. Minha escolha está claramente posta à minha frente. Eu vou escolher a mim. E vou vencer Flávia.

Caminho do ponto do ônibus até a escola com um novo vigor. Se Priti nota, não diz nada, mas ela de fato me olha com ceticismo antes de me acenar um tchau e seguir na direção de seu armário.

"Tenho um plano para vencer Flávia e Chyna." É a primeira coisa que digo a Jess e Chaewon, que estão conversando aos sussurros perto de nossos armários.

"Opa, bom dia para você também." Jesse se vira para mim com um sorriso.

"E do que você está falando?", acrescenta Chaewon.

"Você não viu?" Já estou tirando o celular da mochila e abrindo o perfil do Instagram da Flávia. Eu o enfio na frente do rosto dela. A página está cheia de fotos de hennas. Desenhos diferentes, pessoas diferentes. Como é que ela já conhece tanta gente nesta escola?

"Ah." Jess olha para as fotos mais de perto, atenta, como se estivesse tentando assimilar todas as complexidades dos desenhos de henna, cada pixel das fotos. "Você sabia?"

"É claro que eu não sabia. Se soubesse, teria dito alguma coisa."

"Eu achei que ela fosse sua amiga", diz Chaewon, não ajudando em nada.

"Eu a conheci no primário, mas muito pouco. Não somos amigas."

"Bom..."

Jess e Chaewon trocam um olhar que está cheio de... algo. Algum significado ou alguma história. O tipo de olhar que Priti e eu às vezes trocamos. Ou que Ammu e Abbu trocam o tempo todo.

"Nós andamos conversando esse fim de semana, sabe? Sobre o plano de negócio", diz Jesse.

"Concurso." Eu a corrijo.

"O *concurso*, certo. E estávamos pensando... talvez essa coisa da henna não seja o melhor caminho. E com essa Flávia ou sei lá fazendo o mesmo, acho que significa que devíamos tentar outra coisa."

Dou um passo para trás e as analiso. Chaewon está bulindo com o colarinho de sua camisa e Jess está olhando para todos os cantos, menos para os meus olhos. Elas deviam estar discutindo isso há algum tempo. Só decidiram não me dar pista alguma até agora.

"Qual o problema do ateliê de henna?"

"É só que..." Jess olha para Chaewon como se estivesse pedindo ajuda. "*Nós* não nos sentimos de fato envolvidas. Sua irmã fez o perfil no Instagram no fim de semana, quando não estávamos lá para ajudar. E você até deu seu próprio nome pro negócio. Parece uma parada *sua*, não nossa."

"Pode ser uma parada de nós todas", eu insisto.

"Mas não é, né?"

"E a gente não quer fazer a mesma coisa que outra pessoa." Chaewon entra na conversa com um sorriso. Típico da Chaewon, mas, dessa vez, sua doçura me dá nos nervos. Como se ela estivesse sendo sonsa e simpática para conseguir o que quer, não só por causa de quem ela é. "A gente devia tentar trabalhar juntas para achar uma coisa em que estejamos todas interessadas. Que ninguém fez ainda. Jess e eu temos algumas ideias."

Eu rio. Não consigo evitar, simplesmente irrompe de mim. Mas não soa bem-humorado nem descontraído. Soa duro e nem um pouco parecido com uma risada.

"É *claro* que vocês já conversaram a respeito. Tenho certeza de que vocês já sabem exatamente que tipo de plano de negócio vocês querem para a competição, e não importa o que *eu* diga ou pense, vocês duas vão fazer o que querem mesmo assim."

Jess franze o cenho. "Isso não é justo. Somos uma democracia."

"Tirando que vocês duas são basicamente a mesma pessoa." Meneio as mãos sobre elas como se pudesse haver qualquer engano quanto a quem exatamente estou me referindo.

"Não somos...", começa Chaewon, mas ela é interrompida pelo som alto do sinal da escola. É o primeiro sinal, indicando que ainda temos alguns minutos para nos encaminharmos para a aula.

"A gente pode conversar sobre isso depois", diz Jess. Antes que eu tenha chance de responder, ela agarra a mão de Chaewon e a arrasta para longe. Elas ainda me dão uma última olhadela, como se eu fosse alguém que elas nunca viram antes.

Passo o dia todo tentando decidir o que eu quero dizer a Chaewon e Jess. Ou melhor: como posso convencê-las de que *precisamos* vencer Flávia. Que *precisamos* tocar um ateliê de henna. Que *eu* preciso disso.

Mas como posso fazer isso tudo sem contar a elas o porquê? Como posso convencê-las de que, nesse momento, a competição, a henna e a gana de vencer são as únicas coisas que me fazem seguir em frente? Que nesse momento são a única coisa concreta em minha vida, quando todo o resto parece ter sido jogado para o alto, ter saído de controle?

Não posso dizer nenhuma dessas coisas. Então, no almoço, estabeleço que vou abordá-las com meu maior (e mais sonso) sorriso e duas das melhores barras de chocolate disponíveis na cantina da escola.

"Oi." Eu me sento, oferecendo a elas os chocolates. Elas aceitam, trocando um olhar confuso, mas abrindo as embalagens e começando a mordiscar mesmo assim. "Olha, desculpem por hoje cedo", digo. "Eu estava só... chateada."

"Claramente", diz Jess.

Chaewon olha para ela com censura, antes de se inclinar para a frente, sua expressão se suavizando. "Olha, a gente entende por que você estava chateada. Entendemos, é sério." Não tenho certeza de que ela entende. "Mas no momento parece *mesmo* que temos um papel muito pequeno nisso tudo. E era para isso ser um projeto nosso, sabe?"

"E você está forçando a barra com a gente."

"Não estou...", começo com um tom um pouco mais alto. Com um pouco mais de raiva. Eu paro, respiro fundo e começo outra vez, com uma voz mais baixa e, tomara, mais calma. "Não estou tentando forçar a barra. Me desculpem se tomei decisões sem de fato falar com vocês. Mas não é como se vocês não tivessem feito a mesma coisa."

"Como?", escarnece Jess.

"Ao tentarem bolar uma ideia de negócio sem qualquer contribuição minha. E decidido entre vocês, em segredo, que não querem mais fazer isso. Falando de mim pelas costas."

"Tá, primeiro de tudo..." A voz de Jess se eleva um tom quando ela se inclina sobre a mesa entre nós. "Você era parte de um grupo de mensagens e não é culpa nossa se você decidiu não participar. Em segundo, a gente não estava falando pelas suas costas."

"Jess", a voz de Chaewon é severa.

"Não estávamos!"

"Talvez a gente estivesse sendo um pouco injustas?", pergunta Chaewon, atraindo o olhar de Jess. "A gente devia escutar a Nishat. Ela é nossa *amiga* e isso é importante para ela."

Amo tanto Chaewon nesse momento que poderia beijá-la. É bom saber que ela está um pouco do meu lado.

Jess não parece feliz por ser repreendida, mas ela se cala mesmo, me dando a chance de expor meu caso. Estive praticando isso o dia todo, a maior parte do tempo em minha cabeça, mas também rascunhei algumas anotações no meu celular quando ninguém estava olhando. Eu meio que desejo poder sacá-las agora, mas pareceria esquisito.

"Chyna é racista", eu começo.

Jess revira os olhos, mas Chaewon se ajeita na cadeira. Como se essa fosse a declaração pela qual ela estava esperando.

"Vocês sabem que ela é. Vocês sabem as coisas que ela fala sobre mim e minha irmã. E... sobre todo mundo."

"Sim, ela diz coisas sobre *todo mundo*", interrompe Jess. "Ela não é racista, é só uma idiota. Ela é uma pessoa ruim, mas não é *especificamente* ruim com você por conta da sua raça."

Eu balanço a cabeça, esperando que Chaewon entre outra vez na conversa, mas ela não o faz. Porém, sei que ela concorda comigo. Eu não sou a única vítima de seus boatos racistas.

"Bom, seja como for, ela disse certas coisas e agora está andando por aí com henna nas mãos. Isso é apropriação cultural."

Jess revira os olhos de novo, e me esforço ao máximo para não me esticar sobre a mesa e lhe dar um soco. Tenho que fechar as mãos em punhos tão apertados que minhas unhas se enterram dolorosamente na pele. Isso ajuda. Um pouco.

"Alegar apropriação cultural é um pouco ridículo, você não acha?", pergunta Jess.

Chaewon não diz nada, mas os cantos de seus lábios se curvam para baixo.

"Não é nada ridículo. Chyna e Flávia estão lucrando em cima da minha cultura e a minha cultura é importante para mim. Henna é importante para mim. Não vou simplesmente deixar elas passarem por cima de mim e venderem minha cultura como se fosse algum tipo de produto."

"Mas *você* pode embalá-la e vendê-la como um produto?"

"É diferente."

"E como pode ser apropriação cultural se fazem henna em países árabes *e* africanos? A Flávia é..." Ela se detém, como se estivesse fazendo muito esforço para pensar nas palavras que vai dizer em seguida. "... afro-americana."

Dessa vez, Chaewon olha *mesmo* de relance para mim. Tenho que conter uma risada e tentar manter a expressão séria ao dizer: "Flávia é brasileira e irlandesa".

"Sim, mas ela é... você sabe."

"Preta?"

Jess se remexe em sua cadeira, como se a palavra "preta" fosse algo sujo ou desconfortável.

"*Sim*. E eles fazem henna na África."

"Mas... a Flávia não é africana. Não é parte da cultura dela."

"E se ela fosse africana, se fosse parte da cultura dela, seria diferente?"

"É óbvio."

Jess se reclina em sua cadeira. Por um instante, penso que talvez eu tenha conseguido fazê-la entender. Que ela vai jogar as mãos para cima e dizer: "Então vamos nessa!".

Em vez disso, ela diz: "Você está fazendo tempestade em copo d'água. Na verdade, nem tenho certeza de que há um copo d'água. Está transformando em algo enorme uma coisa que nem existe. Tipo, você pode ficar chateada com a Flávia e com a Chyna por terem roubado sua ideia sem ter que usar a cartada da raça."

"A cartada da raça!" Minha voz agora definitivamente se elevou, no mínimo por Jess estar soando cada vez mais como Chyna e cada vez menos como um ser humano racional e solidário. Mas antes que eu possa dizer mais, Chaewon está se levantando e colocando as mãos entre nós. É um pouco dramático, porque não é como se Jess e eu estivéssemos prestes a nos atacar. Pelo menos não fisicamente.

Ainda.

"Talvez a gente devesse só declarar uma trégua por enquanto. Maturar isso até amanhã", diz Chaewon.

"Não dá. A gente tem que conversar com a srta. Montgomery e finalizar nossos planos na aula de hoje", observa Jess. "E visto que estamos em uma democracia, devíamos votar no que queremos. Então, quem quiser abandonar o plano da henna, levante a mão."

Ela levanta a própria mão e se vira com expectativa para Chaewon. Eu mentalizo que Chaewon não levante a mão, embora eu saiba que ela vai escolher o lado de Jess em vez do meu.

Porém, para minha surpresa, Chaewon balança a cabeça. "Não vou escolher um lado e nós não vamos votar. Tenho certeza de que a srta. Montgomery vai entender se pedirmos uma prorrogação. Vamos dizer a ela que levaremos um dia ou dois para pensar de verdade a respeito e responderemos a ela o quanto antes. Podemos explicar a ela toda a situação com a Flávia. A sobreposição de ideias."

Roubo de ideias, quero enfatizar, mas duvido que a srta. Montgomery também vá ver dessa forma.

"Se protelarmos o início do nosso negócio, aí a Flávia e a Chyna vão vir com tudo e roubar todos os nossos clientes. Vai ser a troco de nada", digo.

"Então o óbvio a se fazer é bolar uma ideia nova. Já temos boas opções entre as ideias que levantamos e..."

Dessa vez eu me levanto. Minha cadeira range alto contra o chão, quase tombando. Isso, sim, teria sido dramático. Mas o rangido já faz com que algumas pessoas na cantina ergam os olhares para nós, se perguntando o que está causando um rompante nesse grupo geralmente tranquilo e introvertido.

"Não estou interessada em ideias novas. Não estou interessada em concessões. Estou interessada em fazer o ateliê de henna e ganhar da Chyna e da Flávia por roubarem essa ideia de mim, de nós."

Jess entreabre os lábios, provavelmente para dizer mais alguma coisa que vai fazer com que eu solte fogo pelas ventas, mas já estou me virando e seguindo para a porta.

A última coisa que ouço é Jess dizendo a Chaewon como é inacreditável o quanto estou sendo ridícula. Não paro para ouvir se Chaewon vai me defender. Eu já sei que não vai.

***

É provável que eu esteja sendo paranoica, mas sinto que todas na escola estão sabendo de meu desentendimento com Jess e Chaewon. Como se todo mundo estivesse me encarando, me julgando. Não é como se eu fosse a garota mais popular da escola. Longe disso. Mas agora eu afastei as únicas duas pessoas que de fato me aturam. Que se sentam comigo nas aulas e no almoço. Que, por vezes, me mandam mensagens no WhatsApp.

Mas como elas podem não entender que isso é importante para mim? E se não posso confiar nelas em relação a *isso*, como posso confiar nelas em relação a *mim*?

Entro arrastando os pés na última aula do dia — administração — com o queixo erguido o mais alto possível. Tenho toda a certeza de que isso vai me dar um torcicolo, mas não ligo. Só quero que

Chaewon e Jess saibam que elas não me incomodam. De que não me arrependo de minha decisão, embora uma pequena parte de mim não pare de repetir, *o que você fez, o que você fez, o que você fez* em um mantra censurador.

Me sento em um lugar bem na frente da sala, onde Chaewon com toda certeza adoraria se sentar, e fico olhando para a frente, esperando a srta. Montgomery fazer sua aparição. O resto da turma vem se arrastando, algumas delas lançando olhares curiosos para mim e então para Chaewon e Jess sentadas no fundo da sala, sussurrando uma para a outra. Provavelmente falando sobre mim.

Quando Flávia entra, colada à Chyna como sempre, ela olha de relance para mim. Há um lampejo em seu olhar e um sorriso repuxando seus lábios. Meu coração palpita ao vê-la, embora eu esteja tentando fazê-lo calar a boca porque somos rivais e ela é uma ladra cultural! Mas então Flávia desvia o olhar outra vez, e ela e Chyna passam por minha mesa para achar um lugar junto à janela.

A srta. Montgomery entra na sala de aula logo depois com um floreio.

"Boa tarde, meninas!", exclama ela como se estivéssemos prestes a partir em uma empolgante aventura e não em uma típica aula de administração na qual ninguém quer de fato estar.

"Boa tarde". Todas nós murmuramos de volta em uníssono. Seu sorriso está mais radiante do que nunca quando ela bate palmas e declara que vai circular entre nós para conversar com cada uma sobre nossos planos de negócio, para nos ajudar a elaborar nossas ideias.

"Vamos fazer um dia de abertura com uma feira de negócios na próxima segunda, se tudo sair de acordo com o planejado", diz ela, animada, antes de sair correndo para o primeiro grupo de garotas para discutir seus planos. A turma imediatamente irrompe em tagarelice sobre os próprios negócios e essa tal feira que está para acontecer.

Meu estômago afunda. A segunda-feira parece perto demais. Apenas uma semana para preparar tudo, para estar de portas abertas e pronta para vencer Flávia.

Quando a srta. Montgomery se aproxima de mim alguns minutos depois, os cantos de sua boca estão caídos.

"Nishat, achei que você estava em um grupo com Chaewon e Jessica." Ela se senta na cadeira ao meu lado e cruza os braços.

"Eu estava, mas... tivemos... diferenças criativas."

"Hm." Seus lábios estão apertados em uma fina linha. Por um momento, penso que ela vai perguntar o que houve e me fazer rediscutir tudo na frente da turma inteira. Mas então ela dá de ombros e diz: "Certo. Então, vai seguir carreira solo?".

Eu assinto, agradecida por ela ter decidido não fazer mais perguntas.

"Bom, você tem planos? Ideias? O bastante para se organizar? Para a próxima segunda?

"Tenho, sim!" Abro meu caderno e tiro todos os rascunhos e ideias nos quais vim trabalhando. Entrego-os à srta. Montgomery e observo ansiosa seus olhos perscrutarem as páginas. Ela profere os eventuais *hmm* e *ahhs* enquanto lê, mas nada entrega seus pensamentos.

"Você sabe que há outro grupo com uma ideia similar à sua?", pergunta ela quando, enfim, termina de ler.

"Sei, sim."

"E elas são um grupo maior, então pode ser meio difícil para você competir com elas."

"Eu sei."

"Mas ainda quer persistir nisso? Sozinha?" Ela não fala como se desaprovasse ou pensasse que eu deveria mudar de ideia, mas como se quisesse apenas confirmar que isso é mesmo o que eu quero. Que não vou me arrepender depois.

"Quero, sim." Dou a ela meu sorriso mais confiante.

"Bom, estou empolgada para ver o que você pode fazer." Ela não diz isso com nenhuma malícia, nem esperança. Mais como quem *está* empolgada para ver o que posso realizar por conta própria com essa ideia.

Ela passa para a mesa seguinte. Deixo meu fôlego escapar, correndo os dedos por minhas anotações e esboços.

Segunda-feira.

Uma semana. Menos que isso.

Eu consigo. Ainda mais agora que tive êxito em perder todas as minhas amigas.

15

"Por que você está tão rabugenta?", Priti me pergunta quando estamos no ônibus a caminho de casa.

"Não estou rabugenta", contesto, embora eu não acredite que possa formar um sorriso mesmo se me esforçar ao máximo. "Só tenho muito a fazer essa semana."

"Essa não é sua cara de estressada, é sua cara de rabugenta."

Cruzo os braços. Priti e eu não guardamos segredos uma da outra. Desde que éramos crianças, nos mantemos unidas e abrimos nossos corações como se ninguém mais importasse. Como se não houvesse mais ninguém *com quem* abrir nossos corações.

O único segredo que eu guardei dela foi sobre minha sexualidade, e isso apenas por um curto período, enquanto minha ansiedade me corroía. Lembro-me de passar várias noites insones, me virando de um lado para o outro na cama, porque tinha medo de perder minha irmã. Mas, como sempre, Priti me acolheu.

Ela escutou devidamente enquanto eu murmurava as palavras sobre quem eu era, evitando olhar para ela porque tinha medo de quem estaria olhando de volta. Mesmo antes de eu terminar, ela estava me abraçando forte e dizendo que me amava.

Mas a ideia de contar a Priti o que houve com Chaewon e Jess faz eu me sentir ligeiramente nauseada. Como vou contar a ela que posso ter perdido minhas únicas amigas por causa de um concurso? Um concurso que ainda nem começou? E se ela também não entender o quanto aquilo é importante para mim?

Então fico olhando pela janela do ônibus enquanto Priti me lança vez ou outra olhares curiosos. Quando meu telefone apita com uma nova mensagem, somos ambas tiradas de nossos pensamentos em um sobressalto.

Franzo o cenho antes de desbloquear a tela. Priti já está se chegando mais para perto, tentando espiar a tela por cima do meu ombro. Eu a empurro para trás e faço uma cara feia para ela.

"O que você está fazendo?"

"Só quero ver. Me inclui!"

Seguro o telefone longe de seus olhos intrometidos. "Cuide da sua vida."

Ela bufa, mas pega o próprio telefone e começa a rolar seu *feed* do Instagram.

Uma nova mensagem, declara a central de notificações de meu celular.

Flávia: *só queria te avisar que seu plano não funcionou*

Franzo o cenho antes de rapidamente digitar em resposta: *que plano?*

Os três pontos que indicam que ela está digitando aparecem quase instantaneamente. Digo ao meu coração: *pare de bater tão alto! A gente não gosta dela!* Mas, como sempre, meu coração se recusa a escutar, então espero a resposta com o pulso acelerado.

Flávia: *entrei em contato com o cara na loja e eles vão receber novos tubos de henna no fim da semana!! Pego logo cedo na segunda e vou tá pronta para os negócios*

"Aff."

Priti me olha por alto com um sorriso desdenhoso que não ajuda em nada a melhorar meu humor. "Problemas?"

"Meu plano não funcionou. Flávia disse que Tio Raj vai receber tubos de henna no fim da semana, e em princípio nós vamos mostrar nossos negócios para a escola pela primeira vez na segunda que vem."

"Ela está te mandando mensagens?" Priti não parece muito feliz com isso. "Como ela conseguiu seu telefone?"

"Com a Chyna, aposto." Dou de ombros. "Enfim, a questão é... tenho que pensar em outra coisa. Ela já despertou bastante interesse, e onde quer que Chyna vá, uma multidão vai atrás, então..."

"Então você precisa pensar em um modo de atrasar o carregamento." Priti tamborila o queixo, pensativa.

"Não acho que eu tenha os meios para fazer algo tão grande. Você precisa pensar em escala menor."

"Apujan." Priti arfa dramaticamente. "Quem, na história deste mundo, conquistou a grandiosidade dizendo que precisamos pensar em *escala menor*?"

"Com sorte, eu", digo enquanto digito rapidamente uma resposta a Flávia. Nem pensar que ela vai dar a última palavra. E nem pensar que vou deixar que ela ache que venceu. Mesmo tendo vencido. Então escrevo: *Ótimo, superfeliz por você :) :) :)*, esperando que o sarcasmo seja óbvio o suficiente para incomodá-la.

"Você podia comprar tudo do Tio Raj de novo?", sugere Priti quando ergo o olhar do telefone.

"Não posso, a menos que eu queira ter um baita prejuízo."

"Você podia roubar os tubos de henna dela!"

Não acredito que Priti esteja falando sério, porque ela ainda está tamborilando o queixo pensativa, mas essa ideia de algum modo parece perfeita.

"Eu podia fazer isso", digo. "Acho..."

"Quê?" Priti se vira para mim com as sobrancelhas franzidas.

"Roubas os tubos de henna."

"Isso é roubo."

"Só por um tempinho. O suficiente para fazer diferença. Pense nisso como... um empréstimo, não roubo."

"Apujan... eu estava só brincando. Tenho quase certeza de que você vai arrumar problemas por isso", diz ela.

"Não se eu não for pega."

"Você vai ser pega. Você não é exatamente o James Bond."

"Não vou ser pega se você me ajudar."

"Eu também não sou nenhum James Bond!"

"Por favor, Priti. É, tipo, a forma perfeita de dar o troco. Ela roubou algo de mim, agora vou *tomar emprestado* algo dela."

Priti hesita. "E você *vai* devolver?"

Não tenho tempo de responder, com o ônibus dando um solavanco ao parar.

"É o nosso ponto!" Agarro a mochila e desço a escada correndo antes de o motorista decidir fechar a porta e sair em disparada. Priti vem apressada atrás de mim. Ela não deve ter ficado muito incomodada com a ideia de eu pegar os tubos de henna da Flávia porque, quando passamos pela porta da frente, ela está ocupada demais olhando seu celular para repetir a pergunta.

***

Uma hora antes de ir para cama, meu telefone toca. Ele de fato *toca*. As únicas pessoas que um dia já me ligaram foram Ammu e Abbu, e os dois estão em casa comigo. Sem falar que não creio que algum dos dois queira falar comigo nesse momento. Pode ser até que não queiram nunca mais.

Por um segundo, só encaro meu telefone enquanto ele vibra. Há apenas um número sendo exibido na tela. Espero os toques cessarem, então volto a trabalhar em meus desenhos de henna.

Mas um instante depois, o telefone começa a zumbir de novo. Uma, duas, três vezes. Deixo os toques pararem. Só pode ser um trote.

Quando ele toca uma terceira vez, porém, sou vencida pela curiosidade.

"Finalmente! Onde é que você estava?" Imediatamente reconheço a voz baixa e cadenciada de Chaewon. "Estou ligando pra você há eras."

"Você só ligou três vezes... De que telefone você está ligando?"

"Da minha mãe. O meu está sem crédito", diz ela. "Então... e aí?"

"Oi."

Chaewon e eu mal trocamos mensagens, muito menos falamos ao telefone. Somos amigas, ou *éramos* amigas, enquanto trio, e era isso. Há um silêncio na linha entre nós, e tudo que posso ouvir é a respiração de Chaewon, suave e lenta. Quero perguntar por que ela está ligando, o que aconteceu hoje mais cedo, por que ela não me defendeu diante de Jess. Mas antes que eu possa organizar meus pensamentos, ela rompe o silêncio.

"Então... O que a srta. Montgomery disse quando você contou a ela que ia fazer tudo sozinha?"

Dou de ombros, antes de me dar conta de que ela de fato não pode me ver.

"Ela disse que tudo bem. Não pareceu incomodada com isso."

"Ah..." Faz-se um outro intervalo. Mordisco meu lábio, me perguntando por que exatamente ela está ligando. O que ela quer?

"O que... o que ela disse quando você contou que só poderia entregar a ideia depois?", perguntei após o silêncio ter se alongado demais para ser considerado normal.

"Bom...", começa Chaewon. "Na verdade, a gente deu uma ideia pra ela."

"Ah, é?"

"Foi um... tipo, não sei se você leu todas as mensagens no nosso grupo, mas Jess e eu meio que tínhamos nos decidido por uma ideia antes de você sugerir o negócio de henna."

Tento me recordar sobre o que eram as mensagens em nosso grupo. Me lembro de passar os olhos por algumas delas sem realmente considerá-las. Talvez eu devesse ter levado as ideias delas em consideração antes de forçar a barra com a minha, mas seja lá qual for a ideia das duas, eu tenho *certeza* de que a minha é melhor. A minha é única. Autêntica. Ninguém mais teria pensado nisso... a menos, é claro, que tivessem ido a um casamento do Sul Asiático e decidido pegar todas as coisas bonitas e cintilantes de nossa cultura de que tivessem gostado.

"Qual é a ideia?"

"Bom, lembra que meus pais têm uma loja no centro?"

"A loja coreana?"

"Sim! Bom, minha mãe vende uns berloques fofinhos que ela importa da Coreia. Eles são bem populares por lá, então achei que a gente poderia tentar vendê-los por aqui também. Acho que as meninas da escola vão *mesmo* gostar deles. Tem personagens de desenho fofinhos neles e tal." A voz de Chaewon está animada enquanto ela diz isso tudo, como se estivesse realmente empolgada. Ela devia estar se sentindo assim o tempo todo, mas nem cheguei a considerar isso. Sinto uma pontada de culpa em meu estômago, mas a afasto.

Posso não ter cedido à ideia de Chaewon, mas ela também não me defendeu quando, bem... nunca. A gente não devia ter algum tipo de solidariedade entre nós? Nós duas somos asiáticas. Somos ambas minorias. *Eu* a defenderia.

"Parece uma boa ideia", digo, tentando ser sincera. Trata-se de revender produtos que a mãe dela já importou; não é exatamente o ápice da criatividade, mas é... alguma coisa. E tenho certeza de que a maioria das meninas em nosso ano vão fazer algo similar.

Mínimo esforço, afinal.

"Obrigada." Há um declínio em sua voz. "E eu... eu sinto muito pelo que houve hoje cedo."

Ah, aí está. O que ela realmente ligou para dizer.

"Está tudo..." Começo a dizer que está tudo bem, antes de me dar conta de que, na verdade, não está tudo bem. De que a forma como tudo ocorreu passou longe disso. Amigas não deviam tratar umas às outras daquele modo. "Está tudo... como tem que ser", digo.

"Jess ficou irritada. Ela... nunca foi muito fã da sua ideia, mas queria tentar porque você estava tão empolgada, sabe? Mas você tem que admitir, você forçou um pouco a gente. Parecia uma coisa mais sua do que nossa."

"Isso era para ser um pedido de desculpas?" Porque, em vez disso, estava parecendo uma defesa de Jess.

Chaewon suspira e o som reverbera pela linha telefônica. "Eu *sinto* muito, mas só quero que você entenda que..."

"Tenho que ir, Chaewon. Tenho um monte de coisas para fazer."

"Ah... Certo. Tá. Te vejo na escola amanhã?" Não tenho certeza se isso é um convite para me sentar com elas no almoço e nas aulas que temos juntas; não tenho certeza se quero que seja.

"Claro, até amanhã."

16

Na manhã da quarta-feira, apesar de me tranquilizar dizendo que o Certificado Júnior não significa praticamente nada, sinto a ansiedade rasgar minhas entranhas com suas garras. Hoje é o dia em que pegamos os resultados.

Por um milagre, Priti não diz nada. Ela nem tenta se encostar em mim e fazer ghesha gheshi — que, em uma tradução aproximada, seria algo como "invadir meu espaço pessoal". Seu passatempo favorito.

"Dá para parar com essa esquisitice toda?", eu esbravejo, interrompendo Priti no meio de uma queixa sobre sua professora de inglês que eu mal estava escutando.

"Não tem nenhuma esquisitice. Isso se chama con-ver-sar."

Cruzo os braços. "Sim, mas você não está sendo a pentelha de sempre e isso é esquisito."

"Ei!" Ela soca meu ombro de leve. Eu mal sinto. "Eu fico ofendida quando me chamam de pentelha."

"Prefere que eu te chame de irritante? Feito uma coceira difícil de alcançar? Uma..."

"Companhia encantadoramente excêntrica." Priti abre um sorriso. "Ou só encantadora, tá ótimo."

"Ah, claro, vai sonhando", digo secamente, mas pelo menos agora ela se parece mais com a Priti que eu conheço.

"Mas você está nervosa, né?" Ela semicerra os olhos como se, caso eu não estivesse, fosse uma traição à nossa herança asiática. Acho que meio que seria, mesmo.

"Eu estou um pouco nervosa", admito após um momento de hesitação. Ammu não disse nada quando eu saí de casa hoje de manhã, mas notei que ela não havia tirado o jainamaz, ou o tapete de orações, e na verdade havia feito algumas preces na noite passada.

Não consigo ignorar a hipocrisia disso, mas creio que sejamos todos hipócritas quanto a uma coisa ou outra. Eu sinto que o silêncio dela diz muito. Sempre diz.

Tiro Ammu da cabeça assim que chegamos à escola, pois todo o meu ano está sendo chamado ao corredor para recebermos nossos resultados. Estamos todas enfileiradas na ordem de nossa turma. Flávia, tomada pela ansiedade, está à minha direita. Ela está desacompanhada, já que não estudava no St. Catherine's no ano passado — os resultados dela devem ter sido enviados separadamente. Mas já que são todos enviados pelo Departamento de Educação, ela vai receber os dela ao mesmo tempo que o restante de nós. Ela está murmurando algo entredentes para si mesma. Uma oração, talvez? Mas não é em inglês. Nunca ouvi português antes, mas presumo que seja essa a língua na qual ela está rezando.

Meu coração para por um segundo, apenas porque acredito nunca ter visto Flávia parecer tão vulnerável antes. Desde que a vi no casamento de Sunny Apu, ela exala confiança. Hoje ela parece diferente.

Seu olhar encontra o meu um instante depois e eu desvio o rosto antes que possa ver sua expressão se endurecer ao me ver.

A srta. McNamara, diretora de nosso ano, passa tanto tempo falando sobre as provas e sobre como um bom resultado é importante, mas não é tudo, que dá ao meu corpo tempo suficiente para gerar um pânico suarento. No momento em que ela me entrega meu envelope com um sorriso mais falso que as bolsas Calvin Klein piratas que vendem em Bangladesh, minhas mãos estão ensopadas de suor. Não sei se ela nota. Minhas mãos tremem quando meus dedos pairam sobre o selo. As pessoas ao meu redor já estão abrindo os seus, já estão dando suspiros de alívio. Em vez de me deixar menos nervosa, o alívio delas faz minha ansiedade aumentar.

De soslaio, vejo Flávia passando os olhos na folha de papel com seus resultados, os olhos arregalados.

Desvio o olhar. Meu estômago dá uma cambalhota. E pensar que um pedaço de papel pode conter tanta influência e causar tantas emoções em tantas pessoas...

Abro meu envelope com o coração parecendo que vai irromper para fora de meu peito.

As palavras são um borrão na frente de meus olhos, primeiro, antes de enfim entrarem em foco.

Matemática — C
História — B
Francês — B
Irlandês — C
Inglês — A
Economia Doméstica — A
Administração — A
Geografia — A
Educação Cívico-Sociopolítica — A
Ciências — B

Não consigo imaginar como meus pais vão se sentir com isso — os dois "C" parecem estar olhando feio para mim —, mas sinto o estresse e a ansiedade deixando meu corpo.

Antes mesmo de eu conseguir reagir da maneira apropriada, antes mesmo de poder erguer o olhar da folha com meus resultados, alguém joga os braços ao meu redor e me aperta em um forte abraço. É um abraço caloroso, como ser aninhada em um cobertor durante uma noite fria de inverno, e a pessoa que me abraça tem um aroma tênue de baunilha e canela misturados.

"Desculpa", sussurra Flávia quando enfim me solta. Estou tentando guiar minhas emoções, que oscilam entre a adoração e o aborrecimento.

"Tudo bem", digo, sem certeza alguma de que está tudo bem.

"É só que... conseguimos!" Ela está radiante. Seus olhos estão luminosos feito estrelas e é fácil demais perder-se neles.

"Eu sei." Meu coração está prestes a irromper para fora do peito outra vez, mas agora por uma razão completamente diferente.

"Você acha que a gente consegue deixar nossas diferenças de lado? Só por ora?", pergunta ela, encabulada. Eu faço que sim, a despeito de mim mesma.

Ela se ilumina ainda mais, o que nem pensei que fosse possível.

"Você vai à festa na sexta?"

"Tem uma festa na sexta?"

Ela sorri como se não pudesse acreditar que eu não fui convidada, embora seja óbvio que aquilo não devia ser surpresa alguma.

"A festa é da Chyna, mas vai ser na minha casa. Para todas do nosso ano. Você devia ir." Ela faz uma pausa, a luz em seus olhos esmaecendo levemente, seu sorriso mirrando um tanto. "Pode, hã, levar a sua irmã, se quiser."

"Vou pensar", é tudo que eu digo, embora eu já saiba que, se eu for, não há nenhuma chance de que eu vá levar Priti.

***

"Parece que está se empenhando para essa festa." Priti se recosta no batente da porta enquanto eu aplico uma camada de rímel nos cílios. Acidentalmente, espeto meu olho com o pincel e borro meu rosto com um pouco da pasta negra.

"Não sabe bater, não?", digo.

"Sua porta não estava fechada, gadha."

"Tá bom, chagol." Esfrego meu rosto para limpar o rímel.

"Estou surpresa por você não ter desistido ainda."

"Estou indo a uma festa, Priti. Não me comprometendo a casar."

"Eu sei. Mas você não exatamente se divertiu na festa de Chyna semana passada. Você foi embora cedo."

"Sim, bem... Isso é diferente."

"Diferente como?"

Essa é uma pergunta perfeitamente válida, porque nada *é* de fato diferente, mas algo *parece* diferente desde que Flávia pediu uma trégua. Mesmo que seja só por um dia, eu não devia aproveitá-la ao máximo?

Sendo o poço de eloquência que sou, digo a Priti: "Porque é diferente e pronto, tá?".

Ela se aproxima e para ao meu lado, de modo que ficamos ambas refletidas no espelho. Após ajeitar uma mecha de cabelo, ela pousa a mão em meu ombro.

"Isso está igual a uma cena de filme de Bollywood", digo.

"Em que filme de Bollywood acontece isso?"

"Sei lá! Mas eu sinto que parece!"

Posso vê-la revirando os olhos no espelho. Eu seguro o riso quando ela diz: "Está mais para filme de Hollywood, sério. Você vai se casar e é o dia da cerimônia. Sua irmã e dama de honra vem até você para dizer o quanto você está linda em seu vestido de noiva etc. etc."

"E aí...?"

"E aí o quê?"

"Tô esperando você me dizer como estou linda, é óbvio."

"Uau, Apujan, você está tão linda", declama Priti inexpressiva. Sua voz e seu rosto são tão destituídos de emoção que caio na gargalhada. Ela se une a mim um segundo depois e logo estamos as duas nos dobrando de tanto rir.

Priti enxuga uma lágrima do rosto e eu pisco rapidamente, tentando manter meus canais lacrimais sob controle.

"Você vai me fazer borrar a maquiagem", digo após finalmente pararmos de rir.

"Você que começou!"

Seu olhar encontra o meu no espelho e fico surpresa com o quanto somos parecidas, mesmo com meu rosto cheio de maquiagem e o dela, sem nenhuma. Eu sou um tom mais escura, mas nós duas temos os mesmos olhos grandes, herdados de Ammu, e o rosto redondo demais, herdado de Abbu. Talvez a maior diferença seja o nariz de botão de Priti, comparado com o meu mais longo e levemente arqueado.

Após um instante de silêncio, Priti diz: "Você vai tomar cuidado na festa, né?".

"Vou." Não tenho certeza se estou dizendo a verdade ou não. Quando há questões do coração envolvidas, é difícil ser cuidadosa.

* * *

Mesmo do lado de fora, a casa de Flávia já é bem diferente da de Chyna. É uma casa de tijolos pequena e estreita, encravada entre duas outras construções similares. Quando subo a pequena escada e toco a campainha, ela emite um som cavernoso.

Chyna, para minha surpresa, me saúda com um sorriso e um abraço quando a porta se escancara. Consigo sentir o cheiro de cerveja emanando dela.

"Tô tão feliz por você ter vindo!", exclama ela, jogando para trás tufos de seu fino cabelo loiro.

"Está?", pergunto, mas ela não parece me ouvir, ou se importar.

Ela agarra minha mão e me arrasta para dentro, então por um par de portas duplas até uma sala de visitas completamente entupida de gente.

"A última!", grita ela para a sala lotada. As pessoas erguem os olhares, algumas totalmente indiferentes, outras com sorrisos largos no rosto. Todos soltam uma saudação que abafa a batida da música. Percebo Chaewon e Jess de relance no canto e me viro. Não estou a fim de falar com elas hoje.

Flávia se aproxima de mim assim que o grupo se distrai e Chyna desaparece em algum lugar em meio à turba.

"Acho que nosso ano inteiro está aqui", grito por cima da música, como forma de saudação.

"Pois é", grita Flávia, um sorriso encabulado nos lábios. "Ela está bem empolgada por ter conseguido esse feito."

Essa é a única razão para eu ter sido convidada? Foi por isso que Flávia declarou uma trégua? Tento ignorar esses pensamentos. Estou aqui, afinal de contas. Não há nada que eu possa fazer quanto a isso agora.

Vejo os lábios de Flávia se moverem, mas o som é abafado pela música, que parece estar ficando mais alta a cada segundo que passa.

Balanço a cabeça para indicar que não ouvi o que ela disse. Ela agarra minha mão, causando um choque que atravessa meu corpo inteiro, e me arrasta para fora da sala. Serpenteamos pela casa — o corredor repleto de gente, a cozinha quase tão cheia quanto a sala de visitas — até chegarmos a um quarto pequeno e deserto.

O quarto tem algumas estantes de livros recostadas na parede, uma pequena mesa em um dos cantos e um sofá aconchegante porém surrado no outro. É tão pequeno que mal comporta nós duas lá dentro com a mobília.

"É o escritório. Bom, tecnicamente é um depósito que minha mãe converteu em escritório." A voz de Flávia parece alta demais sem a música estrondosa ao fundo. "Desculpa, achei que a gente não ia conseguir conversar na sala de visitas."

Ela fecha a porta com um clique e se aproxima do sofá. Se acomodando nas almofadas, ela ergue as sobrancelhas para mim.

Me aproximo lentamente também, me perguntando por que exatamente ela me trouxe até aqui. Que tipo de conversa ela pretende ter? Nosso último papo não foi exatamente um mar de rosas. Além disso, tenho quase certeza de que poderíamos ter conversado no corredor, ou até na cozinha. Claro, estavam lotados, mas a música não estava tão alta e havia um monte de gente conversando lá.

O cenário — o sofá de dois lugares, o quarto deserto, a porta fechada — parece muito íntimo.

Ao me acomodar no sofá ao lado dela, Flávia ainda está me olhando de um jeito desconcertante. Não sei o que significa a expressão em seu rosto. É insondável, pelo menos para mim.

"Então... vamos logo tirar isso a limpo."

Meu estômago afunda. Essa trégua não era trégua nenhuma, afinal?

"Você ficou feliz?", pergunta ela.

"Q-quê?"

"Com seus resultados. Você ficou feliz?"

"Ah." Deixo o fôlego escapar. "É, acho que sim."

"Você acha?" Ela sorri.

"Bom, não é o caso de se escrever pros parentes para contar, mas, tipo, não é ruim, sabe?", digo. "Você ficou feliz?"

Ela dá de ombros e enfim desvia os olhos de mim.

"Não era exatamente o que eu estava esperando, mas acho que vai ter que servir." Ela parece decepcionada.

"Quais foram os seus?" Me inclino para a frente, tentando encontrar seu olhar.

"Não pode perguntar isso!", diz ela com uma leve risada. "Isso é tipo... contra as convenções da sociedade civilizada."

"Eu conto os meus se você me contar os seus." Posso ver que ela está pensando a respeito.

"Tá bom, me diz os seus."

"Tá." Respiro fundo, me perguntando por que sugeri que fizéssemos isso. "Dois 'C's, três 'B's e cinco 'A's."

"Cinco 'A's!", exclama Flávia, um sorriso se insinuando em seus lábios. "Isso é incrível. Devia estar orgulhosa."

"Obrigada", eu murmuro, enquanto o rubor começa de repente a subir por meu pescoço. "E você?"

Ela suspira. "Três 'A's, três 'B's e quatro 'C's."

"E você está decepcionada com isso?"

"Não ouviu a quantidade de 'C's?"

"Você ouviu a quantidade de 'A's?"

Ela sorri de novo, agora hesitante.

"Minha mãe não ficou exatamente radiante."

"Ah, é?"

Ela se reclina no encosto. "É que... ela tem essa coisa de querer superar a família do lado do meu pai. Acho que é porque... não sei, eles nunca gostaram muito dela e eu acho que tem a ver com a cor da pele dela. Como se eles presumissem que por minha mãe ser preta e brasileira, e ainda ter sotaque, ela não seja inteligente, ou boa o bastante, ou sei lá. Então ela sempre quer que eu me saia melhor."

"Do que quem?"

"Do que... bom, todo mundo, na verdade. Mas principalmente melhor do que aquele lado da família."

"Então... Chyna?"

Ela assente, virando-se para encontrar meu olhar. Seus lábios têm os cantos curvados para baixo.

"Mas não me saí melhor."

"*Chyna* foi melhor do que você?" Não é minha intenção soar tão surpresa quanto pareço, mas isso faz Flávia ter um acesso de riso, então já é alguma coisa.

"Ela é bem inteligente, sabe?"

Dou de ombros "É só que... ela tem o hábito de... sei lá, não se esforçar?"

"Tem mesmo. Quer dizer, ela gosta de agir como se não se importasse, mas, sinceramente, Chyna liga muito para essas coisas. Ela quer ser advogada, sabia? Sempre foi tudo que ela quis, desde que éramos crianças."

Posso imaginar. Chyna sem dúvida é boa em manipular a verdade, em fazer as pessoas verem o seu lado da situação, não importa quão errado ou deturpado ele seja. Fico um pouco apavorada ao pensar nela como advogada. Ela seria uma Annalise Keating branca; toda a manipulação e amoralidade, mas sem nenhuma oposição dos brancos. Cem por cento de certeza de que Chyna conseguiria se safar de um homicídio, e é provável que ela nem precisasse se esforçar muito para isso.

Claro, não digo nada disso a Flávia. Para ela, digo: "Você e a Chyna devem ser bem próximas, não?".

"Nós... temos uma relação complicada." Ela ajeita uma mecha de cabelo atrás da orelha e me dá um sorriso. "Nós deveríamos ser amigas, mas também somos meio que rivais."

"Por causa da sua mãe e daquele lado da família?"

Ela repuxa um fio solto em sua blusa por um instante, distraída. "Quando eu era mais nova, não parecia que havia muita diferença entre nós, na verdade. Mas quanto mais velhas ficamos, mais ciente eu fico do quanto somos diferentes. E acho... que menos ciente *ela* fica."

"Por que ela é branca e você é preta?"

Flávia não parece espantada pela franqueza da minha pergunta. Sei que se fosse Jess, ela ficaria incomodada por eu "usar a cartada da raça" ao levantar essa questão. Gente branca gosta de pensar que raça é algo cuja profundidade se resume apenas à cor da nossa pele. Talvez porque a cor da pele *delas* traga tantas vantagens.

Mas raça é muito mais do que isso. São coisas boas e coisas ruins. E quando você é marrom ou preto, isso molda sua vida. Talvez até ainda mais para Flávia.

Flávia respira fundo e diz: "É que, tipo... eu sei que preciso ser certas coisas para poder me virar na vida. Tenho que ser inteligente o suficiente, falar de um determinado modo e me adaptar ao que a família do meu pai quer. Chyna acha que isso é simplesmente quem eu sou. Acho que ela não vê realmente meu outro lado. Talvez porque eu não o mostre a ela".

Quero perguntar o que exatamente ela quer dizer com isso, qual é o outro lado dela, mas ela balança a cabeça.

"Enfim, chega de falar da Chyna. Você está bonita hoje, sabia?" Antes que eu possa responder, ela estende a mão e toca as finas mangas de meu vestido, correndo os dedos pelo tecido.

Meu coração de súbito começa a bater muito rápido e consigo ouvir o sangue subindo para minhas orelhas, abafando quase todo o resto.

"Apesar de que eu não imaginaria que isso fizesse exatamente seu estilo."

Dou de ombros, tentando ser indiferente, muito embora por dentro eu esteja definitivamente surtando.

"É uma comemoração, certo?", digo.

"Certo." Seus olhos encontram os meus. "Bom, eu gostei. E quando foi que fez isso?" Dessa vez, ela estende a mão para tocar a argola dourada se projetando de meu nariz. É a mesma que eu estava usando no casamento de Sunny Appu. "Não me lembro disso no primário. Fica bem em você."

"Obrigada."

Flávia se inclina tanto para a frente que nossos rostos estão a centímetros de distância um do outro. E ela está me tocando — ainda que seja no nariz, o que é estranho e nem um pouco romântico, mas ainda assim faz meu estômago dar cambalhotas —, e consigo sentir o quanto meu rosto está afogueado. Só por causa de um simples toque que mal consigo sentir.

Quero pensar que isso é simplesmente algo que meninas fazem, que não significa nada. Mas tenho cem por centro de certeza de que o modo como ela está olhando para mim não é o modo como amigas olham uma para a outra. Seus olhos estão brilhando, mas semicerrados. Intensos.

Ela está se inclinando para a frente.

Existe alguma explicação heterossexual para ela estar se inclinando para a frente?

Sua mão desce de meu nariz, roça minha bochecha e segura meu rosto.

E então *eu* estou me inclinando para a frente, embora seja uma decisão inconsciente. Meu coração está prestes a irromper para fora do peito.

PING!

Flávia dá um pulo, sua cabeça quase batendo na minha.

Tiro o celular do bolso, murmurando desculpas e tentando ignorar o nó em minha garganta por causa da súbita distância entre nós.

Priti: *Como está a festa? Já te comeram viva?*

Nunca odiei Priti tanto quanto neste exato momento.

"É só a minha irmã." Digito uma resposta rápida e pressiono enviar. "Querendo saber se está tudo bem."

Flávia sorri, mas há uma súbita rigidez no seu sorriso.

"Por que ela quer saber como você está?"

"Bom, depois do que aconteceu na última festa..." Sei imediatamente que essa foi a coisa errada a se dizer.

"Certo." O sorriso desaparece de seus lábios.

Ficamos sentadas no sofá durante um momento constrangedor que parece se estender eternamente.

Então ela se levanta.

"Acho melhor eu ir. Com certeza Chyna está se perguntando aonde é que eu fui."

"Claro", é tudo que consigo dizer enquanto vejo ela evitar meu olhar.

Sinto meu coração afundar quando ela desaparece porta afora.

O que foi que aconteceu aqui?

17

No ônibus para casa, não consigo parar de pensar naquele quase-beijo. É um dos ônibus da madrugada, que está sempre cheio de gente um pouco bêbada demais e sempre cheira levemente a cerveja barata e mijo. Esta noite não é exceção, porém mal noto tudo isso quando me sento.

Não consigo parar de repassar a festa em minha cabeça: a sensação das mãos de Flávia na minha pele. O modo como ela se inclinou para a frente. Tenho quase certeza de que estava rindo de orelha a orelha no momento em que deixei a festa.

Tiro o telefone do bolso e abro a sequência de mensagens entre Priti e eu. Há mil coisas passando pela minha cabeça, tudo se precipitando de uma vez para formar uma grande mistureba de emoções.

Eu digito: *Ela quase me beijou!!!!!!!!!!!* Mas assim que vejo isso na tela do celular, parece estranho. Como se eu estivesse revelando algo íntimo demais. Como se eu quisesse manter aquilo apenas para mim mesma por mais um tempo. Então apago a mensagem, ponho o telefone de volta no bolso e fico olhando pela janela com um sorriso estampado na cara. Consigo ver meu reflexo no vidro escuro, bem mais claro do que a cidade borrada que passa zunindo. Meu sorriso tem um quê de maníaco, mas não me importo. Não conseguiria apagá-lo nem se tentasse.

Ammu abre a porta com a testa franzida antes que eu possa pegar as chaves na minha bolsa.

"Onde você estava? É quase uma hora da manhã, estava ligando para você."

"Ah... Eu estava em uma festa. Lembra?" Tenho certeza de que contei da festa para Ammu, mesmo tendo sido um comentário jogado na forma de um murmúrio, porque agora mal suportamos estar juntas no mesmo cômodo.

"Sim, mas não deveria ter voltado para casa de ônibus. Por que não ligou para nós?"

Dou de ombros, porque ambas sabemos por que eu não liguei. Imagino que ela vá continuar sua reprimenda por mais um tempo, que vai me punir de algum modo por ter voltado para casa no ônibus da madrugada que, de acordo com ela, é "perigoso". Mas ela apenas suspira e fecha a porta atrás de mim.

"Cadê a Priti?"

"Já foi dormir", diz Ammu. "Está bem tarde."

"Eu sei... não tenho permissão para comemorar meus resultados?"

Para minha surpresa, ela sorri. Ammu e Abbu não ficaram com raiva pelos resultados. Talvez eles tivessem expectativas mais baixas, como se o fato de eu ser lésbica significasse que meus resultados tinham menos importância, ou que anulasse a expectativa da cultura asiática por notas máximas. Ou talvez eles apenas não tivessem grandes expectativas quanto a mim desde sempre.

Não sei se deveria ficar grata ou aborrecida por eles não terem criado caso comigo pelos resultados. Mas eles parecem meio... satisfeitos. Isso é algo que meus pais raramente ficam.

"Você tem permissão para comemorar, shona." A ternura me surpreende. Faz com que um choque me atravesse. "Estou... orgulhosa de você. Saiu-se bem."

Encaro Ammu como se vários tentáculos tivessem brotado dela. Sinceramente, seria menos surpreendente se vários tentáculos tivessem *de fato* brotado dela.

"Você está..."

"Você está focada em seus estudos. Foi bem. É só... isso que precisa continuar fazendo." Ela sorri para mim, mas eu leio nas entrelinhas. *Precisa continuar focando nos estudos e deixar de ser lésbica.* Quero dizer a ela que eu não fiz a escolha que ela acha que fiz. Mas as palavras não saem. Porque Ammu disse que está *orgulhosa* de mim. Ela está de fato falando comigo. Tendo uma conversa comigo que não é sobre envergonhar a família. Sobre como estou errada. Sobre como preciso ser melhor.

Então apenas assinto e dou as costas, piscando para conter as lágrimas. Toda a minha alegria pela festa desaparece enquanto me troco, visto meu pijama e removo a maquiagem do rosto. Sinto como se meu coração, que há apenas alguns momentos estava flutuando, tivesse sido estraçalhado, e que só vou poder remendá-lo quando eu fizer uma escolha. Se eu quiser que minha família seja minha família, se quiser que minha Ammu e meu Abbu me amem, a escolha não pode ser Flávia.

Meu telefone vibra em minha mesa de cabeceira. Duas mensagens. Mordo o lábio, me perguntando se deveria clicar nelas. Mas meu coração já está batendo muito rápido e meus dedos se movem por vontade própria.

Flávia: *oi*

Flávia: *tudo bem se você não comentar o que aconteceu hoje na festa?*

Flávia está digitando...

Flávia está digitando...

Flávia está digitando...

Flávia: *fui pega desprevenida, só isso*

Fico encarando a tela por um instante, sem ter certeza do que exatamente está acontecendo. Há apenas uma hora, eu estava nas nuvens. Me sentia a garota mais feliz do mundo. Como se tudo estivesse dando *certo* na minha vida, pra variar. Agora...

Minha mão paira sobre a tela, mas não tenho certeza do que posso responder. Não tenho certeza de como ela espera que eu responda.

Não vou comentar, eu digito, contrariando meu próprio bom senso.

Encaro a mensagem por um segundo, sentindo a vergonha florescer dentro de mim uma vez mais. Nos últimos tempos, parece que é tudo que sou para todo mundo — um segredo que precisam esconder. Achei que me assumir para minha família, pelo menos, viria a negar um pouco dessa vergonha.

Acho que eu estava errada.

Então aperto o botão de enviar, sentindo um vazio no fundo do estômago que fica cada vez maior e mais escuro enquanto encaro meu telefone. Eu o agarro com tanta firmeza que meus dedos empalidecem.

Flávia: *valeu*

***

"Toc, toc!"

"Você sabe que simplesmente dizer *toc toc* não é o mesmo que bater, né?"

"Era para você perguntar quem é."

Giro em minha cadeira para lançar um olhar fuzilante a Priti, que aparentemente tem o mesmo senso de humor de uma criança na pré--escola Montessori.

"Quer alguma coisa? Tô meio ocupada." Me viro para a mesa sem esperar que ela responda.

"Estou te chamando para comer o café da manhã já tem tipo uns quinze minutos. O que você está fazendo?"

A verdade é que nem cheguei a ir para cama na noite passada. Estava pilhada demais, com pensamentos demais disparando pela minha cabeça. Foi esmagador. Em vez de ir dormir, comecei a derramar meu coração e minha alma na forma de padrões de henna.

Tem algo estranhamente relaxante nos padrões repetitivos — as linhas curvas e os círculos e a consciência de que isso é algo meu, algo importante.

Tudo isso levou à pior de todas as tomadas de consciência.

A noite passada não se tratou de jeito nenhum de mim e Flávia. Aquele quase-beijo *só podia* se tratar exatamente disto: me deixar apavorada e ansiosa, e talvez até mais enamorada. Tudo para que eu decidisse desistir, ou no mínimo ficasse distraída.

Mas não vou ficar envergonhada ou de coração partido porque Flávia acha que sou alguém com quem ela pode brincar. Não vou lhe dar essa satisfação. Então passo o resto da noite criando mais desenhos para a feira de segunda.

"Só quero terminar esses desenhos. A feira já está chegando", digo.

Estou no meio de um desenho particularmente intrincado quando Priti, ao meu lado, se inclina para baixo.

"Seus olhos estão injetados, Apujan. Vocês está bem? Dormiu um pouco?"

"Eu estou bem, Priti", resmungo. "Pode só me deixar em paz para eu fazer isso?"

Ela franze os lábios e cruza os braços antes de sair muda pela porta, o que é um feito surpreendente para Priti, que adora me irritar com todo o seu falatório.

Mas por mais que eu *saiba* que não devia estar descontando a raiva e a frustração em minha irmã — vulgo a única pessoa no mundo que parece se importar comigo, nos últimos tempos —, ao que parece não sou capaz de evitar isso. Então, em vez de descer para o café da manhã, ou fazer as pazes com Priti, volto ao meu caderno. Meu único consolo nesses dias.

***

Priti e eu mal nos falamos pelo resto do sábado, mas na manhã de domingo sou eu quem estou batendo na porta dela. Priti ergue o olhar de seu livro de matemática com os cantos da boca repuxados para baixo. Mas ela não parece com raiva de mim, na verdade. Só com raiva da matemática.

"Oi", digo. "Me desculpa… por ontem."

Priti dá de ombros. "Acho que a festa não foi o que você esperava que fosse, né?"

"Poderia ter sido melhor", respondo. Eu sem dúvida não quero recapitular para Priti como Flávia me fez de boba. Não depois de todos os seus alertas.

"Seja lá o que houve..."

"Não é importante." Eu a interrompo e jogo os braços ao seu redor. É tão bom ser tão próxima de alguém que de fato me ama e me entende.

"Ammu pediu pra gente fazer um Skype com a Nanu, a propósito", diz ela quando enfim a solto. "Ela quer que você dê a ela a boa notícia dos seus resultados."

"Ela chamou de boa notícia?" Eu paraliso diante da frase, mas Priti faz que sim com entusiasmo, um risinho escapando dela.

"Você foi *bem*, Apujan! Ammu e Abbu estão orgulhosos de você."

Muito embora todas as evidências apontem para tal, é difícil fazer com que isso entre na minha cabeça.

"Vamos." Priti tira o celular do bolso e abre o Skype. Ainda está cedo, então deve ser fim de tarde em Bangladesh. Espero podermos pegar Nanu antes de seu cochilo da tarde.

Ela atende após o primeiro toque, como se estivesse esperando por essa ligação junto ao telefone. Primeiro, só conseguimos ver um *close* de suas narinas. Priti e eu trocamos um olhar, tentando conter as risadas.

"Nanu, a senhora tem que se *afastar* da câmera", diz Priti para o telefone. "Não estamos conseguindo ver seu rosto."

O rosto dela vai entrando em foco gradualmente, conforme a câmera vai se afastando. Ainda está inclinado, mas imagino que seja o melhor que vamos conseguir.

"Como vocês estão, Jannus?", pergunta ela, com um sorriso maior que o rio Shannon se estendendo por seus lábios.

"Estamos bem, Nanu!", responde Priti alegremente. "Apujan está *muito* bem, ela tem uma boa notícia para a senhora." Priti vira o telefone na minha direção de modo a me colocar às vistas dela. O calor se alça em minhas bochechas enquanto balanço as mãos à minha frente, desajeitada.

"Oi, Nanu, como vai a senhora?"

"Me diga como vai *você*. Que boas notícias você tem?" Seus olhos brilham de esperança.

"Bom, recebi os resultados do meu Certificado Júnior."

"Certificado Júnior?"

"O... Nível O?" Esse é o equivalente ao Certificado Júnior em Bangladesh. "Eu fui... bem." Antes que eu possa dizer mais, Priti puxa o telefone para longe de mim.

"Apujan foi incrível!", exclama ela. "Ela tirou cinco 'A's!"

"Cinco 'A's! *Mashallah*!", diz Nanu, como se cinco A's fossem tudo pelo que ela torceu e orou para a minha vida. "Parabéns! Parabéns!"

Meu rosto está pegando fogo, mas também há uma incandescência em meu peito. A sensação é cálida, agradável e inquieta. Significa muito.

Após nos despedirmos de Nanu, Priti escancara meu guarda-roupa e começa a vasculhar minhas roupas.

"Tá procurando algo pra pegar emprestado?"

"Hã, não. Estou procurando o visual perfeito para você." Ela está sorrindo furtivamente, me deixando altamente desconfiada.

"O visual perfeito para o quê, exatamente?"

"Você vai ver." Não sei se quero ver, mas Priti tira um salwar kameez dourado e vermelho, cheio de contas cintilantes costuradas em padrões florais. Se fosse um pouco mais deslumbrante, um pouco mais sofisticado, poderia ser confundido com um vestido de casamento.

"Eu tenho que vestir isso?" Quero ser a resmungona de sempre, mas o vestido é bonito o suficiente para me deixar empolgada.

"Você *tem que* vestir isso." Então eu visto, a curiosidade se acumulando dentro de mim cada vez mais.

"Quando é que eu vou entender o que está acontecendo?"

"Tenha paciência", diz Priti ao delinear meus olhos com kohl e pintar meus lábios com um batom vermelho-escuro. Ela insiste também em tirar um bilhão de fotos, com minhas mãos enfeitadas de henna dispostas à minha frente ou erguidas à frente do meu rosto. Sinto que fui parar em um ensaio fotográfico de henna completo no momento em que Priti tira o que deve ser a centésima foto.

Talvez seja esta a razão disso? Propaganda!

"Talvez você devesse aparecer nessas fotos, se isso vai para o meu Instagram da henna."

Priti me lança um olhar brincalhão e diz: "Você em algum momento para de pensar nesse concurso, Apujan? Não posso apenas querer tirar umas fotos bonitas de você?".

Mas eu duvido que Priti simplesmente tenha acordado hoje com vontade de tirar algumas belas fotos de mim usando um kameez chique e com as mãos enfeitadas com henna. Então não é bem uma surpresa quando, depois de nossa sessão de fotos, Priti me arrasta escada abaixo para uma casa que está cheia de Tios e Tias Desi, que batem palmas, exclamam *Mashallah! Mashallah!*" e me oferecem flores, presentes e cartões.

Eu coro e digo, "Obrigada, obrigada", e torço para que Ammu não tenha revelado meus resultados para essas pessoas que eu mal conheço.

Muito embora o dawat seja uma surpresa, um presente para comemorar meus resultados do Certificado Júnior, a sensação enquanto circulo com um sorriso grudado nos lábios é de que é qualquer coisa menos isso. Faz com que meu rosto fique dolorido, mas se eu não estiver sorrindo, provavelmente vou acabar lançando olhares mortais para todo mundo. Tenho que lembrar a mim mesma que isso é só uma coisa de bengaleses: em vez de comemorar as conquistas da forma como você quer, precisa se pavonear na frente de pessoas que mal conhece, como um prêmio a ser exibido.

A única coisa boa disso é o fato de que todas as Tias agarram minhas mãos e as de Priti soltando *oohs* e *aahs* para os padrões de henna se intrincando por nossos braços. Elas até perguntam se eu faria a henna delas antes do Eid. Conto a elas tudo sobre o ateliê de henna, na esperança de que algumas me paguem para fazer suas hennas.

"Parece que você tem uma mulher de negócios na família, Bhaiya", uma das Tias diz a Abbu.

"Uma mulher de negócios? Nishat teve notas para se tornar uma médica, taina", interrompe um dos Tios, me olhando radiante de orgulho, como se ser médico fosse a única profissão digna que alguém poderia esperar ter. Dou a ele um sorriso contrito e torço para que ele entenda como um "sim" e se cale.

"Mulheres, kintu, são melhores como professoras, não?", comenta um dos outros Tios assentindo solenemente, como se uma mulher se tornar médica fosse um pouquinho demais.

"Médica, professora, engenheira... Nossa Nishat pode ser qualquer coisa que ela quiser", diz Abbu, me dando tapinhas nas costas, orgulhoso. Foi o máximo que ele me disse em semanas, mas há uma plasticidade em seu sorriso, uma solenidade em sua voz. *Nishat pode ser qualquer coisa que ela quiser, menos ela mesma.*

18

"Está preparada para amanhã?" Priti me pergunta depois que todas as Tias e todos os Tios foram embora e estamos sozinhas. Estou fazendo desenhos de henna em cada centímetro de pele que consigo encontrar em meu corpo. Flores e folhas e mandalas, tudo e qualquer coisa que aprendi.

"Acho que sim", digo, de cenho franzido, antes de balançar a cabeça e, na voz mais confiante que consigo fazer, respondo: "Sim. Estou preparada. Vou vencer essa competição".

Priti deixa escapar uma risada breve. "Uau, isso tudo realmente te subiu à cabeça."

"Bom, você ouviu todo mundo no dawat hoje. *Elas* todas disseram que nossa henna é ótima, e são todas Desi. Elas entendem de henna." É verdade. Um vez que ganhei a aprovação das Tias Desi, estou pronta. Elas são as verdadeiras peritas em henna.

"Isso é verdade." Priti se acomoda na cama junto a mim, olhando com atenção para os desenhos que se espalham por minha pele. "Você está precisando, tipo, de alguma ajuda?"

Me viro para dar uma boa olhada nela. Está tamborilando os pés descalços no chão em um ritmo nervoso e não está me olhando nos olhos, embora tenha a desculpa de estar examinando meu trabalho.

"Você está só procrastinando os estudos ou é alguma outra coisa?"

Ela se deita na cama de braços e pernas estirados e fita o teto. "Que ódio desse Certificado Júnior."

Eu sorrio. "Bom, você pode esperar ansiosamente por um dawat de comemoração depois de passar por isso tudo." Um dawat no qual todo mundo debate seu futuro enquanto você fica à margem, tentando comer a deliciosa comida sem chamar muita atenção.

"Que alegria."

"Se quiser mesmo ajudar..."

"Sim, eu ofereço minha pele em sacrifício!", exclama ela.

Eu reviro os olhos. "Não preciso da sua pele sacrificial. Preciso de ajuda para bolar um plano para 'pegar emprestados' os tubos de henna de Flávia."

Priti congela, olhando para mim de cenho franzido. "Apujan... você não está falando sério."

"Estou, sim. Estou falando muito sério."

"Não pode *roubar*..."

"Estou tendo um *déjà-vu* ou a gente já teve essa conversa?"

Ela se retesa diante da interrupção, do tom sarcástico em minha voz. Nossa zombaria geralmente é brincalhona, em um vai e vem. Mas dessa vez parece diferente. Não o sarcasmo nem o fato de eu tê-la interrompido, mas a atmosfera no quarto. Como se alguém tivesse de repente acionado um interruptor e mudado completamente a energia.

"Ammu e Abbu não aprovariam isso. Não fomos criadas assim. Sabotar outras pessoas não faz parte de nossos princípios. Cuide de si mesma e do que está fazendo e o sucesso virá em seguida." Ela soa tão santinha que reviro os olhos. O que é a reação errada, porque seu cenho se franze ainda mais.

"Ammu e Abbu não aprovam um monte de coisas, então me perdoe por não usar os dois como parâmetro do que eu devia ou não fazer."

"Isso é diferente e..."

"E o sucesso *não virá* em seguida, porque Flávia está tentando boicotar tudo que eu faço. Ela está tentando tirar isso de mim. Não vou deixar que ela vença."

"Eu não sei o que ela fez a você, Apujan, mas... você sabe que há certas coisas que não devia fazer para se dar bem. É melhor se você só mantiver a cabeça baixa, pensar no seu próprio negócio e não se preocupar com o dela."

"Você não disse isso quando eu comprei todo o estoque do Tio Raj." Eu sei que minha voz está se elevando e consigo sentir a raiva palpitando por todo o meu corpo. Ela fervilha em fogo baixo dentro de mim desde que Flávia me mandou aquela mensagem. Talvez há mais tempo, até.

"Aquilo foi diferente." A voz de Priti é suave. Parece que, quanto mais eu fico com raiva, mais vulnerável ela se torna. "Você sabe que foi diferente. Aquilo foi só... algo pequeno. Ela mal se importou."

"Então foi uma ideia idiota e você simplesmente foi na onda?" Estou agora quase gritando.

"Apujan..."

"Chega!" Dou as costas a ela. "Você sabe que o que ela está fazendo é errado, Priti. E ela está o tempo todo tentando me sabotar e ferrar o meu negócio. Brincando com... com..." Meu coração, mas não digo isso. "Minha cabeça, nossa cultura. Ela *roubou* de nós. Ela foi a um casamento, viu a henna e decidiu que era algo que ela podia ter. Mal conhecia qualquer um ali. Ela não devia estar fazendo isso."

"Só porque ela fez algo errado não significa que você também deva fazer algo errado, Apujan. Eu sei que você é melhor que isso."

Balanço a cabeça. "Não sou."

Espero que ela fale mais. Tente me fazer mudar de ideia. Mas ela não fala.

A cama range quando ela se levanta e sai do quarto arrastando os pés. O quarto parece vazio demais, silencioso demais, com sua súbita ausência.

***

Na manhã de segunda, eu madrugo e acordo me sentindo estranha e tensa quanto à feira. Tenho tudo preparado — meu caderno de desenhos, mais tubos de henna do que seria possível eu precisar, até um cartaz desleixado que diz *Mehndi da Nishat* em letras laranja, claras e grossas.

Estou tão preparada quanto posso estar, mas ainda sinto um frio na barriga que me deixa nauseada de preocupação. Posso estar preparada para a competição, capacitada para acabar com Flávia e Chyna, mas não estou mais falando com minhas duas melhores amigas e na noite passada consegui tirar Priti do sério.

No caminho para a escola, ficamos as duas caladas. O silêncio entre nós é especialmente palpável em meio à turba conosco no ônibus; suas vozes são um lembrete contínuo de que Priti e eu estamos brigadas.

Durante todo o trajeto, não paro de pensar que deveria dizer alguma coisa, mas eu nem sei o que há para ser dito. Quero contar a Priti sobre todo o nervosismo com o qual estou lidando. Ela é a única pessoa que seria capaz de me fazer sentir melhor, tenho certeza disso. Mas eu não digo nada, sabendo que ela não terá empatia por mim.

Não hoje, de todo modo.

Nos separamos em silêncio no portão da escola. Priti não se dá ao trabalho nem mesmo de se virar para olhar para mim, embora eu a observe serpentear pela multidão. Ela passa por Ali e vai até seu armário. Elas não olham nem de relance uma para a outra; nem dão a entender que percebem a existência uma da outra.

Sinto como se alguém tivesse me dado um soco no estômago. Fiquei tão envolvida com o que aconteceu na festa, com Flávia e com a coisa da henna, que de algum modo deixei passar completamente o que estava acontecendo com minha irmã.

Ela passara a maior parte do fim de semana no meu quarto, o que não é exatamente incomum, mas estava mais irritável do que de costume. Eu atribuíra isso a uma tentativa de fazer as pazes depois de nossa última briga, ou mesmo por conta do que houve na festa, embora ela não soubesse o que de fato tinha acontecido.

Fico tentada a culpar Chyna e Flávia por isso também. Afinal de contas, se não fosse por elas tentando me sabotar, me distrair, se apropriar da minha cultura, eu estaria mais focada em minha irmã. Ou espero que estaria, pelo menos. Mas sei que isso não é desculpa. Priti deveria ser minha prioridade sempre. E, no momento, eu nem mesmo sei há quanto tempo ela e Ali estão brigadas. Ou por quê.

Se eu levar adiante minha ideia de roubar os tubos de henna de Flávia, só vou piorar as coisas para Priti. Tenho que tirar isso da cabeça. Tenho que engolir meu orgulho e pedir desculpas.

***

O resto do dia passa em um turbilhão. Não sei se estou apenas inquieta e projetando isso em todo mundo, porém há um zumbido de empolgação no ar. Essa é a primeira vez que fazemos algo assim em nossa escola e parece que todo mundo está empolgado. Afinal de contas, vamos todas colher os frutos de nossos negócios durante a última aula do dia.

Na hora do almoço, não há tanta balbúrdia na cantina como seria de costume. Em vez disso, sussurros viajam pelo ar, como se estivéssemos tentando manter nossos planos em segredo umas das outras. Talvez estejamos. Talvez devêssemos. A última aula do dia é administração, mas em vez de seguirmos para a sala 23, nossa sala de sempre, seguimos todas lentamente para o salão. Nossos sussurros de repente se derramam em risos e conversas quando todas começam a examinar os estandes umas das outras.

Vejo Chaewon e Jess se apressarem até o delas, tirando pisca-piscas de suas mochilas e começando a ajeitá-los. O estande de Chyna e Flávia é logo ao lado do delas, com tubos de henna espalhados pela mesa à sua frente. As duas começam a pendurar arranjos florais; botões cor-de-rosa, brancos e violeta estarão adornando seu estande no momento em que elas terminarem. Tenho que rir da ironia delas decorarem seu estande com flores de cerejeira enquanto roubam a cultura bengalesa, como se todas as culturas asiáticas fossem de algum modo intercambiáveis.

Em meu estande, bem no fim do corredor, prendo com fita adesiva o cartaz laranja que fiz e disponho meu caderno de desenhos e os tubos de henna na mesa diante de mim. Não é muito, mas vai servir, eu penso, enquanto olho para todas as outras ao meu redor no salão principal.

Emma Morrison e Aaliyah Abdi estão vendendo bijuterias artesanais no estande em frente ao meu. Elas fazem as próprias bijuterias desde sempre. O olhar de Emma encontra o meu quando as examino; ela me dá um ligeiro sorriso que parece falso, então se inclina para sussurrar algo para Aaliyah. Os olhos da amiga se arregalam, e ela me lança um furtivo olhar de relance.

Ora, isso foi esquisito.

Muito embora Aaliyah, Emma e eu não sejamos exatamente amigas, sempre fomos simpáticas. Sorrimos umas para as outras nos corredores e jogamos conversa fora sobre aulas, professores e fins de semana. Aaliyah até me convidou para seu aniversário no ano passado, embora isso possa ter sido por seus pais terem achado que ela devia convidar para sua festa a única outra garota muçulmana da turma.

Porém, não tenho nada contra nenhuma delas. Também não imaginava que elas pudessem ter qualquer coisa contra mim. Então por que de repente estão agindo de forma tão esquisita?

Mas não tenho muito tempo para remoer isso, pois as portas se abrem e um grupo de meninas aflui salão adentro. Suas risadas e seu tagarelar enchem cada canto do ambiente, assim como o som de seus passos arrastados conforme elas olham atentamente para os diferentes estandes.

Me posto com as costas retas e estampo um sorriso luminoso em meus lábios. Uma a uma, as meninas passam por minha mesa. Seus olhos correm rápido por mim e seguem para a mesa ao meu lado. Ou então elas abaixam a cabeça e caminham na direção do estande de Flávia.

Dentro de minutos, uma fila se forma no estande dela. Eu espero, torcendo para que algumas das meninas fiquem impacientes e venham até mim. Mas nenhuma delas sequer olha na minha direção.

Há pessoas passando pelos estandes de todo mundo. Menos pelo meu.

Engulo as lágrimas que ameaçam cair. Tenho que ser mais forte do que isso. Mas por quanto tempo mais eu consigo tolerar isso? Por quanto tempo mais vou ter que ficar de pé aqui, sozinha, encarando esse salão lotado de gente que obviamente não quer nada comigo, e fingir que isso não me incomoda?

"Apujan?" Priti de repente está bem na minha frente, me encarando com olhos perscrutadores. "Você está bem?"

Não estou, mas faço que sim. Estou mais confusa com sua presença do que qualquer outra coisa.

"O que está fazendo aqui?"

Ela não responde. Fica apenas me olhando com olhos arregalados e questionadores.

"Já deu uma olhada em seu telefone?"

"Não... Não na última hora."

Ela lança um olhar rápido ao redor, como se acabasse de se dar conta de onde está. De que estamos rodeadas de pessoas. De que tecnicamente eu deveria estar trabalhando.

"Vem comigo." Ela agarra minha mão e me puxa de detrás da mesa.

"Mas e o..."

"Não se preocupe", diz ela. "Ninguém vai tocar em nada. Só vem comigo."

Ela me puxa pelo braço e me leva para fora do salão, que quase caiu em silêncio quando praticamente todas as cabeças se viraram para nos observar.

"O que está acontecendo?", pergunto. Quando me viro para encarar as alunas olhando para mim, todas desviam o olhar. Como se me olhar nos olhos fosse espalhar algum tipo de doença.

"Alguém mandou uma mensagem anônima para a escola inteira", diz Priti quando estamos lá fora, no corredor deserto. "Sobre... você."

"O que dizia?"

Ela respira fundo e baixa a cabeça. Por um instante, penso que ela não vai responder, mas após um minuto ela suspira e diz: "Que você é lésbica. Alguém mandou uma mensagem te tirando do armário, dizendo que você é perigosa, que a escola não devia manter você aqui, que é contra o *éthos* católico, que isso vai contra o jeito como uma escola só para meninas devia ser gerenciada, que...".

"Para." Me sinto nauseada. A bile me sobe. Quem escreveria coisas tão odiosas sobre mim? Quem me exporia dessa forma? Quem nessa escola sequer sabia que eu era gay? Só contei para minha irmã e...

Flávia. Ela é a única pessoa que poderia ter suspeitado. Mas ela não contaria a ninguém, contaria? E se não ela, então quem?

Sinto como se fosse vomitar. Como se algo tivesse sido arrancado de mim e que não posso recuperar.

Escorrego pela parede atrás de mim até o chão e enterro a cabeça nas mãos. De repente, tudo se encaixa. A razão para ninguém estar indo até meu estande. Para estarem me evitando como se eu fosse a peste.

Priti se senta ao meu lado. Ela passa o braço pelos meus ombros até eu estar aninhada a ela.

"Sinto muito", diz. "Sinto muito mesmo."

Eu balanço a cabeça. Me lembro da sensação de me assumir pela primeira vez. Da sensação de ter tomado essa decisão. Todo o medo e toda a ansiedade em um só balaio. Mas havia outra coisa também. Um vislumbre de esperança. E a alegria de quando Priti me aceitou do jeito que eu sou. Quando ela me abraçou e disse que me amava.

Agora, parece que fui privada de tudo isso. Como se tivesse sido despida de minha escolha. De minha identidade, até. Como se tivesse me tornado passiva em minha própria vida.

"Você tinha razão sobre ela." Eu me sento e pisco para afastar as lágrimas. Esfrego os olhos como se isso de algum modo fosse fazer tudo parar. "Sobre... a Flávia." O nome dela se prende em minha garganta, mas de algum modo consigo fazê-lo sair. "Ela era completamente... errada para mim. E agora... isso."

Priti me encara com os olhos arregalados, seu olhar vagando por meu rosto. Como se estivesse tentando assimilar tudo.

"Isso...?", pergunta ela.

"As únicas pessoas que sabiam da minha sexualidade nessa escola eram você e ela."

"Você... contou pra ela?" Priti está fitando o chão com os olhos arregalados. Como se não conseguisse acreditar no que ouvia.

"Não, mas ela descobriu. E ela... ela fez isso." Engulo em seco, o nó subindo por minha garganta mais uma vez. "Ela deve ter contado para alguém. Chyna... ou... não sei." Tudo se encaixava agora. Tinha que ter sido Chyna. E Flávia não tinha feito nada para impedi-la. Nada para me alertar quando descobriu.

"Sim." Priti está assentindo freneticamente. "Faz sentido. Tem que ter sido ela. Devíamos procurar a diretora. Contar tudo. Vou mostrar a mensagem, e elas vão ser suspensas, provavelmente. Quer dizer, isso é crime de ódio!"

"Não. Isso não vai melhorar as coisas em nada." A ideia de contar a alguém sobre isso parece quase tão ruim quanto tudo que ocorreu.

"A pessoa que fez isso, seja lá quem for, merece ser punida, Apujan", diz Priti em uma voz séria.

Balanço a cabeça. Não é que eu não concorde com ela, mas esse tipo de coisa raramente é punida. Não é como se as coisas horrendas ditas sobre mim e Priti ao longo dos anos em algum momento tenham tido qualquer consequência. Os professores não podem ter deixado de ouvir os sussurros nos corredores, como segredos atrozes que as meninas carregavam consigo, derramando-os com regozijo nos ouvidos uma das outras. Mas ninguém nunca se importara em dar fim a isso.

Contar à diretora só deixaria as coisas ainda piores. E se Ammu e Abbu acabassem arrastados para o meio disso? Será que chegariam sequer a me defender? Ou concordariam com seja lá o que a mensagem tenha dito? Ficariam envergonhados por tantas pessoas saberem agora?

Posso imaginar seus rostos, vermelhos e manchados de raiva e lágrimas pela vergonha que eu trouxera para nossa família. Vergonha por eu ter, no fim das contas, feito a escolha errada.

Eu me levanto.

"Você devia voltar para a aula", digo.

"O que você vai fazer?" Priti também se levanta.

"Vou voltar lá e mostrar a elas que eu não estou nem aí. Que... sou mais forte do que elas." Ainda estou piscando para conter as lágrimas. Não sei se vou conseguir mantê-las longe. Mas quero ficar lá e olhar Flávia nos olhos. Quero responsabilizá-la por tudo isso. E não darei a nenhuma delas a satisfação de me ver indo para casa. De parecer fraca.

"Você tem certeza?", pergunta Priti em um sussurro, como se falar alto demais fosse me despedaçar. "Quer que eu vá com você?"

Balanço a cabeça. "Eu dou conta."

"Eu te amo, Apujan", sussurra ela. "E estou orgulhosa pra caramba de você. Espero que saiba disso."

19

Quando volto ao salão principal, creio que ninguém esperava por isso. Elas se viram para me encarar, seus olhos furando meu ser enquanto passo por elas com a cabeça erguida, dizendo às minhas lágrimas que não transbordem até chegar em casa, a salvo.

Me esgueiro até meu estande e paro atrás da mesa. Posso ouvir as pessoas sussurrando conforme o tempo parece se arrastar. Meninas passam pelo estande em passos rápidos, os olhares desviados como se lesbiandade fosse algo que se pudesse contrair. Há algumas meninas que se aproximam ao longo da tarde para demonstrar seu apoio. Os cantos de suas bocas descaem quando elas se sentam nas cadeiras à minha frente e me deixam aplicar henna em suas mãos.

"Eu sinto muito", dizem elas, suplicando a mim com seus olhos. "Seja lá o que estiverem fazendo, dizendo, é horrível." Algumas delas até me encorajam a denunciar. A ir até a sala da diretora. Elas têm a mensagem salva em seus telefones, dizem elas, e podem mostrar a ela para me apoiar. Eu agradeço, piscando para conter as lágrimas. Eu nem sei seus nomes. Elas nem são do mesmo ano que eu.

Algumas delas me contam que são *queer*, embora aos sussurros, com medo de que alguém entreouça. Não as culpo.

Umas poucas vêm só para conferir a fofoca.

"Então, alguma ideia de quem pode ter enviado a mensagem?", pergunta Hanna Gunter. Ela está em nosso ano e é bem amiguinha de Chyna, então tenho certeza de que ela sabe bem mais do que eu. "É verdade?" Ela ergue as sobrancelhas para mim.

"Estranhamente, meu negócio não são as fofocas", digo. "Se quiser henna, eu faço henna. Se quiser fofoca..."

Ela solta um suspiro dramático, mas se senta mesmo assim e estende a mão para mim.

"Alguém disse que você deu em cima da Chyna na festa de aniversário dela. Que foi por isso que saiu assim, de supetão. Porque ela te rejeitou", diz Hanna enquanto espremo a henna em sua mão. Tento não deixar que a raiva fervendo dentro de mim se derrame na arte de minha henna. Uma espremida mais forte que o devido pode arruinar o desenho inteiro.

"Posso dizer com sinceridade que não tenho ideia do que você está falando", é tudo que declaro a Hanna. Ela parece desapontada e felizmente não diz mais nada por todo o tempo em que fica no meu estande.

É quando a feira chega ao fim que finalmente sinto alívio, matizado pela amargura. Enquanto todas ao meu redor começam a arrumar suas coisas, eu afundo em minha cadeira, tentando não deixar que o desespero disso tudo me atinja, muito embora ele venha a mim em ondas.

Priti brota no corredor praticamente assim que a aula termina. Ela vem correndo até mim e aperta minha mão.

"Alguém criou problemas para você?" Sua voz é séria. É tão atípico dela que eu irrompo em um acesso de riso.

"E você vai fazer o que se alguém tiver criado?" Eu rio. "Vai mandar seus capangas atrás da pessoa?"

Ela revira os olhos, mas sorri. Está olhando para mim com os olhos arregalados mais uma vez, como se não conseguisse acreditar que estou gargalhando e sorrindo.

"Estou feliz que esteja bem, Apujan."

"Sou dura na queda", eu garanto a ela, e com Priti ao meu lado, nem parece uma mentira. "Pode me ajudar a guardar as coisas?"

Guardamos os tubos de henna quase cheios na minha mochila e enrolamos a faixa. Priti empurra a caixa de dinheiro azul que a srta. Montgomery deu a cada uma de nós para o fundo de minha mochila. Ela mal faz barulho. Está praticamente vazia.

E então tudo chega ao fim. Enquanto Priti e eu saímos do salão com passos arrastados, posso sentir os olhos de todas nos examinando, a curiosidade tremeluzindo em seus olhares. Mantenho o queixo erguido, mesmo que seus olhares me façam ter vontade de me encolher, ou pelo menos apertar o passo.

Mas não o faço. Priti entrelaça nossos dedos, como se soubesse exatamente o que está passando pela minha cabeça, e seu calor — sua presença — me conduz para fora do salão.

"Onde você estava?"

Ammu e Abbu estão de pé na entrada do salão principal, com a diretora Murphy ao lado deles.

"O que estão fazendo aqui?", pergunto, muito embora já esteja juntando todas as peças em minha cabeça. A mensagem foi enviada para todos na escola. É claro que a diretora Murphy descobriu. É claro que ela decidiu ligar para os meus pais.

"Sua diretora nos contou o que aconteceu", diz Abbu, antes de lançar à diretora Murphy o olhar mais enraivecido que eu já vi. Nunca vi Abbu com tanta raiva antes. Ele geralmente é o calmo e controlado; é Ammu quem dá mais liberdade à sua ira. Mas agora parece que os dois estão emanando raiva, se alimentando da fúria um do outro. Embora a diretora Murphy se eleve tanto sobre Ammu quanto sobre Abbu em seus saltos altos, ela de repente parece diminuta diante deles.

"Nishat, por que não veio até mim imediatamente?", pergunta a diretora com urgência.

Eu balanço a cabeça, incerta quanto ao que ela quer que eu diga.

"Por que *você* não foi até *ela*?" Ammu se vira para fuzilar a diretora Murphy com os olhos, que encolhe visivelmente sob seu olhar.

"Nishat, Priti, venham. Vamos embora agora." Ammu se vira, a urna que envolve seu pescoço se vira junto com ela de forma dramática e quase acerta a diretora Murphy no rosto. Ela parece tanto perplexa quanto impressionada enquanto Ammu se afasta, o estalido dos saltos contra o chão ladrilhado do corredor. Abbu lança um longo olhar para a diretora Murphy antes de seguir Ammu.

Priti entrelaça nossos dedos e aperta minha mão quando nós duas saímos apressadas atrás de nossos pais.

***

No carro, o trajeto para casa é silencioso. Abbu nem mesmo coloca as Rabindranath Sangeet para tocar. Priti não para de olhar de relance para mim, como se estivesse preocupada que eu fosse me desfazer em lágrimas a qualquer momento. Eu apenas olho pela janela, tentando não pensar no que vai acontecer quando chegarmos em casa.

Eu achei que estava pronta para isso. Achei que eu queria que Ammu e Abbu parassem com o silêncio sobre eu ser lésbica, mas não quero. O silêncio é melhor do que isso, do que a ira que eu vi neles na escola. E se eles tomarem uma decisão drástica? O que é que eu vou fazer?

O carro desacelera quando chegamos ao nosso bairro. Eu assimilo as casas, as árvores e o parquinho que vão passando de um modo faminto, como se esse fosse meu último vislumbre do mundo ao meu redor.

"Priti, suba para o seu quarto", diz Ammu assim que entramos.

"Mas...", começa Priti, porém o olhar fulminante que Ammu lança em sua direção a cala na mesma hora e ela sobe a escada com passos arrastados. Ela articula alguma coisa para mim da escada que parece ser "Eu te amo", mas isso de nada adianta para sossegar meus nervos.

Ammu e Abbu marcham para a cozinha e eu sigo logo atrás, muito embora eles não me chamem lá para dentro.

"O que vamos fazer em relação a isso?", pergunta Ammu a Abbu. Ela está junto à porta de vidro que dá para o quintal com as mãos nos quadris, como se o jardim fosse ter uma resposta para ela caso Abbu não tenha.

"Eu não sei." Abbu se senta à mesa da cozinha e enterra a cabeça nas mãos. Ele parece devastado de um modo que nunca vi antes.

"Bem, temos que fazer alguma coisa, não podemos simplesmente deixar como está."

"Sei que não podemos."

Fico parada na soleira da cozinha, sentindo meu coração se desacelerar. As palavras de Abbu e de Ammu se infiltram em minha pele como veneno. Para eles, eu podia muito bem nem estar ali. Sou simplesmente um problema que precisa de uma solução. E pensar que há apenas algumas semanas eu estava sentada nesta mesma cozinha tentando encontrar as palavras para contar a verdade a eles, para me revelar a eles. Eu estava esperando ser aceita. Ser amada. Mas cá estamos nós de novo, após semanas de silêncio e vergonha.

Por fim, Ammu se vira para mim e deixa escapar um suspiro. Seus olhos me assimilam da cabeça aos pés.

"Por que não nos contou, Nishat?" Sua voz está embargada com as lágrimas não derramadas. "Há quanto tempo?"

Eu balanço a cabeça, incerta quanto ao que exatamente ela está perguntando. Será que ela sabe sobre Flávia? Será que todo mundo sabe sobre Flávia? É disso que se trata tudo isso? Minha lesbiandade não é mais só um conceito, mas algo concreto? Algo que eu trouxe à realidade porque me deixei levar pelo meu coração?

"Há quanto tempo as meninas na escola estão falando de você desse jeito?", pergunta Ammu. "A diretora Murphy nos contou da mensagem. Por que não contou para nós?"

Tudo que consigo fazer é piscar, estupefata. É por causa disso que ela está com raiva?

"H-hoje. Elas descobriram hoje."

As sobrancelhas de Ammu se franzem. "Descobriram..."

"Sobre mim. Que... eu sou..." Nunca tive tanto medo de dizer essas palavras em voz alta como tenho agora, mas de algum modo consigo proferi-las, engasgadas. "... lésbica."

Ammu cruza os braços.

"Porque alguém contou a elas."

"Sim."

"Você sabe quem?"

Eu hesito por um instante antes de balançar a cabeça.

Ammu lança as mãos para o alto em frustração. "Tem que haver algum jeito de descobrir, não é?" Ela se vira para olhar para Abbu, as sobrancelhas erguidas. "Agora é a escola. Logo serão todos no bairro. E então vamos começar a receber telefonemas de Bangladesh. Temos que dar um fim a isso."

Meu coração se retorce outra vez. Ammu está com medo de que todos descubram a meu respeito, não está preocupada comigo.

"Vou conversar com Sunny, talvez ela possa nos dar algumas sugestões, nah?", diz Abbu.

Ammu faz que sim com entusiasmo, como se essa fosse a melhor das ideias.

Saio da cozinha lentamente enquanto os dois continuam a discutir suas opções. Eles nem percebem quando saio de vista aos tropeços, esfregando os olhos, tentando conter as lágrimas. Por que é que eu esperava mais, mesmo que só por um momento?

Priti está aguardando na minha cama quando abro a porta. Ela ergue o olhar, seus olhos cheios de preocupação.

"Apujan, que foi que eles disseram?"

Dou de ombros. "Estão tentando impedir que mais pessoas descubram."

"Ah." Os cantos de seus lábios se declinam. "Isso é bom, não é? Você não quer que mais pessoas saibam, não?"

O que eu quero mais do que qualquer outra coisa neste mundo é sentir que ser eu mesma não é algo que deva ser escondido, um segredo. O que eu quero é que meus pais se sintam ultrajados por alguém ter me traído, e não envergonhados por minha identidade.

Mas apenas dou de ombros e desabo em minha cama, olhando para o teto e desejando que esse dia chegue ao fim.

Título

20

Mal consigo dormir. Não sei como vou lidar com ir para a escola e encarar todo mundo no dia seguinte. Já foi ruim o bastante durante a feira, com todas fazendo perguntas que não eram da conta delas, me encarando como se eu fosse uma curiosidade e não a mesma pessoa com quem elas estudaram nos últimos quatro anos.

Priti obviamente percebe meu nervosismo, porque quando ela vem até meu quarto pela manhã, me olha no fundo dos olhos e diz: "Está se sentindo bem, Apujan?".

"Está tudo bem, Priti", digo.

"Mas... tem certeza de que não está se sentindo um pouco mal? Porque tenho certeza de que Ammu e Abbu vão deixar você ficar em casa, se estiver." Ela me abre um sorriso cheio de dentes, como se tivesse pensado na melhor ideia possível. Como se eu não tivesse considerado ficar em casa hoje em vez de encarar a escola.

Mas não tenho certeza do que é pior: ficar em casa com Ammu e tudo que ela disse ontem ou ir para a escola e ter que lidar com a crítica de colegiais católicas. Suponho que seja melhor encarar as colegiais católicas do que ter que lidar com Ammu sozinha em casa.

"Vou ficar bem, Priti", eu a tranquilizo. Tento dar a ela meu próprio sorriso, mas deve sair mais parecido com um esgar, porque Priti não parece acreditar em mim.

Porém, nós duas vestimos nossos uniformes e nos enfiamos ônibus adentro, Priti lançando olhares desconfiados para mim o tempo inteiro, como se estivesse com medo de que eu fosse ter um colapso a qualquer momento. Por dentro, estou mesmo tendo uma espécie de colapso. Há o pânico que borbulha em meu estômago diante da simples ideia de entrar na escola outra vez, mas tento reprimi-lo. Não há nada a ser feito quanto a isso e não quero me esconder. Não quero que ninguém pense que estou envergonhada. Porque eu definitivamente não estou.

"Você quer que eu vá com você?", Priti me pergunta na entrada da escola, tão próxima que acho que ela se aglutinaria a mim se pudesse.

"Você quer que eu pergunte aos professores se minha irmã caçula pode me acompanhar o dia inteiro?"

"Você pode dizer que sou tipo sua... irmã de assistência emocional", diz Priti.

"Isso nem existe."

"Se as pessoas podem ter cães de assistência emocional, por que você não pode ter uma irmã de assistência emocional? A cultura bengalesa não gosta de cães, então isso é pura discriminação!"

"Priti... eu vou ficar bem. Sei cuidar de mim mesma." Não tenho certeza se estou tentando convencer Priti ou a mim, mas dizer isso em voz alta me dá uma certa confiança.

"Tá bom", Priti finalmente cede. "Me procura se precisar de mim, tá bom?"

"Tá bom", eu prometo.

Priti se inclina e me dá um rápido abraço antes de desaparecer escola adentro.

Fecho os olhos e respiro fundo. Consigo ouvir o burburinho das meninas circulando pela entrada e matando o tempo junto das portas de seus armários, se preparando para a aula.

"Oi."

Quase pulo de susto. Quando me viro, Jess e Chaewon estão me fitando com os olhos arregalados.

"A gente ficou esperando junto do seu armário ontem, depois da aula. A gente... queria conversar com você", fala Jess.

"Mas você não apareceu?", diz Chaewon como se fosse uma pergunta. Uma que não quero responder.

Cruzo os braços, tentando ignorar o fato de que meu coração disparou, como se estivesse se colocando em modo defensivo sem minha permissão.

"Tive que correr para casa."

"A gente só..." Jess e Chaewon trocam um olhar. Então Jess murmura, "Nishat...", ao mesmo tempo em que Chaewon pergunta, "Você está bem?"

"Estou bem", digo, tentando não deixar que minha voz fraqueje.

"Desculpa a gente não ter te procurado quando... quando mandaram a mensagem", diz Chaewon, evitando meu olhar e fitando Jess em vez disso. "A gente não tinha... não tinha certeza de que..." Ela balança a cabeça, como se não fosse importante.

"Olha, seja lá quem mandou aquilo, é horrível", acrescenta Jess. "Sendo verdade ou não." Há uma pergunta pairando ali, mas tento ignorá-la. "Se você decidir procurar uma professora, Chaewon e eu estamos do teu lado, certo?"

"Não vou procurar uma professora", digo. "Eu não... não tenho vergonha disso. É quem eu sou. Estou confortável em ser lésbica. Eu só... eu não sou uma atração de circo."

Jess e Chaewon assentem simultaneamente, a pena estampada em seus rostos. Posso sentir o sangue me subindo às bochechas. Então, Jess fala: "E aí, você tentou mesmo dar em cima da Chyna na festa de aniversário dela? Por que achei que você tinha mais bom gosto...".

"Jess!" Chaewon dá um leve tapa no ombro dela e olha para mim com preocupação. Mas Jess está sorrindo enquanto esfrega o ombro.

"Estou zoando, relaxa. É claro que eu sei que Nishat tem mais bom gosto do que isso."

Eu de fato sinto uma risada borbulhando dentro de mim. Essa é a Jess que eu conheço.

Chaewon revira os olhos e balança a cabeça, mas agora está sorrindo também.

Jess dá um passo adiante e enlaça meu braço com o seu. "Vamos ser tipo suas guarda-costas hoje."

"Ah, é, vocês são assustadoras mesmo. Uma *gamer* branca magrela e uma baixinha do Leste Asiático protegendo uma baixinha do Sul Asiático." Eu reviro os olhos.

Chaewon se aproxima e toma meu outro braço. "Três é melhor do que uma."

Tenho que admitir que tê-las ao meu lado faz mesmo eu me sentir um pouco mais segura. Sua presença junto a mim faz com que tudo pareça normal, como se o dia de ontem não tivesse acontecido, mesmo que só por um minuto.

Mas o dia de ontem aconteceu. Não poderia ser mais óbvio do que quando nós três entramos no prédio da escola e os sussurros começam. Os olhares nos seguem. Somos uma atração de circo. *Eu* sou uma atração de circo.

E não para por aí. O dia todo — em meu armário, nas aulas, no almoço —, a sensação é de que há um holofote sobre mim. Nas aulas que tenho com Chaewon e Jess, pelo menos posso me sentar com elas. Mas naquelas em que elas não estão lá, as outras meninas me evitam como se tivessem medo de mim.

Meu desespero se transforma em uma raiva escaldante com o passar do dia. Ela fervilha e se filtra dentro de mim até que sinto que estou prestes a explodir. Na aula de inglês, faço um buraco em meu caderno por conta da pressão excessiva no papel enquanto escrevo. O sr. Jensen olha para mim com uma mistura de pena e aborrecimento. Tudo em que eu consigo pensar é que é claro que ele também sabe. Todo mundo sabe. E se não estão sendo descaradamente homofóbicos, estão olhando para mim com essa pena, como se eu fosse um cachorrinho que alguém chutou. Como se não pudessem fazer nada para me ajudar.

Perto do fim do dia, sinto uma mistura de emoções: alívio pelo dia estar finalmente acabando e raiva por ter chegado a precisar passar por isso. Quando alcanço meu armário, estou com pressa para deixar para trás este lugar opressivo. Claro, minha casa não é exatamente um refúgio, mas pelo menos Priti está lá e está do meu lado.

Quando estou enfiando livros em meu armário, vejo Chyna e Flávia pelo canto do olho. Chyna está gesticulando sem parar enquanto discursa para o resto de sua panelinha. Flávia está com as costas escoradas em alguns armários, os olhos baixos. Sua expressão é insondável. Mas a visão dela, em vez de me preencher com a tensa empolgação de um *crush*, reacende minha raiva fervente.

Acho que Flávia nota meu olhar, porque depois de um instante ela ergue os olhos e encara os meus. Tudo em que consigo pensar é na última vez em que estivemos juntas — na festa, no sofá dela. No cheiro dela. Em como ela se inclinou para a frente. Como eu quase deixei que ela me beijasse.

Me viro e bato a porta do armário com força para fechá-la, tentando reprimir a raiva e o desespero que batalham dentro de mim. Tentando ignorar o olhar de Flávia.

"Nishat Ashan?"

É a srta. Grenham, a orientadora e professora de saúde da escola. Ela me chama do fim do fim do corredor com os cantos da boca caídos.

"Hã, sim. Sou eu." Há um tremor em minha voz que tento reprimir.

"Posso conversar com você um minuto?"

"Hã, claro", digo, muito embora a última coisa que eu queira fazer é conversar com a srta. Grenham sobre qualquer coisa. E é claro que tenho a sensação de que já sei do que se trata.

"Venha comigo, por favor."

Ela me leva até sua sala, virando a esquina, onde nos sentamos de frente uma para a outra, tendo entre nós sua mesa abarrotada.

Tento dar a ela meu melhor sorriso, esperando que isso vá desencorajar qualquer conversa que esteja por vir, mas ela apenas me estuda com o cenho franzido, como se eu fosse um problema que ela não sabe bem como resolver.

A srta. Grenham não é exatamente uma professora popular. Para uma orientadora, ela costuma parecer muito inacessível. Circula por aí com as sobrancelhas franzidas, como se estivesse passando pelo pior momento de sua vida. Porém, nunca antes conversei de fato com ela.

"Então, Nishat", ela começa lentamente, me assimilando.

Me remexo na cadeira, que range sob meu peso. Encaro o pôster por trás da cabeça da srta. Grenham, que diz "Você Tem o Mundo nas Mãos", e bem no meio há a imagem de um globo terrestre. É apenas um dos diversos pôsteres motivacionais pendurados por toda a sala. Eles parecem especialmente esquisitos em contraste com as paredes laranja-claras, como se a sala estivesse fazendo esforço demais para ser feliz. Faz apenas com que eu me sinta deslocada.

"A diretora Murphy disse que você anda tendo alguns problemas. Seus pais chamaram a atenção dela para isso." Ela se inclina para a frente. "Espero que saiba que a escola tem uma política de tolerância zero. Se alguém estiver te incomodando, vamos tratar desse assunto com toda a seriedade."

Eu sei bem qual é a política de tolerância zero deles. Todos que passaram os últimos anos sendo atormentados por Chyna sabem.

"Eu estou bem."

"Enviaram uma mensagem por aí a seu respeito. Você sabe quem a enviou?" A srta. Grenham tira um telefone do bolso e me mostra a tela brilhante que exibe um *print* da mensagem. Ela é exatamente como Priti a descreveu — as palavras pingando com um tipo de ódio que nunca imaginei que alguém poderia sentir por mim. Por um instante, só o que consigo me perguntar é: aquela Flávia da festa poderia mesmo ter enviado essa mensagem?

"Não foi nada", murmuro, encarando os pés e evitando os olhos da srta. Grenham. "Provavelmente foi só uma piada ou coisa assim."

"De péssimo gosto", insiste ela. "Eu não posso ajudá-la, Nishat, se você não me ajudar."

Eu não aguento o modo como ela diz meu nome: Nish-Ate, como se eu fosse uma chata.

"Só acho que é melhor se a gente deixar isso pra lá", digo. "Logo vai ser assunto velho." Logo mais vai haver uma outra pessoa de quem zombar. Sei como a cadeia alimentar daqui funciona. Além disso, já sei que o máximo que a srta. Grenham vai fazer é dar uma bronca em Chyna e Flávia. Tenho quase certeza de que consigo fazer melhor do que isso.

A srta. Grenham não parece particularmente impressionada por minha decisão, mas, de todo modo, faz que sim com a cabeça. "Se é assim que você se sente..."

Entendo que essa é a minha deixa para sair. Murmuro um rápido "obrigada" e escapulo de sua sala rapidamente. Estou virando a esquina na direção do corredor principal quando Priti quase tromba comigo. Ela me olha de cara feia e percebo que ela está bufando como se tivesse estado correndo.

"Onde é que você estava?" Sua voz tem aquela característica aguda que sempre tem quando ela está com raiva. "Procurei você por toda parte."

"Desculpa... A srta. Grenham queria conversar comigo." Eu seguro a mão dela e começo a nos levar para fora da escola. Os corredores agora estão quase vazios. Apenas as alunas que participam de atividades extracurriculares ainda estão por lá. "Foi inútil."

"Eles não descobriram a pessoa que fez aquilo?", pergunta Priti, sua voz de repente soando grave.

"A gente sabe quem fez aquilo", digo. "E... acho que sei como dar o troco nelas."

"Dar o troco nelas...?", pergunta ela.

O plano vai se formando na minha cabeça lentamente. Só preciso que Priti tope.

"Elas me tiraram do armário para toda a escola por causa dessa... competição de henna. A gente não pode deixá-las simplesmente se safarem disso." A raiva que tentei suprimir ainda está latejando em algum lugar dentro de mim, lá no fundo, ficando cada vez maior quanto mais peso dou a ela.

Sou eu quem tenho que ir para a escola todo dia e encarar salas cheias de pessoas que sabem algo sobre mim que eu nunca contei a elas. Algo que elas não tinham o direito de saber. Só porque tive um *crush* pela garota errada. Porque entrei em uma competição com alguém que decidiu que podia se apropriar da minha cultura e vencer.

Não posso deixá-las vencerem.

"Você tem certeza de que foi a Flávia?"

"Se não foi a Flávia, foi a Chyna, porque a Flávia contou para ela", digo. "Não se pode dar esse tipo de informação à Chyna sem achar que ela vá espalhar pro mundo inteiro. Você sabe o tipo de coisa que a Chyna faz."

Priti franze o cenho, parecendo que está de fato considerando. "Dar o troco nelas realmente significa tanto assim para você?", pergunta ela.

"Por que elas podem me tirar o direito de me assumir e vencer uma competição fazendo alarde da minha cultura?", pergunto.

Priti suspira.

"Tá bom... Qual é o seu plano?"

21

Na manhã seguinte, Priti e eu chegamos à escola bem mais cedo do que de costume, assim que as portas se abrem. Há apenas umas poucas pessoas lá dentro. Priti grunhe algo incompreensível antes de ir cambaleando até seu armário no outro lado da escola. Revirando os olhos, eu me dirijo até o meu.

Fico no corredor, mexendo no celular enquanto espero o resto da escola aparecer. Não vejo Flávia e Chyna em lugar algum e não tenho ideia da hora que as duas geralmente chegam à escola. Eu não sei nem se elas vêm juntas.

Mas cerca de meia hora antes de a aula começar, Priti me manda uma mensagem dizendo que acabou de avistar Flávia e Chyna chegando. Eu me levanto de um pulo e começo a fuçar meu armário bagunçado e cheio de livros. Todo mundo já enfeitou os seus armários; sei que Chaewon tem fotos de seus astros favoritos de k-drama, junto com suas novas *boy bands* favoritas, Jess tem imagens de seus personagens de videogame preferidos, mas eu ainda não coloquei nada no meu. Não porque eu não queira, mas porque sinto que é exposição demais para minhas colegas de classe. É anunciar uma devoção a alguma coisa, a alguém. É colocar sua identidade em uma vitrine para todos verem... e julgarem.

Faço uma cena ao puxar meus livros do armário e enfiá-los na mochila quando Flávia se aproxima e começa a abrir seu armário às sacudidelas. Observo seu pesado cadeado preto pelo canto do olho.

"53... 2... 12", sussurra ela. Tenho que me segurar para não gargalhar. Ela está facilitando demais.

53. 2. 12.

É como se Flávia *quisesse* que eu arrombasse o armário dela. Está basicamente me convidando a fazê-lo.

"Algum problema?" Quando tiro meus olhos de Flávia, noto Chyna bem atrás dela. Está com os braços cruzados e me fuzila com os olhos como se eu não fosse melhor do que a terra sob seus sapatos.

Ontem, isso teria me provocado um acesso de raiva. Mas hoje, com a combinação do armário de Flávia na cabeça, sinto apenas uma tranquila exultação.

"Nada." Fecho minha porta, lanço a ela o sorriso mais doce que posso e escapulo para a primeira aula.

Por volta da hora do almoço, já memorizei os números.

53. 2. 12. Estive repetindo-os em minha cabeça a manhã toda, com medo de anotá-los e serem de algum modo usados como evidência.

Eu avisto Chyna, sua panelinha e Flávia sentadas em um canto da cantina. Estão sentadas em círculo, todos os olhos sobre Chyna enquanto ela fala sobre uma coisa ou outra. Flávia está remexendo seu almoço — um sanduíche de aparência seca, cortado em triângulos — e parece mais interessada nas pichações na mesa à sua frente do que em seja lá o que Chyna esteja dizendo.

Jess e Chaewon estão na frente da cantina. Elas acenam para mim, mas dou apenas um rápido aceno para elas em resposta antes de escapulir porta afora.

"Sabe, você hoje me fez perder sono e comida", grunhe Priti para mim quando me encontra do lado de fora da cantina. "É bom isso valer a pena."

"Só fica de olho, tá bom?", digo. "Quanto antes fizermos isso, mais cedo você vai poder ir almoçar."

"Tá bom, Apujan." Ela suspira pesadamente, como se isso fosse algo muito estressante para ela.

Atravesso discretamente os corredores quase vazios até chegar àquele onde fica meu armário. Bem ao lado do de Flávia.

Eu vi os tubos de henna lá hoje de manhã, enfiados na prateleira de cima, quase desabando. Ela não tem nem metade do que eu tenho, mas tem o suficiente.

Meu coração de repente bate mais rápido do que deve ser humanamente possível. A cena de alguém me flagrando se repete em minha cabeça quando abro o armário de Flávia. Claro, Priti está de vigia, mas há um limite para o que ela pode fazer. E se eu for pega, ela também vai estar encrencada.

Agarrando um punhado de tubos de henna, eu os jogo entre os livros em minha mochila, até eles terem desaparecido nas profundezas escuras do fundo.

Já estou quase esvaziando o armário quando ouço um coro se aproximando. Meus olhos saltam na direção das vozes, mas estão longe o bastante e Priti não me enviou nenhuma mensagem de alerta. Talvez estejam virando para outro corredor ou indo para uma sala vazia.

Vou ficar bem, espero eu.

Pego os últimos tubos de henna e os enfio na mochila antes de fechar o zíper.

Quando o grupo de meninas dobra a esquina — um bando de grandalhonas desengonçadas do sexto ano que me olham de cenho franzido ao passarem por mim —, já estou abrindo meu próprio armário às sacudidelas. Quando elas somem de vista, deixo escapar um suspiro de alívio.

Mas agora me dou conta de que tenho um problema completamente diferente. Tenho que passar o resto do dia com esses tubos de henna em minha mochila? E se Flávia der pela falta deles e denunciar? Será que vão revistar a escola? Os armários? As mochilas?

E se meus livros estragarem os tubos de henna? E se a henna vazar por toda a minha mochila? Eu então seria pega no flagra após sujar as mãos. Literalmente.

"O que está planejando fazer com isso?" Escuto uma voz familiar atrás de mim quando fecho a porta do meu armário. Chyna está me encarando com o sorriso mais presunçoso que já vi.

"Com o quê?" Eu pestanejo com inocência em resposta, minha voz bem mais calma do que me sinto. Há um milhão de pensamentos gritando em minha cabeça, coisas como *Quando ela chegou aqui?* E *O quanto disso tudo ela viu?* E *Cadê a Priti?*

Seu sorriso me diz que ela viu bem mais do que eu desejava que ela tivesse visto. Seu olhar vai descendo até a mochila que agarro em meus braços. Abraçando-a como se fosse minha tábua de salvação.

"Não vou pedir que você me mostre", diz ela, como se estivesse me fazendo um favor. "Tenho certeza de que a diretora Murphy ficará mais que feliz em pedir a você que o faça."

Engulo em seco, sentindo meu coração afundar. Por um momento, o tempo dá a impressão de parar. Tudo que posso ver é o modo como os lábios de Chyna se curvam para cima em um esgar malicioso. É tão familiar. Eu já o vi tantas vezes, normalmente associado ao seu desprezo por mim, pela minha herança, pela minha cultura.

Há certa ironia no fato de que é a henna em minha mochila que vai me colocar em apuros. Qual será a punição por roubo? Detenção? Suspensão? Será que a diretora Murphy vai pegar leve comigo por ser minha primeira infração? Ou será que isso não faz diferença alguma?

"Achei você." A voz suave de Flávia me arranca de meus pensamentos. Ela está virando a esquina com a boca comprimida. Seus olhos pulam de Chyna para mim e de volta para Chyna. "O que está acontecendo?"

"Acho que sua amiga Nishat está com algo que é seu." Chyna diz a palavra "amiga" com tanto veneno que tenho certeza de que ela sabe o que quase aconteceu entre nós na festa.

Os olhos de Flávia agora repousam sobre mim. Não consigo sondar sua expressão.

"Nishat?"

Ela está me encarando com tanta expectativa. Abro a boca, mas não há nada a dizer. Não de fato.

Em vez disso pego minha mochila, abro o zíper e começo a remexê-la para encontrar os tubos de henna.

"Aqui." Eu os entrego a ela. Flávia os pega muda, a expressão ainda insondável.

Queria que ela ficasse com raiva. Que ficasse aborrecida. Chyna, pelo menos, eu sei que me odeia. Sei que tudo isso está sendo muito prazeroso para ela.

"Pode me denunciar à diretora Murphy. Tanto faz", digo, depois de minha mochila ser esvaziada de todos os tubos de henna. Flávia olha para eles, para mim, para Chyna, que vai ficando mais e mais presunçosa a cada momento que passa.

"Diretora Murphy?", pergunta ela.

"Ela te roubou. Isso não é tolerado nesta escola. Vamos." Chyna acena para mim, gesticulando para que eu a siga, mas Flávia balança a cabeça.

"Nós não vamos procurar a diretora Murphy."

"Quê?" Agora é a vez de Chyna franzir o cenho. "Por que não? Ela te roubou."

"Eu não estou nem aí." Flávia dá de ombros. "Não é grande coisa, Chyna. Não vamos contar nada à diretora Murphy."

"Flá..." Chyna rosna entre dentes cerrados.

"Chyna, por favor." Por um momento, elas se encaram. Tenho certeza de que Chyna vai discutir. Vai se recusar a escutar Flávia. Vai fazer alguma coisa. Chyna sempre consegue tudo que quer, afinal de contas. Mas ela não o faz. Em vez disso, ela se vira e sai pisando duro, muda. Nem me lança um olhar maldoso, como geralmente faria.

Flávia observa a prima se afastar antes de se virar para mim.

"Nishat..."

"Não vou pedir desculpas." Fecho o zíper de minha mochila e a penduro no ombro. E também não vou agradecê-la. Embora não diga isso em voz alta.

"Tá bom." Ela respira fundo. "É só que... você achou mesmo que isso ia funcionar?"

"Tanto faz."

"Ah, é? Se eu não tivesse intervindo, é provável que você agora estivesse recebendo uma suspensão." Há uma pontada de raiva na voz de Flávia agora. De algum modo, é exatamente o mesmo tom de antes, mas consigo sentir a raiva ressoando por ele.

"Uau, muito obrigada por me salvar da suspensão."

Flávia balança a cabeça de novo. Dessa vez, mais lentamente.

"Olha, sei que está com raiva pelo que aconteceu, mas você se deixou envolver demais por... seja lá o que for isso. Essa vitimização toda. Você nem percebe o quanto está sendo infantil."

Quase tenho que rir diante disso. Seja lá o que aconteceu *comigo*, como se alguém não tivesse feito isso acontecer.

"Eu não ligo, Flávia. Me denunciar, não me denunciar. Faça o que você quiser." Com isso, eu me viro e saio andando. Meus passos ecoam um pouco alto demais no corredor vazio. As batidas do meu coração ainda estão tentando encontrar seu compasso normal enquanto procuro por Priti.

Ela não está onde a deixei e em nenhum dos corredores próximos. Finalmente escuto o som de sua voz ao longe, saindo de uma das salas de aula; está embargada, como se ela estivesse tentando conter as lágrimas.

"Você ia simplesmente fingir?"

A voz de Ali não parece muito melhor, mas há uma mistura de raiva e tristeza nela. "Foi um erro!"

Há um instante de silêncio. Então a voz de Priti vem com mais raiva do que eu já havia um dia escutado. "Você é inacreditável! É como se eu nem soubesse mais quem você é."

"Eu abri o jogo com você, isso não vale alguma coisa?"

Há uma contundência fria e dura na voz de Priti quando ela diz: "Não vale absolutamente nada. O mal já está feito. Não tem volta. Ninguém pode desfazer isso. Você nem entende o que fez, não é?"

"Priti, eu..."

Mas, no momento seguinte, ouço o clique da porta da sala de aula se abrindo e Priti sai às pressas, os olhos vermelhos. Ela para no ato quando me vê.

"Apujan", diz ela, piscando para mim como se essa fosse a primeira vez que ela me vê.

"Você está bem?", pergunto, muito embora não pareça que isso basta. Por sua voz abatida e seu rosto manchado, sei que ela não está bem.

Priti esfrega os olhos quando Ali aparece, saindo da sala de aula. Ela olha para nós duas com cautela antes de disparar para o outro lado do corredor.

Priti a observa por um instante antes de balançar a cabeça. "Eu tô bem. Eu..." Ela se detém, erguendo o olhar para mim com os olhos arregalados. "Os tubos de henna. Você os pegou? Sinto muito, eu..."

"Não se preocupe", eu a interrompo. É óbvio que Priti tem preocupações maiores, e lá estava eu envolvendo-a em algo que poderia potencialmente arrumar problemas para ela. Nunca deveria ter pedido sua ajuda. "Vem, vamos pegar algo pra comer, tá?"

Tomo a mão dela na minha e começo a levá-la na direção de seu armário, onde sei que ela enfiou sua lancheira.

Priti funga, enxugando com a mão que não estou segurando as últimas lágrimas. "Não quero conversar." Sua voz sai muito mais categórica do que apenas um instante atrás.

"Tá bom", digo. "Não temos que conversar. Vamos só... comer?"

Ela assente, e nós duas nos acomodamos em um canto do corredor, com as lancheiras abertas. Tento ignorar a pontada de culpa em meu estômago por ter me esquecido dos problemas de Priti com Ali por causa do que houve comigo. Por tê-la colocado em risco quando devia ter tido mais juízo. A competição de henna é importante e quero vencer Flávia e Chyna. Mas não às custas de minha irmã.

22

A srta. Montgomery me encontra logo no início da manhã, antes mesmo de eu ter tido chance de ir até meu armário. Meu estômago afunda ante a visão dela porque, por um instante, temo que Flávia e Chyna tenham decidido me denunciar, no fim das contas. Priti paira sem jeito ao meu lado, claramente tentando bisbilhotar a conversa. Lanço a ela um olhar feio, mas minha irmã não capta a mensagem.

"Nishat, fui informada de que a mensagem enviada a seu respeito pode ter algo a ver com o concurso de negócios. Você sabe algo sobre isso?"

Dou de ombros. "Não sei. Não é grande coisa." Volto o olhar para meus sapatos em vez de encará-la.

"Nishat, isso é sério. Ser competitivo pode ser bom, mas isso não é uma competitividade saudável. É assédio, e seja lá quem fez isso vai encarar sérias consequências. Se for alguém que está participando da competição, vou descobrir e desqualificá-la, na melhor das hipóteses. Na pior, a srta. Murphy vai garantir que ela encare uma longa suspensão." Quando ergo o olhar, ela parece determinada. Como se realmente acreditasse que vai chegar ao fundo disso.

"Eu realmente não quero chamar mais atenção para isso", digo, dando de ombros de novo.

"Nishat..."

"É provável que não tenha sido por causa do concurso. Pode ter sido qualquer garota." Eu não digo a ela que sei exatamente quem foi.

Ela me estuda em silêncio por alguns momentos, o franzir de sua testa se intensificando enquanto seus olhos percorrem meu rosto. Penso que ela vai protestar, insistir que vai averiguar mais a fundo. Em vez disso, ela assente.

"Bem, está certo. Se algo mais acontecer, você vem direto me procurar, combinado?"

Eu faço que sim, embora não esteja sendo sincera. E acho que algo parecido com alívio reluz em seus olhos quando ela se vira para voltar à sala dos funcionários.

O olhar de Priti encontra o meu assim que a srta. Montgomery sai de vista. Há uma carranca cobrindo seu rosto, mas ela apenas balança a cabeça e parte na direção de seu armário. Não tenho certeza se ela está decepcionada ou se é alguma outra coisa.

Eu suspiro e me encaminho para minha primeira aula do dia: francês. Eu me sento sem demora em meu lugar de costume, mais no fundo da sala. Tanto Jess quanto Chaewon fazem espanhol, então estou por conta própria durante o francês, o que é uma pena, porque é provável que essa seja a disciplina mais comunicativa que estou cursando. Em especial neste ano, quando parece que tudo que fazemos é praticar para as provas orais.

"*Bonjour!*" A srta. Kelly entra na sala de aula, passando pela fileira de carteiras onde estou sentada e seguindo até a frente da turma.

"*Bonjour*", todas respondem com o entusiasmo de, bem, alunas forçadas a ir para a escola às 8h30 da manhã.

Os olhos da srta. Kelly perscrutam a sala de aula. Me recosto furtivamente em minha cadeira, torcendo para que, seja lá o que ela estiver procurando, não encontre na minha pessoa. Seus olhos não param em mim. Em vez disso, eles se precipitam para a frente da turma, onde Chyna está sentada junto de Flávia. Elas estão sussurrando uma para a outra. Estou surpresa que a srta. Kelly tenha notado.

Mas notou. Talvez porque essa tenha se tornado a rotina de Chyna e Flávia na aula. Geralmente ela não se importa, mas hoje não parece estar de bom humor.

"Flávia", diz a srta. Kelly em sua voz severa de hoje-não-estou-para--brincadeira. É a voz que faz todas se comportarem imediatamente, independentemente de qualquer coisa. Porque a srta. Kelly não é alguém que usa essa voz de graça.

"Sim, srta. Kelly?", pergunta Flávia. Ela é pura inocência de olhos arregalados.

Volto meu olhar semicerrado na direção dela, muito embora ela não possa me ver. Espero que ela possa sentir meu olhar furioso queimando sua nuca.

"*Parlez français en cours de français*", diz a srta. Kelly com as sobrancelhas erguidas.

Flávia dá um sorriso doce. "*Bien sûr.*"

Mas parece que a srta. Kelly sabe que, assim que ela der as costas, Flávia e Chyna vão voltar a conversar em inglês outra vez.

Ela solta um suspiro e diz: "Quero que pegue suas coisas e se sente ao lado de Nishat pelo restante da aula".

O sorriso desaparece dos lábios de Flávia. Ela se vira, procurando por mim. Nossos olhares se encontram por um instante. Ela desvia o rosto e balança a cabeça freneticamente.

"*Mais non, mlle. Kelly*", diz ela. "*S'il vous plaît. Je ne parlerai pas anglais.*"

Mas a srta. Kelly simplesmente balança a cabeça, se afastando da fileira de Flávia e Chyna e tomando seu lugar atrás da própria mesa.

Posso ver Chyna se inclinando para sussurrar algo a Flávia enquanto ela guarda suas coisas. Então se esgueira para a carteira vazia ao meu lado. Ela se afunda na cadeira. Não olha para mim. Não fala comigo.

A srta. Kelly tagarela mais instruções que mal ouço porque Chyna está olhando para mim por cima do ombro, me fuzilando com os olhos. Como se fosse culpa minha.

"Vou perguntar à srta. Kelly se posso mudar de lugar", digo à Flávia. Estou prestes a erguer a mão para chamar a atenção dela quando sinto a mão de Flávia sobre a minha. Ela puxa meu braço para baixo e me olha com as sobrancelhas franzidas.

"Não faça isso."

"Você não vai me dizer o que fazer."

"Meninas, quero ouvir francês, não inglês!", clama a srta. Kelly lá da frente na nossa direção em geral.

"*Mademoiselle...*"

"*Oui, mlle. Kelly!*", diz Flávia antes que eu possa chamar a atenção dela. Então ela se vira para mim e sussurra: "A srta. Kelly já me trocou de lugar. Se pedir a ela que troque você, ela vai saber que tem algo de errado e então a turma toda vai saber que tem alguma coisa rolando. Não vou deixar você expor nossa roupa suja."

"Nós não temos nenhuma roupa suja."

"Você sabe o que eu quero dizer."

Vejo a srta. Kelly olhando para nós franzindo o cenho, então rapidamente passo para o francês, muito embora meu francês ainda esteja enferrujado após um verão inteiro sem praticar.

"*Je m'en fous*", digo. "*Je ne veux pas tu parler.*"

"*Je me veux pas tu parler aussi mais...*" Ela desacelera, as sobrancelhas vincadas em concentração enquanto ela tenta montar a próxima frase. "*Nous... devons. Nous sommes... obrigadas a nos aturarmos.*"

Franzo o cenho. Há uma mistura de raiva e culpa me roendo de dentro pra fora. Creio que a raiva vence, porque as palavras seguintes a saírem de minha boca em um francês terrível, horroroso, são "*Tu es méchante.*" É o único insulto no qual consigo pensar em francês. É infantil e ridículo, mas dizê-lo faz com que eu tenha uma estranha sensação de orgulho.

Flávia parece perplexa. Ela olha ao redor como se estivesse esperando a srta. Kelly intervir e me dizer em francês que pare de ser cruel com ela. Tenho quase certeza de que a srta. Kelly não liga que estejamos nos insultando, contanto que o estejamos fazendo *en français*.

"*Non, tu es méchante*", diz ela.

"Uau, que original", eu sussurro.

"*Et... tu es un balourd.*"

Não sei o que isso significa, mas soa mais cruel do que *méchante*, então olho para ela com os olhos arregalados. Como ela ousa me chamar de *balourd*!

"Bom, *tu es un bâtard.*"

"*Tu es un imbécile.*"

Os insultos em francês que conheço se esgotaram, mas não quero deixar que Flávia tenha a última palavra.

"*Tu es une commère.*"

Flávia franze o cenho. "*Je ne suis pas.*"

"*Oui. Tu... as dit... aux gens que... je suis une lesbienne*", digo, antes de baixar minha voz a um sussurro e acrescentar: "Você é a única pessoa nesta escola inteira que poderia ter sequer suspeitado da minha sexualidade. Não finja."

Ela me encara em silêncio por um instante. Tenho que dizer, ela é uma atriz fenomenal, no mínimo.

"Você acha que eu mandei a mensagem?" A voz dela é suave e baixa, como se ela estivesse genuinamente surpresa por eu pensar assim.

"Ou você ou a Chyna. Ela sempre fica feliz em espalhar fofocas sobre mim. Ou sobre qualquer uma."

Flávia balança a cabeça. "Não fui eu, juro. Eu nunca faria isso. E... eu não contei nada à Chyna. Não sobre nós..." Sua voz vai morrendo, e seu olhar sustenta o meu por um longo momento. Aquela palavra, "nós", paira entre nós pesadamente. Como se tivesse havido um nós, houvesse um nós, pudesse haver um nós.

Ela desvia o olhar, de volta à sua carteira. Encara o tampo de madeira da mesa onde meninas dos últimos anos fizeram suas pichações: nomes, rabiscos aleatórios, equações matemáticas com o intuito óbvio de ajudá-las a colar.

"Sinto muito." Pelo menos ela tem a decência de parecer minimamente envergonhada. A cabeça dela está curvada para baixo. Achei que me sentiria orgulhosa por fazer ela sentir um pouco de vergonha, mas não. Em vez disso, o desconforto se assenta em meu estômago. Fazê-la sentir vergonha não desfaz o que aconteceu. Não muda a vergonha que venho sentindo pelo último mês... por minha vida inteira, na verdade. Não muda absolutamente nada.

"Olha... Você não tem motivo algum para acreditar em mim, mas eu nunca faria isso com alguém. Talvez tenha sido a Chyna, mas ela não descobriu por mim, eu juro. Mas sinto muito se foi ela. E sinto muito... sinto muito por ontem."

Eu não quero acreditar nela. Eu não devia acreditar nela. Depois de tudo que aconteceu, eu não tenho motivos para acreditar nela. Mas suas palavras, o "outra pessoa" ecoa em minha cabeça. *Eu nunca faria isso com outra pessoa.*

Ela está olhando para mim, os olhos arregalados de expectativa e uma vulnerabilidade em sua expressão que nunca vi nela antes.

Contra todo o meu bom senso, eu faço que sim com a cabeça e meus lábios formam as palavras: "Eu acredito em você".

23

Flávia se aproxima de forma hesitante de meu armário durante a hora do almoço. Ainda estou pensando sobre a minha decisão de acreditar nela. De perdoá-la. Porque ainda estou convencida de que Chyna teve algo a ver com a mensagem e ela ainda é prima e sócia de Flávia.

Mas é claro que meu coração começa a bater mais rápido só de vê-la com seu sorriso hesitante.

"E aí?" Ela se recosta no armário junto ao meu, os cálidos olhos castanhos cravados nos meus. Eu desvio o olhar.

"Oi."

"Então... Eu estava pensando. Eu podia te ajudar com seu ateliê de henna."

"Eu sou sua concorrente."

"Eu sei."

"Não precisa me ajudar porque tem pena de mim", digo. Quando ergo o olhar, ela está ajeitando uma mecha de cabelo atrás da orelha, seus olhos mirando a parede oposta a ela.

"Não é por isso que estou oferecendo", diz ela. "Só que... eu sou bem boa nessa coisa toda de arte, ou pelo menos é o que me disseram. E... eu quero ajudar. Tipo, com as decorações pro seu estande e tal." Os olhos dela enfim retornam aos meus e um pequeno sorriso se espalha por seus lábios. Suas bochechas têm covinhas e meu coração começa a bater um pouco rápido demais outra vez.

"Claro. Seria..." Minha voz fenece, incerta quanto ao que isso seria exatamente. Seria esquisito e estranho, porém bom, talvez. Ela está erguendo — me estendendo — uma bandeira branca. Devo aceitá-la? "Seria legal."

Há uma leve hesitação antes de ela assentir e dizer: "Ótimo. Que tal você passar lá em casa hoje, depois da aula?".

"Hoje?"

"Tem algum problema? Você tem planos?" Ela parece estar fazendo uma pergunta genuína, obviamente desconhecendo que meus planos, na maioria dos dias, consistem em fazer dever de casa, assistir à Netflix e ficar com minha irmã. Não sou exatamente a rainha da sociabilidade.

"Não, sem planos. Posso ir."

"Ah." Flávia agora se empertiga, seus olhos piscando um pouco rápido demais, como se ela não estivesse esperando que eu de fato aceitasse o convite. "Ótimo! Então... a gente pode ir andando juntas? Não é muito longe da escola."

"Tá bom."

"Tá bom." Ela olha para mim por um instante um pouco mais longo, como se estivesse tentando compreender alguma coisa. Então ela sorri, reluzente. "Te encontro na entrada, tá?"

**

Antes que eu dê por mim, estou indo encontrar Flávia junto aos portões da escola como se fôssemos amigas há um bom tempo.

Quando contei a Priti sobre meus planos pós-aula, mais cedo, e ela me olhou como se de repente uma segunda cabeça tivesse brotado em mim. Para minha surpresa, porém, ela não protesta.

"Isso é tipo aquilo de manter seus inimigos por perto, né?", disse ela.

"Claro."

Não tenho certeza se fui sincera. Ainda não tenho certeza do que estou fazendo aqui, caminhando lado a lado com Flávia em um silêncio acachapante. O único som é do sopro do vento, que vai ficando mais alto e mais forte até que, com dez minutos de caminhada, as rajadas dão lugar a um aguaceiro.

"Merda." Flávia tira um guarda-chuva da mochila, abrindo-o à nossa frente. É assombroso que ela pense que um guarda-chuva vai aguentar todo esse vento e essa chuva, como se ela não tivesse morado na Irlanda a vida toda. Mas em vez de dizer alguma coisa, eu me aninho junto a ela sob o pequeno guarda-chuva. Inspiro seu aroma — baunilha e canela — misturado ao cheiro de terra molhada da chuva.

Nossos ombros se encostam e, muito embora seja impossível eles se tocarem por baixo das camadas de nosso uniforme da escola, a sensação é estranhamente íntima. Posso sentir cada movimento de seu corpo, vibrando de encontro a mim. Tenho certeza de que ela também pode sentir os do meu.

Suas mãos tremem no cabo do guarda-chuva. Ela está nervosa. A percepção disso faz uma descarga de eletricidade me atravessar.

Caminhando lado a lado nesta rua deserta, com o vento sussurrando ao nosso redor e a chuva obscurecendo nossa visão, a sensação é de que nós adentramos nosso próprio universo particular. Como se as alunas e professoras que deixamos para trás na escola não existissem mais. Como se nosso destino fosse apenas uma ideia, não uma obrigação ou algo que tivesse qualquer peso. Como se tudo no mundo tivesse se desvanecido para dar espaço a este momento, para a nossa respiração ritmada, lado a lado. Apesar do frio, da chuva e da umidade, o calor do corpo de Flávia palpita ao meu lado. O calor dela é mais forte que qualquer sol irlandês.

Encorajado pelo momento, meu corpo se move por vontade própria. Minha mão se estende para segurar a dela. Nossos dedos se entrelaçam sob o abrigo da chuva e do vento.

Flávia para de repente. Ela esteve olhando para a frente a caminhada toda, mas agora se vira para mim. Seus olhos castanhos cor de mel perfumam os meus.

É agora. Chegou o momento. As possibilidades nos rodeiam, matraqueando ao vento, sussurrando na chuva.

Mas antes que qualquer uma de nós possa se mover, o vento dá um uivo alto e vira nosso guarda-chuva ao contrário.

A chuva que caía como parte do mundo exterior, encasulando Flávia e eu do lado de dentro, de súbito se faz muito presente. Se infiltra em nossas roupas, fazendo nossos suéteres pesarem e encharcando as camisas brancas de algodão que usamos por baixo.

Flávia luta contra o vento, tentando vergar seu guarda-chuva para a posição correta outra vez, mas é inútil.

"Não vai funcionar." Minha voz mal se propaga pelo vento e pela chuva.

Flávia balança a cabeça, como se não quisesse acreditar em mim.

"Vamos ter que correr", diz ela. "Tipo... rápido."

Ela olha para mim com um indício de sorriso nos lábios antes de partir a toda, ainda segurando o guarda-chuva quebrado. Eu a sigo o mais rápido que posso, amaldiçoando o vento e a chuva em minha cabeça.

Quando chegamos à casa, estamos ensopadas. Flávia fecha a porta atrás de nós enquanto eu tento não pingar água no carpete, apesar de ser quase impossível.

"Vou buscar alguma coisa para a gente se secar", diz Flávia. Ela está sorrindo enquanto me conduz para dentro. Em nós duas pesam os molhados suéteres de lã, mas tirá-los apenas revelaria nossas camisas brancas transparentes. Não creio que eu esteja pronta para Flávia ver tanto assim de mim.

"*Mãe, cheguei!*",* grita Flávia, aparentemente para ninguém.

Uma voz vem flutuando da cozinha, estranhamente similar à de Flávia.

"*Tô na cozinha!*" diz a voz. É a primeira vez que escuto português, e ele soa familiar e desconhecido ao mesmo tempo. É como uma estranha mistura de línguas europeias que venho escutando pela maior parte de minha vida.

---

* Os trechos em itálico foram escritos originalmente em português.

Flávia tira os sapatos e gesticula para que eu faça o mesmo. Assim que o faço, ela acena para mim na direção de uma porta na ponta oposta do corredor, seus passos leves mal fazendo qualquer som no carpete enquanto ela se move.

Na última vez em que estive aqui, estava escuro, barulhento e cheio de gente. Agora, sob a tênue luz do dia, a casa de Flávia parece completamente diferente. Pela primeira vez, noto a luminosa tinta azul nas paredes e os quadros singulares e transcendentais que ladeiam o corredor.

"Oi, mãe!", exclama Flávia.

Passo de fininho pela porta para encontrar a mulher cujas feições lembram as de Flávia. Ela tem a mesma estrutura óssea acentuada, olhos grandes e cabelo escuro. Quando sorri, há até uma covinha em sua bochecha.

"*Oi, filha*, quem é sua amiga?"

"É a Nishat. Estamos trabalhando juntas em uma coisa para a escola, então convidei ela para vir aqui." É uma afirmação, mas as palavras saem como se ela estivesse pedindo permissão.

A mãe de Flávia dá um sorriso animado. "Prazer em conhecê-la, Nishat." Permissão concedida, creio eu.

"O prazer é meu", digo na voz mais polida que consigo articular.

"*É essa a garota de quem você me falou?*", diz a mãe de Flávia.

Flávia erubesce, trazendo um tom rosado às bochechas já escuras.

"*Mãe, por favor*", diz ela, entredentes.

"*Ela é linda*", diz sua mãe. Ela está sorrindo para mim. Eu sorrio de volta, muito embora não faça ideia do que ela está dizendo.

"*A gente está indo pro quarto*", diz Flávia à mãe. Virando-se para mim, ela diz: "Vem, vamos pro meu quarto lá em cima".

Faço que sim e sigo atrás dela. Às nossas costas, sua mãe grita: "*Deixe a porta aberta!*".

"Tá bom, *mãe!*", grita Flávia de volta, revirando os olhos. "Por aqui."

Subimos a escada, nós duas pingando água por toda parte. Flávia não parece se incomodar.

Seu quarto é uma bagunça de roupas e livros espalhados por todo o chão e pelas mesas. Mas o que estou realmente observando são as paredes. Elas são de uma cor lisa de casca de ovo, porém mal consigo vê-la, pois cada centímetro foi coberto de pinturas, desenhos e uma variedade de outras coisas.

"São todos seus?", pergunto.

"Hã, a maioria", diz Flávia. Há um leve rubor em seu rosto. Ela empurra a porta atrás de nós, mas não a fecha por completo. "Não são excelentes. São, tipo... de muito tempo atrás. Esses são os que não são meus."

Ela aponta para uma miscelânea de imagens na parede atrás de sua cama. Só é possível examiná-las atentamente caso você suba nela. Flávia sobe e olha para mim com uma sobrancelha erguida, como se perguntasse por que não estou fazendo o mesmo. Então, eu faço.

Um momento depois, estamos as duas de pé em cima da cama, as molas rangendo ruidosamente debaixo de nós.

"Esse é do Degas", diz Flávia, apontando para uma pintura cheia de jovens bailarinas e cores suaves. "E esse é da Frida Kahlo, óbvio", diz ela. É um autorretrato de Kahlo que creio nunca ter visto antes. "E aqui..." Ela aponta para uma pintura cheia de formas coloridas, com uma mulher brotando delas. "Esse é da Sonia Delauney. E esse é um dos meus favoritos." Ela aponta para uma pintura apinhada de rostos. "É da Tarsila do Amaral."

Elas são tão diferentes e incríveis aos seus modos. Sinto que cada vez que passo os olhos em cada uma, vejo algo novo. Algo que perdi na passada de olhos anterior.

"Não temos muita arte ou quadros em nossa casa. Minha mãe não é muito fã. Então não conheço tantos artistas."

"Ah." Flávia olha para mim com a cabeça levemente inclinada para o lado, as mechas soltas de seu cabelo pingando água. "Minha mãe sempre adorou arte. Ela também costumava pintar quando era mais nova, mas parou. Minha irmã também pintava. Ela quis por um tempo fazer faculdade de artes, mas na hora do vamos ver decidiu desistir e estudar algo mais prático. A gente sempre discute por causa de arte aqui em casa. Especialmente por causa do Romero Britto." Ela se detém por um instante. "Há três assuntos proibidos em uma casa brasileira: política, religião e Romero Britto."

"Romero Britto..." Testo o nome em meus lábios, e Flávia sorri.

"É um artista brasileiro bem controverso. Não tenho nenhum trabalho dele aqui, mas minha mãe tem alguns lá embaixo. Posso te mostrar mais tarde."

"Então sua mãe gosta do trabalho dele?"

"Ãhã."

"E sua irmã..."

"Não."

"E você..."

O sorriso dela se alarga. "Ainda não me decidi. Mas acho que foi por isso que escolhi a arte. Minha mãe e minha irmã são muito apaixonadas."

"Foi por isso que comecei com a henna", eu declaro. "Mais ou menos. Por causa da minha avó. Quando morávamos em Bangladesh, ela aplicava henna nas minhas mãos e nas de Priti, e costumava fazer todos esses desenhos elaborados. Mas aí, depois que nos mudamos pra cá e não podíamos voltar pra lá com muita frequência, tive que tentar me virar sozinha..." Não tenho certeza do quanto eu deveria compartilhar. Será que Flávia sequer se importa? Ela não se importava com o que a henna significava para mim antes de decidir começar seu ateliê.

"Eu adoraria ver os desenhos dela uma hora dessas", diz ela.

Penso que ela só está sendo educada, mas há um sorriso em seus lábios.

"Quais pinturas são as suas?", pergunto em uma tentativa de mudar de assunto.

"Basicamente todo o resto", responde ela. "Mas... não precisa vê-las. Como eu disse, muitas delas são mais antigas e não tão boas. Nem sei por que estão penduradas. Quer um chá?"

"Hã... Uma toalha antes seria bom."

"Ah, certo. É claro. Dãã." Seu rosto enrubesce outra vez quando ela pula da cama e começa a remexer nas gavetas. Ela me joga uma toalha limpa, branca e azul, coberta por uma estampa de flores. Ela pega uma para si mesma e a esfrega nos cabelos, que ficaram escorridos e murchos. O meu também fica escorrido, com mechas molhadas grudadas em meu queixo e em minhas bochechas. Não dá pra imaginar que seja uma imagem muito atraente.

Quando termino de secar meu cabelo, ergo o olhar e me deparo com Flávia me encarando, sem piscar. Ela sorri quando eu a flagro me olhando.

"Quer que eu pegue uma roupa para você se trocar?"

Baixo o olhar para mim mesma. Para o suéter vermelho que pesa em mim. A saia xadrez que ainda está pingando água por todo lado.

"Desculpa...", eu murmuro, como se de algum modo eu fosse responsável por controlar o modo como a chuva afeta minhas roupas.

"Tudo bem." Ela começa a remexer suas gavetas uma vez mais, uma das mãos ainda secando distraidamente o cabelo.

"Eu, hã... não sei se suas roupas vão caber em mim", digo, sentindo o calor afluir para meu rosto. "Não somos exatamente do mesmo tamanho." Eu visto pelo menos dois números a mais que ela. Talvez mais.

"Bom, não pode ficar por aí com essas roupas molhadas. Vai pegar uma pneumonia ou coisa assim." Ela olha para mim pensativa por um instante, como se estivesse assimilando o tamanho do meu corpo, notando pela primeira vez que não é o mesmo do dela. Prendo a respiração, como se isso fosse mudar alguma coisa. "Tenho certeza de que consigo encontrar algo para você."

Ela, por fim, desencava uma velha camiseta cinza que é grande demais para ela, mas grande o suficiente para mim. Ela a pareia com uma calça de pijama velha e larga que um dia pode ter sido azul-clara, mas desbotou em uma cor que agora mal lembra o azul.

Porém, não é como se eu tivesse escolha. Não posso recusar as roupas dela, senão vou *mesmo* pegar uma pneumonia. Então me esgueiro para dentro de seu banheiro apertado, me encarando no pequenino espelho sobre a pia, sentindo um oco em meu estômago.

Tanto a camiseta quanto a calça de pijama ficam um pouquinho apertadas, fazendo eu me sentir desconfortável e irrequieta. Elas também me deixam horrível, pior do que algum dia meu roto uniforme bordô já deixou. E isso diz muita coisa, porque nosso uniforme tem o superpoder de fazer com que cada pessoa que o vista fique desinteressante. Exceto Flávia. Óbvio.

A ideia de sair do banheiro e encará-la nesse estado lança meu coração em uma queda livre. Mas então lembro a mim mesma que eu não devia ligar, de todo modo. Era para eu tê-la superado. Nem amigas nós somos, mesmo. Só estamos tentando declarar uma trégua, e ninguém sabe quanto tempo ela vai durar. Talvez isso vá ser bom. Talvez me expor como um saco de batata desinteressante faça com que eu supere Flávia.

Mas quando saio do banheiro, esqueço tudo sobre as roupas xoxas que estou vestindo, porque à minha frente está Flávia Santos vestindo um macacão rosa-choque de unicórnio.

Ela está, para ser franca, ridícula.

Eu caio na gargalhada. Involuntariamente. A risada vem borbulhando lá do meu estômago, se derramando para fora de mim em gaitadas grandes e feias que ecoam pelo quarto. Não importa o quanto eu tente contê-las, não consigo parar.

Eu provavelmente devia me sentir constrangida, mas não me sinto.

Flávia se vira ao som da minha risada. Para minha surpresa, ela dá um sorriso largo.

"Não é tão engraçado", diz ela, depois de minhas risadas terem enfim se abrandado. Ela estende o braço e a corre a mão pelo chifre de unicórnio prateado no topo de seu macacão. "É fofo, né?"

"Por que você está vestindo isso?"

Ela dá de ombros. "Você parecia... sei lá, constrangida por ter que colocar essa roupa. Achei que se eu vestisse isso, deixaria você à vontade." Ela evita meus olhos enquanto diz isso, como se admitir que deseja me deixar à vontade a deixe vulnerável. Isso faz meu coração começar a flutuar, de um jeito que eu definitivamente não quero. Porque toda a coisa de superar a Flávia não era para ser assim. Não era para ela me fazer sentir à vontade.

"Eu tenho que tirar uma foto." Alcanço meu telefone e aponto a câmera para ela, mas suas mãos voam para cima para cobrir seu rosto.

"Nem pensar, você não vai tirar uma foto minha desse jeito."

"Vai, eu não mostro pra ninguém!"

"Não. Nem pensar. Não vai rolar."

Abaixo o telefone e solto um suspiro.

"Tá, tá. Não vou tirar foto."

Ela deixa as mãos caírem e me lança um sorriso. Antes que ela tenha a chance de mover mais um músculo, tiro uma foto rápida.

"Ei!", grita ela, arremetendo em minha direção para tirar o telefone das minhas mãos. Eu me desvio, escapulindo de seu alcance e subindo na cama. Me empertigo na ponta dos pés e ergo o telefone acima da cabeça. Está quase tocando o teto.

É claro que é inútil, porque Flávia sobre atrás de mim e ela é pelo menos alguns centímetros mais alta do que eu. Ela se eleva sobre mim.

"Eu prometo que não vou mostrar a ninguém!", digo outra vez.

"Eu com certeza não acredito em você!" Ela salta em busca do telefone. Desabamos as duas sobre a cama. O telefone escorrega para longe de meu alcance, caindo no chão, porém mal me dou conta disso porque Flávia está em cima de mim. Seu rosto está a centímetros do meu. Seu cabelo roça meu peito, ainda úmido pela água da chuva.

"D-desculpa", eu murmuro.

Ela balança a cabeça. Consigo ver cada movimento de seus cachos. E quando ela para, consigo discernir os salpicos de dourado em seus olhos.

Ela avança aos poucos até mal haver qualquer espaço entre nós.

"Olá?"

A voz de Chyna faz Flávia pular de cima de mim como se a casa estivesse pegando fogo. Chyna empurra a porta para abri-la totalmente no momento em que dou um jeito de me sentar. Flávia a fita com os olhos arregalados e um rubor nas bochechas.

"O que você está fazendo aqui?" A voz dela sai um pouco sem fôlego.

Chyna parece nos assimilar por um momento, e não tenho certeza do que ela está vendo. Sua expressão não muda. Ela se vira para Flávia e diz: "Por que está usando isso?"

Flávia se remexe, desconfortável, sem olhar Chyna nos olhos. "Meu uniforme molhou na chuva e eu queria ficar confortável."

Chyna não parece estar engolindo aquilo tudo. Engolindo nós duas, pegas de surpresa fazendo... o quê? Não consigo imaginar o que Chyna esteja pensando.

Seus olhos desviam de uma Flávia com cara de culpada para mim e ela diz, "Oi, Nishat", com um aceno severo de cabeça.

"Oi, Chyna", eu murmuro.

"Vou lá para baixo..." Ela toca a soleira com a ponta dos pés como se estivesse esperando um convite para ficar. "A tia disse que eu podia vir pro jantar..."

"Ah." Flávia não diz mais nada, nem tenta deter a prima. Um instante depois, escutamos os passos de Chyna na escada, a madeira rangendo sob seu peso.

Flávia afasta dos olhos um cacho de cabelo úmido e solta um suspiro. "Desculpa."

Não tenho certeza de por que exatamente ela está se desculpando. Por tentar me beijar de novo? Por Chyna ter nos interrompido?

Tenho medo de perguntar, então apenas dou de ombros e digo, "Tudo bem".

24

Chyna está na sala de visitas, descalça e de pernas cruzadas no sofá. Está assistindo a uma reprise de *America's Next Top Model* como se fosse a coisa mais interessante que já existiu.

Na verdade, é estranho vê-la assim tão relaxada. Quase me lembra de antes, quando éramos amigas. Durante os primeiros dias do ensino médio, Chyna tinha uma energia nervosa. Como se não soubesse muito bem onde se encaixar ou qual era seu papel. Achei que tudo isso tivesse se dissipado após a festa de aniversário e Catherine McNamara, mas, vendo-a agora, acho que não tenha de fato. Talvez Chyna só tenha ficado muito boa em esconder isso.

"Ela vem sempre aqui?", sussurro para Flávia junto ao pé da escada.

"De vez em quando." Os lábios de Flávia estão apertados em uma linha fina como se não estivesse muito feliz por ver Chyna em casa. "Tenho que falar com minha mãe, pode me dar um minuto?"

Não tenho exatamente como dizer não, muito embora a última coisa que eu queira seja passar algum tempo sozinha logo com Chyna, mas faço que sim com a cabeça.

Flávia escapole na direção da cozinha e eu vou avançando com cautela até a sala de visitas. O episódio de *America's Next Top Model* é de alguns anos atrás. Eu me lembro dos rostos da maioria das competidoras, mas esqueci seus nomes.

"Não acredito que você ainda vê isso", digo, antes de meu cérebro me lembrar de que engatar uma conversa com Chyna não é algo que eu queira fazer.

Ela se vira para olhar para mim com os lábios unidos formando uma carranca.

"Não acredito que você está aqui, andando com minha prima."

Reviro os olhos e me sento no sofá ao lado dela. "Sabe, eu conheci a Flávia bem antes de conhecer você."

"Pois é, foi o que ela disse. O mundo tem umas coisas engraçadas, não tem?"

Engraçado é, sem dúvida, um modo de colocar a questão. Me remexo em meu assento, observando a tela à minha frente, mas sem de fato assimilar nada.

Posso ouvir Flávia e sua mãe no outro cômodo, mas suas palavras mal são audíveis. Não que mais volume fosse ajudar, já que não falo uma palavra de português e, até onde sei, nem Chyna.

"Odeio quando a Flá e a tia falam em português", murmura Chyna, confirmando minhas suspeitas. "Sabe quando alguém está falando outra língua bem do seu lado e você fica paranoica de estarem falando sobre você?"

Tenho que sorrir diante da ironia disso, porque Chyna não tem realmente nenhum receio quanto a falar sobre outras pessoas em uma língua que elas com toda a certeza entendem.

"Sei lá. Às vezes, talvez. A Flávia e a sua tia provavelmente só ficam mais confortáveis falando uma com a outra em português em vez de em inglês." Mas além disso, é provável que Flávia esteja discutindo sobre Chyna com sua mãe. E também é provável que Chyna saiba disso.

"Por que você está aqui?" Chyna se vira para mim com os cantos da boca caídos. Estou surpresa por ela não ter feito essa pergunta antes. "O que você está fazendo com a minha prima?"

"Chy, essa pergunta é meio grosseira", murmura Flávia lá da porta da sala de visitas para a cozinha. "Nishat e eu somos amigas, eu estava ajudando ela em algo." Ela não olha para mim ao dizer isso e sinto meu estômago afundar.

"E para isso você precisava colocar seu macacão de unicórnio?", pergunta Chyna.

"Eu te disse, queria ficar confortável. Não banque a metida a besta como se não tivesse um de bolinhas da Minnie Mouse. Pelo menos o meu é fofo."

"Você tem um macacão da Minnie Mouse?" Já estou tentando descobrir como posso conseguir uma foto disso. Sei que Priti, Chaewon e Jess iam agradecer.

Chyna me fuzila com os olhos e diz: "Flávia me coagiu a comprar".

Flávia cruza os braços. "Até parece."

Chyna dessa vez dirige seu olhar fuzilante a Flávia e diz: "Cala a boca".

Flávia, por sua vez, envesga os olhos e põe a língua pra fora. Deixo escapar uma risada. Não só porque é meio que adorável e me lembra Priti, mas porque eu nunca imaginei que Flávia e Chyna agissem assim quando estão só as duas. Elas sempre parecem tão reservadas e sérias. Chyna em especial. Mesmo quando ela e eu éramos amigas — por mais breve que tenha sido essa relação —, nunca ficamos assim de zoeira.

"Quer ficar para o jantar, Nishat?", pergunta Flávia.

Meu relógio diz que já são quase sete da noite. Eu pedi a Priti que dissesse a Ammu e Abbu aonde eu ia, mas tenho certeza de que já estão se perguntando onde estou. Não quero que essa tarde estranha termine, mas também não estou certa de que quero passar um jantar inteiro com Flávia, sua mãe e Chyna.

"Eu já devia ir andando, na verdade."

"Eu levo você até a porta", oferece Flávia.

Saímos da sala de visitas em silêncio. Estou ciente demais de sua presença ao meu lado; de nossos braços quase se tocando e do som da respiração dela. Do som da minha.

Damos uma passada em seu quarto, onde ela pega meu uniforme da escola, ainda úmido, e o coloca em um saco plástico para mim.

"Vai ser de boa você ir pra casa assim?"

"Não tenho muita escolha." Dou de ombros.

"Talvez minha mãe possa te levar de carro. Tipo, pra você não ter que pegar o ônibus sozinha."

"Não quero incomodá-la na hora do jantar. Mas obrigada."

Na soleira, um pesado silêncio paira entre nós. Não tenho certeza sobre o que deveria dizer ou fazer Não sei se isso vai acabar como na festa ou não; não sei se eu devia estar incomodada ou exultante.

Flávia abre a porta, mas antes que eu me retire ela se aproxima. Seus dedos acomodam uma mecha de cabelo atrás da minha orelha, roçando minha pele e fazendo uma descarga de eletricidade me atravessar.

"Me manda uma mensagem quando chegar em casa?", pergunta ela.

E a questão é que, muito embora isso seja algo que incontáveis pessoas já me pediram para fazer — minha irmã, Chaewon, até Ammu —, a sensação agora é diferente. A voz de Flávia está misturada a tanta preocupação, e seus olhos faíscam tanto com algo parecido com esperança, que, mesmo que seja um pedido familiar, tudo com relação a este momento me parece novo em folha.

Engulo em seco o nó que se forma em minha garganta e faço que sim. Ela sorri e eu me esgueiro porta afora.

É só quando chego em casa que me dou conta de que nem chegamos a trabalhar na decoração para o meu estande de henna.

**

Priti está esperando em meu quarto, com um livro de matemática aberto no colo. Ela não parece feliz, embora seja difícil saber se é por minha causa ou da matemática.

"E aí?" Tento ser o mais indiferente possível, como se não tivesse passado horas na casa de Flávia. Como se isso não fosse uma ocorrência incomum.

"Por que demorou tanto?" Priti soa nitidamente como Ammu.

Dou de ombros, e isso só parece agitar Priti ainda mais.

"Apujan, era pra você estar tomando cuidado. Não pode só..." Ela respira fundo e balança a cabeça. "Não se lembra do que a Flávia e a Chyna fizeram com você?"

"Não foi a Flávia." Não consigo evitar o pequeno sorriso que aparece em meu rosto quando digo o nome dela. Quero contar mais a Priti. Quero contar a ela sobre ir à casa de Flávia, sobre conhecer a mãe dela e sobre o macacão de unicórnio, e sobre o quase-beijo. Mas e se isso não der em nada?

"Como é que você pode saber disso?" A voz de Priti está repleta de suspeita.

"Sabendo", digo. "Pode confiar em mim? Flávia e eu estamos... nos entendendo."

Priti não parece impressionada. Ela franze os lábios e cata seu livro de cima da cama, se pondo de pé. Ela é mais baixa do que eu, então não pode exatamente se elevar sobre mim, mas a sensação é de que ela está fazendo isso ao me fitar com o desdém ardendo em seus olhos. "Ela não deu a você nenhuma razão pra acreditar nela, Apujan", insiste ela. "Não é possível que você a tenha perdoado assim tão fácil."

Dou de ombros outra vez, porque realmente não há nada mais que eu possa dizer. "Olha, ela..." Não tenho certeza de como exatamente terminar esta frase. "... não é o que você pensa." Encerro de uma forma desajeitada. "Estamos resolvendo as coisas. Não precisa se preocupar."

"Se vai agir feito uma boba apaixonada, Apujan, não venha se lamentar para mim quando as coisas derem errado." Com isso, ela se vira e desaparece. A porta de meu quarto se fecha com um baque logo atrás dela.

Sinto toda a empolgação das últimas horas escaparem de mim quando ela se vai. Afundo na cama, onde ela deixou sua impressão, e descubro que, pelo visto, ela também deixou seu telefone para trás. A tela está desbloqueada em uma conversa com Ali. Antes que eu possa apagar a tela, algo nas mensagens chama minha atenção. Vou rolando a tela, tentando fazer com que a conversa que Priti e Ali estão tendo me entre na cabeça.

Priti: *Simplesmente não acredito que possa ter feito algo tão nojento. Que possa ter sido tão baixa.*

Ali: *Já disse que sinto muito, não sei o que mais posso fazer pra remediar*
Priti: *que tal se entregar?? contar pra srta. Grenham que foi você quem mandou.*
Ali: *Eu vou ser suspensa, Priti. Talvez até expulsa. Não posso fazer isso.*
Priti: *Então não devia ter mandado a mensagem.*

"O que você está fazendo?"

Jogo o telefone na cama como se de repente ele estivesse em chamas. Teria dado na mesma se estivesse. Provavelmente teria sido melhor.

"Você esqueceu seu telefone."

"E aí você achou que tudo bem ficar fuçando nele?" Priti soa raivosa, mas seus olhos se movem com nervosismo das minhas mãos para onde o telefone caiu.

"Foi a Ali?", pergunto.

Ela desvia o olhar para algum lugar acima da minha cabeça, então pigarreia e diz: "Foi a Ali, o quê?". Sua voz é controlada demais, estoica demais.

"Foi ela quem contou pra todo mundo?"

"Achei que você tinha dito que tinha sido a Flávia. Você disse que ela e eu éramos as únicas que sabiam."

"Eu disse que ela e você foram as únicas para quem eu contei."

"Bom, então..."

"Priti."

Ela encara meus olhos por apenas um instante antes de desviar o olhar.

"Eu nunca vou perdoá-la, se isso ajudar em alguma coisa", murmura ela.

Eu respiro fundo, tentando processar a informação. Não foi a Flávia. Não foi a Flávia. Não foi a Flávia.

Foi a minha irmã.

"Como você pôde... Por que você... contaria a ela? Você não tinha esse direito."

Priti franze as sobrancelhas e se inclina para longe de mim, como se eu tivesse dito algo que ela não estava esperando. "Como é que eu ia guardar isso só pra mim?"

"Então você teve que sair e contar para a sua melhor amiga uma fofoca sobre mim? Foi isso, então?"

Priti escarnece. "É claro que não. Mas... você viu o que estava acontecendo aqui. A tensão, você chateada, Ammu chateada, Abbu chateado, ninguém nunca conversava a respeito. Eu tinha que conversar com alguém e não podia ser com você ou com eles. É um tabu. Eu não tinha como simplesmente deixar isso tudo sufocado dentro de mim."

"Você não tinha o direito de contar a ela. E então de mentir a respeito, de fingir que tinha sido a Flávia..."

"Olha, desculpa. Eu sei. Eu estava nervosa, sabia que você ficaria brava e achei que se você pudesse acreditar que tinha sido a Flávia, pelo menos por um tempinho... você não ficaria tão brava. Achei que podia dar um jeito, fazer a Ali consertar as coisas."

Eu mal consigo assimilar suas palavras. Por todo esse tempo eu suspeitei de Flávia, mas era a minha irmã que estava mentindo para mim. Ela sabia exatamente o que estava acontecendo e estava deixando Flávia levar a culpa.

"Não acredito que você odeie a Flávia tanto assim. Que deixaria que eu a odiasse por nada."

Priti franze o cenho. "Não é..." Ela balança a cabeça, seus olhos se fixando em um olhar fuzilante. "Você realmente não liga para ninguém além de você mesma, não é?"

Eu pestanejo. "Quê?"

"Você está tão obcecada por essa garota que nem liga de terem tirado você do armário para a escola inteira. Você nem liga para o que está acontecendo aqui. Com a gente. Comigo. Ali e eu estamos nos estranhando há semanas. *Semanas.* E é claro que eu não podia te contar a respeito, ah, não, a pobre Nishat está passando por tanta coisa. Temos todos que pisar em ovos com ela, para ela não ficar chateada demais. E Nanu está doente, o que você saberia caso se desse ao trabalho de manter contato com ela pelo Skype como costumava fazer, antes de ficar toda encantada por essa menina que não está nem aí pra você. Que obviamente só estava te usando para ganhar esse concurso idiota."

"Ela não estava..." As palavras ficam presas na minha garganta. Não que Priti esteja me escutando, de qualquer forma. Ela se levantou de um pulo e está andando no quarto de um lado para o outro, as mãos nos quadris. É impressionante o quanto ela está parecida com Ammu.

"Quer saber de uma coisa? Ammu e Abbu estão fazendo tudo que podem. Estão fazendo tudo que podem desde que chegamos aqui, mas você não enxerga nem reconhece. Eles podem ter vacilado quando você se assumiu para eles, mas eles só querem poder encarar as pessoas nos olhos quando voltarem a Bangladesh. Isso é mesmo tão errado assim?"

As lágrimas ardem em meus olhos e, apesar de eu fazer de tudo para reprimi-las, elas de algum modo dão um jeito de saírem sorrateiramente até que Priti seja um borrão à minha frente. Não consigo nem mais reconhecer minha irmã caçula.

Quando ela para, se vira e me vê esfregando os olhos, eu espero que ela volte ao juízo. É assim que geralmente se dá entre nós: ficamos com raiva, dizemos coisas da boca para fora, mas então voltamos a ser nós mesmas. Voltamos ao nosso ritmo. A ser irmãs que estão do lado uma da outra independentemente de tudo.

Mas Priti recua, como se minhas lágrimas de algum modo fossem abomináveis. Antes que eu me dê conta, a porta de meu quarto está se fechando com um baque atrás dela.

25

Priti pega o ônibus mais cedo na manhã seguinte. Ou assim me diz Ammu, quando cambaleio escada abaixo. Não tenho certeza sobre o que sentir em relação a isso. Se alguém devia estar com raiva, devia ser *eu*, pelo modo como ela mentiu para mim.

"Ammu", digo, à soleira da porta, dez minutos antes do horário do meu ônibus.

Ela ergue o olhar e me encara, a boca com os cantos caídos. Nós voltamos à fase do silêncio desde que me tiraram do armário para a escola toda.

Eu pestanejo para afastar as lágrimas ardendo no fundo de meus olhos e engulo o nó em minha garganta.

"A Nanu está doente?", eu consigo pôr pra fora.

O olhar no rosto de Ammu, sofrido e triste, faz com que eu me arrependa instantaneamente de ter perguntado qualquer coisa.

"Ela... ela vai ficar bem."

"Então ela não está agora? Por que não me disse?"

"Quem lhe contou?"

"Priti..."

Ammu balança a cabeça. "Sua irmã passa tempo demais bisbilhotando por aí quando devia estar estudando para as provas."

"Tem coisas mais importantes do que as provas, Ammu."

Por um instante, penso que ela vai protestar, mas em vez disso ela assente devagar. "Eu sei." Ela olha para mim com algo que lembra um sorriso, algo que desanuvia seu rosto, e diz: "Não se preocupe com sua Nanu. Ou... com sua irmã. Vá logo ou vai perder seu ônibus".

Mas não consigo evitar que a preocupação com Nanu e com Priti inunde minha mente. Como pode tantas coisas estarem acontecendo ao meu redor e eu não ter notado?

É só quando encontro Flávia junto aos armários que entendo. Priti tem razão. Estive tão envolvida com Flávia e com o concurso e tudo o mais que me esqueci de prestar atenção ao que é importante.

Mas quando Flávia se aproxima de mim com uma sacola nas mãos, não estou certa de que eu me arrependa de alguma coisa.

"É para você", diz ela ao me entregar a sacola. Nossos dedos se roçam. Tento dizer ao meu corpo para calar a boca, para não reagir, mas é óbvio que meu coração não é muito bom em me escutar. Ele está aceleradíssimo.

"O que é?"

"Abre." Ela acena com a cabeça, me encorajando.

Um pôster de papel branco enrolado se projeta para fora da sacola. Eu o retiro e o desenrolo, e quase arquejo alto.

É uma faixa.

Está escrito *Mehndi da Nishat* em letras coloridas no meio, e embaixo delas há algumas palavras escritas no alfabeto bengalês. Foram feitas com cuidado, então sua aparência é bem definida e geométrica. Bem diferente das letras torneadas e suaves que minha caligrafia bengalesa geralmente tem.

O fundo é uma miscelânea de cores claras, e em um dos lados há um desenho de mãos dadas com henna serpenteando pelas palmas.

É bem melhor do que qualquer coisa que eu pudesse ter feito.

Há algo entalado em minha garganta. Acho que é meu coração.

"Ficou lindo", eu sussurro.

Flávia só dá de ombros, como se não fosse grande coisa. É com certeza uma grande coisa. É uma coisa enorme.

Tentando não lançar muitos olhares furtivos para Flávia, coloco a faixa em meu armário. Porém, quando o fecho, nossos olhos se encontram. Ela sorri, com covinhas e tudo, e não consigo evitar o sorriso que também se espalha por meus lábios.

"Então, hã..." Ela afasta um cacho que caiu na frente de seus olhos. "Ontem, com a Chyna... me desculpe por aquilo. Os pais dela passam muito tempo longe, então ela vai para a minha casa ou para a casa do meu pai, mas...". Ela balança a cabeça como se não tivesse certeza de que quer terminar esse assunto. "Você... quer ir lá em casa esse fim de semana? A gente podia... fazer a lição de casa de francês juntas."

O *sim* está na ponta da minha língua, forçando sua saída, mas então lembro que nesse fim de semana eu deveria montar meu ateliê de henna em uma das mesa do restaurante de Abbu. Ele concordou que eu abrisse meu ponto lá por algumas horas no sábado e no domingo, na esperança de que minhas clientes também se tornem clientes dele. Afinal, se estão interessadas em fazer henna, talvez também estejam interessadas em comer a autêntica comida do Sul Asiático.

"Eu queria, mas... vou estar ocupada nesse fim de semana." Não sei se devo ou não mencionar o ateliê de henna. Ainda não tenho certeza sobre em que pé estamos, mas, independentemente de qualquer coisa, a competição ainda paira sobre nós de forma desconfortável.

"Ah." Um lampejo de mágoa aparece em seus olhos, mas desaparece tão rápido que não tenho certeza se foi só imaginação minha.

"Vou abrir meu ateliê de henna nesse fim de semana." As palavras escapolem de mim espontaneamente. Eu sei que não devia dizer a ela. Ela é minha concorrente. Mas é óbvio que meu coração é quem manda, então as palavras saem e não posso mais voltar atrás.

"Ah."

O silêncio paira entre nós por um momento longo demais. Ele é denso por tudo que já foi dito e feito, tudo que não podemos mudar. Ele é quebrado pelo trilo alto do sinal.

"Acho que vou..."

"Sim."

Seu olhar encontra o meu e ela me dá um sorriso que é metade culpa e metade um pedido de desculpas. Eu sorrio de volta.

* * *

Quando volto da escola para casa naquele dia, Ammu me surpreende ao bater em minha porta. Primeiro, estou convencida de que é Priti vindo fazer as pazes. Mas então Ammu inclina a cabeça para dentro.

"Quer falar com a Nanu?", pergunta ela, segurando seu celular. Consigo discernir o rosto de Nanu na tela.

"Quero!" Salto da cadeira para agarrar o telefone. Ammu sorri e sai, deixando que eu me acomode em minha cama. Escoro o telefone à minha frente.

"*Assalam Alaikum*", digo.

"*Walaikum Salam*", diz Nanu. Sua voz soa mais fraca do que me lembro, mas talvez seja só projeção minha. "Sua Ammu disse que você está preocupada comigo."

"Porque Priti me disse que a senhora está doente", digo, minha voz assumindo um tom de reprimenda. Na verdade, estou tentando me segurar para não desabar, porque Nanu *parece* doente. Ela está mais pálida e magra do que me lembro e tem bolsas sob os olhos. Como se não estivesse dormindo direito.

"É uma besteirinha", diz Nanu para me tranquilizar, embora isso não me tranquilize em nada. "Os médicos disseram que vai ficar tudo bem, Jannu. Não tem nada com que se preocupar."

É óbvio que essa fala não impede que eu me preocupe, mas não deixo que isso transpareça em minha expressão. Quero fazer mais perguntas a ela, descobrir exatamente qual é o problema, mesmo que isso signifique que vou passar as próximas horas no Google, descobrindo cada um dos piores resultados possíveis para seja lá o que for.

Mas antes que eu possa perguntar qualquer outra coisa, Nanu se inclina para a frente, um sorriso iluminando seu rosto. Ela pergunta: "Como vai seu ateliê de henna? Sua mãe tem falado bastante sobre ele."

"Tem?", pergunto.

"Ela disse que você está se esforçando muito."

Tento conter um afluxo de lágrimas.

"Bom... Está indo bem." Dou de ombros. "Vou trabalhar no restaurante do Abbu esse fim de semana."

"Bom, estou muito orgulhosa de você, Jannu", diz Nanu. "E de Priti. Sua Ammu disse que ela está te ajudando."

"Pois é." Faço lentamente que sim. "Ela tem me ajudado a bolar ideias."

Priti deve ouvir seu nome ser mencionado pela parede entre nossos quartos — ou porque ela está bisbilhotando, como sempre —, pois a porta de meu quarto se escancara e ela olha para dentro.

"É a Nanu?", pergunta ela, baixinho.

Eu assinto, dando batidinhas no espaço ao meu lado para que ela venha se sentar. Ela se aproxima, hesitando de um modo que nunca hesitou ao entrar em meu quarto antes. Mas quando ela se vira para a tela, seu rosto se abre em um sorriso.

"*Assalam Alaikum*, Nanu!", diz ela.

Passo o braço ao redor de Priti e a trago mais para perto de mim, para que ambas estejamos na tela ao mesmo tempo.

"Estávamos só falando de como você tem me ajudado com o ateliê de henna", digo a ela. "Como estamos orgulhosas de você."

Priti parece confusa por um instante, mas eu aperto seu ombro, esperando que ela entenda o que isso significa.

Após Nanu enfim desligar, nos contando muito pouco sobre si mesma, mas dizendo "*Mashallah*" e "*Alhamdulillah*" e "*Insha'Allah*" umas cem vezes em resposta a tudo que falamos sobre o concurso de empresas e as provas de Priti, eu me viro para Priti.

"Sinto muito", digo.

"*Eu* sinto muito", interrompe Priti.

"Tá, eu estou tentando me desculpar e é grosseria tomar conta da desculpa de outra pessoa."

Priti enfia o rosto em meu cabelo e murmura: "Tá bom, se desculpe à vontade".

"Era isso."

Ela ergue o olhar para mim outra vez, a boca franzida.

"Essas foram suas desculpas?"

"Eu disse que sentia muito."

"Pelo quê?"

"Por ser egoísta?"

Ela solta um suspiro e se recosta para trás, cruzando os braços. "E..."

"Por não... te dar atenção o bastante. Você tem razão. Estive tão envolvida com a Flávia que me esqueci de prestar atenção. O que está rolando entre você e a Ali, afinal?"

Ela balança a cabeça. "Ainda estamos falando sobre você."

"É isso, sinto muito, tá bom? Você sabe que eu amo você. Eu nunca faria... Eu nunca quis... E eu sei que você..." Eu suspiro. "É isso. Eu amo você."

Um sorriso toma seus lábios e ela se inclina para a frente, me envolvendo com os braços. "Eu fui cruel ontem."

"Muito."

"Eu te fiz chorar."

"Fez, sim."

"Depois de tudo o mais que aconteceu."

Eu acaricio o cabelo dela e é como se eu pudesse sentir a raiva e o ressentimento escapulirem de meu corpo a cada fôlego. "Tudo bem. Acho que eu entendo. Vai me contar sobre a Ali?"

"Ela simplesmente mudou muito este ano. Ela tem esse namorado novo e uma postura nova com relação a tudo. Eu contei a ela sobre você e achei que ela entenderia, que me escutaria, mas... ela foi toda estranha. Eu devia ter te contado antes."

"Foi estranha, como?"

"Tipo... ficava me fazendo perguntas estranhas", diz Priti, franzindo as sobrancelhas como se estivesse fazendo um grande esforço para se lembrar exatamente do que foi dito. "Ela perguntou se Ammu e Abbu forçariam você a se casar com um homem. E, tipo... se você seria morta em Bangladesh se voltasse para lá agora."

"Bom, é claro. Todo mundo agora consegue farejar a lésbica em mim", eu gracejo.

Ela sorri, mas sei que ela ainda está pensando em Ali. "Não sei se Ali é racista, homofóbica ou as duas coisas. Mas... ela mandou a mensagem. Disse que era porque todo mundo merecia saber a seu respeito. Você estava enganando todo mundo ao manter isso em segredo."

"Eu sou contra o *éthos* católico, contra o jeito que uma escola só para meninas devia ser gerenciada." Eu me lembro das palavras da mensagem que foi enviada, muito embora desejasse poder esquecê-la.

De repente me lembro da conversa que entreouvi na escola entre elas na semana passada. "Era sobre isso que você estava falando com ela quando deveria estar me ajudando a roubar os tubos de henna?"

Priti assente. "Eu não sabia como contar a você. Achei que... poderia simplesmente fazer isso desaparecer. Mas acabei só piorando tudo."

"Você devia ter me contado."

"Você já estava lidando com Ammu e Abbu, e Chyna e Flávia. Até Sunny Apu estava sendo horrível com você. Achei que sua barra já estava pesada demais."

"Então você estava tentando me proteger?" A ironia disso me dá vontade de rir. Ao me proteger, Priti me magoou mais do que se tivesse simplesmente me contado a verdade desde o começo.

"Sinto muito. Achei que estava ajudando."

Eu a trago mais para junto de meu peito e digo: "Na próxima vez, deixe o papel de irmã protetora comigo, tá bom?".

"Tá bom, tá bom", ela cede. Mas eu já sei que ela não vai deixar e estou tranquila com isso.

26

No sábado, acordo com um frio na barriga. Esse frio é completamente diferente daqueles que sinto por causa de Flávia; perto dela, me sinto ansiosa de um modo agradável. Como se eu fosse vomitar, mas pelo menos com uma garota bonita na minha frente. Agora, eu só quero vomitar.

Quando entro no carro de Abbu com todas as minhas coisas, Priti já está lá com sua mochila cheia de livros.

"O que você está fazendo?", pergunto.

"Vou te ajudar", diz ela, dando tapinhas em sua mochila como se isso explicasse tudo. "Vou só estudar *enquanto* ajudo você."

Pulo o banco ao lado dela, apesar de saber que é provável que Ammu não vá ficar muito feliz com isso. Mas Abbu não parece se importar. Ele até coloca Rabindranath Sangeet e canta junto durante todo o trajeto, muito embora eu e Priti resmunguemos e peçamos para ele parar.

Enquanto Abbu deixa tudo em ordem no restaurante, eu puxo uma cortina em frente à cabine do canto e, com um pouco de fita, colo no tecido uma cópia que fiz do pôster. Pendurei cópias pela escola ao longo dos últimos dias, na esperança de que as pessoas de fato apareçam neste fim de semana. É um pôster simples. Uma das fotos de nosso Instagram ampliada, com *Mehndi da Nishat* escrito em letra cursiva e a data, a hora e o local da loja temporária impressos bem elegantemente logo abaixo. Em cima dele, eu penduro a faixa de Flávia.

"Isso é..."

"É."

Priti cruza os braços e, a contragosto, repara na faixa. "Tá bonito."

É provável que seja o máximo que vou conseguir de Priti. Eu ainda não contei a ela sobre o que houve entre mim e Flávia na casa dela há alguns dias.

Entramos as duas na cabine, e Priti tira o celular do bolso para tirar uma foto rápida dos tubos de henna que eu empilhei sobre a mesa.

"Pronto. Estamos de portas abertas", diz ela, clicando em seu telefone com mais gosto e floreios do que o necessário. Ela tira seus livros da bolsa enquanto eu me recosto na cadeira, à espera de minhas clientes.

Cinco minutos se passam.

Então dez.

Quinze.

Nem sinal de clientes.

Desbloqueio o telefone e vou rolando a tela em minha conta do Instagram. A foto que Priti postou tem nossa localização marcada e a legenda *De portas abertas!* Tem algumas curtidas, mas ainda nenhum comentário.

Meu telefone zumbe, clico em minhas mensagens e encontro uma nova de Flávia. Diz apenas *boa sorte hoje! :)* Eu sorrio mesmo sem ter intenção. Nada aconteceu entre nós desde aquele dia no quarto dela. Também não conversamos a respeito e não consigo me convencer a perguntar a ela o que aquilo significou, se é que significou algo. Tenho medo demais da resposta.

Mas não consigo negar que o clima está melhor entre nós. Temos trocado mensagens a torto e a direito sobre quase tudo e, sempre que meu telefone apita com uma nova mensagem, não consigo evitar o rubor que se espalha pelo meu rosto e o modo como meu coração acelera seu ritmo.

Quero dizer a mim mesma que não alimente esperanças, mas é difícil argumentar com meu coração quando Flávia passou a semana inteira sorrindo para mim de longe como se desejasse que pudéssemos voltar no tempo e retornar ao quarto dela naquela tarde.

Ainda me lembro da sensação de seus dedos nos meus sob o manto da chuva, e do seu cheiro, e de como seus cachos roçaram meu peito quando quase nos beijamos.

Como é que eu posso pensar com racionalidade quando todas essas memórias estão gravadas em minha mente?

Escrevo uma mensagem rápida em resposta: *obrigada!* <3

Então deleto o coração porque parece demais. Mas sem ele parece que não é o suficiente. Como as pessoas *fazem* isso?

"Olá?", murmura uma voz no outro lado da cortina fechada. Quase pulo de minha cadeira, derrubando meu telefone na mesa.

"Olá!", digo, me atabalhoando ao pegar meu telefone para colocá-lo no bolso. Puxo a cortina para abri-la e me deparo com Janet McKinney e Catherine DeBurg.

"É aqui que estão fazendo as *tattoos* de henna, não é?", pergunta Janet.

"Hã, sim", digo. "Vocês duas querem fazer?"

Catherine troca um olhar com Janet.

"Tudo bem se eu só olhar primeiro e decidir depois?", pergunta ela.

"Claro." Estou tentando não dar risada. Me pergunto se ela sabe que a henna sai em algumas semanas.

Tanto Janet quanto Catherine entram na cabine, sentando-se de frente para Priti. Fecho a cortina outra vez e tomo meu lugar.

"Essa é Priti, minha assistente." Ela acena animada para o par, exibindo suas mãos já adornadas de henna.

"Nós a conhecemos, ela estuda na mesma escola que a gente", diz Catherine, muito embora ela repare em Priti como se fosse a primeira vez que a vê.

"Sim, bem, ela é minha irmã caçula", digo, só para o caso de elas terem esquecido.

Eu entrego a elas a tabela de preços plastificada que criei.

"Esses são os preços", digo, em minha voz de mulher de negócios profissional. "Custa mais fazer um desenho complexo. Também vai levar mais tempo. E..." Entrego a elas meu caderno de desenhos. "Estes são alguns de meus desenhos originais que vocês podem escolher. Se vocês tiverem um outro desenho em mente, provavelmente também posso fazê-lo."

Elas pegam minha tabela plastificada com as sobrancelhas erguidas, parecendo impressionadas. Tento não ficar radiante de orgulho porque tenho que ser profissional, e não acho que rir feito uma lunática seja parte do profissionalismo.

Espero pacientemente enquanto Janet e Catherine examinam meu portfólio de desenhos, muito embora meu coração esteja acelerado demais e eu não me sinta paciente. Estou em algum lugar entre empolgada e absolutamente aterrorizada.

Enfim Janet me entrega o caderno e aponta para um dos desenhos simples. É um aglomerado de flores, folhas e espirais.

Eu sorrio. Fácil.

"Ótimo!", digo, animada. "Esse é o cardápio do restaurante, a propósito, se quiserem pedir alguma coisa enquanto esperam." Entrego a Catherine o cardápio com capa de couro e estendo a mão para meu tubo de henna. "Onde você quer fazer?"

Janet parece considerar isso por um momento, virando a mão de um lado e de outro para dar uma boa olhada.

"Hmm... nas costas da mão."

"Certo, pode colocar sua mão com a palma para baixo e estendida na mesa?", eu peço.

Janet faz exatamente como eu a instruo — muda —, e eu começo. Catherine passa o tempo inteiro inclinada para a frente em sua cadeira, observando o processo de olhos arregalados. No meio do processo, Priti até tira algumas fotos para o perfil do Instagram.

Quando termino, Janet olha para a mão com um sorriso nos lábios. Também estou sorrindo, porque o desenho saiu exatamente como ele aparece no caderno.

"Vai ter que tomar cuidado até secar. Não deve levar mais que trinta minutos, provavelmente até menos, mas quanto mais tempo ficar desse jeito, mais a cor vai pegar."

"E como eu tiro da mão?", pergunta ela. "Tem, tipo... algum produto especial ou coisa assim que eu deva usar?"

Eu contenho um sorriso.

"É só esfregar na pia. Pode ficar meio manchada... a pia, digo... mas deve sair tudo. Tente não lavar com água. Sua mão. Não a pia. A pia você deve lavar com água."

"Tá bom." Janet parece não ter entendido completamente. "Posso tirar uma foto pro Instagram?"

"Claro! Mas pode me marcar nela?"

"Sim." Ela sorri, pescando o celular do bolso. "Sua vez, Cat."

Catherine e Janet trocam de lugar. Catherine ainda não tem certeza, posso dizer pelo modo como ela olha de relance para Janet. "Quanto tempo demora para sair?", pergunta ela.

"Bom, se deixar a cor pegar do modo apropriado, algumas semanas. Mas se você não gostar e decidir tirar, é só falar, porque a cor não vai ter tido tempo de assentar."

Isso parece convencê-la, porque ela faz que sim com a cabeça.

"Quer dar uma outra olhada nos desenhos?", pergunto.

Ela balança a cabeça rapidamente e diz: "Quero o mesmo da Jan, tudo bem?".

"Claro. Mesmo lugar?"

Ela assente e também coloca a mão na mesa, a palma virada para baixo. Ela dá um risinho quando toco sua mão com o tubo de henna.

Contenho outro riso ao me pôr ao trabalho. E me perco nele.

Quinze minutos depois, Catherine está admirando sua mão do mesmo modo que Janet e estou tentando não ficar radiante de orgulho.

"São 15 dólares cada." As duas pagam felizes, murmurando seus obrigadas e palavras de admiração.

Conheço Catherine e Janet há anos e nunca senti por parte delas nada além de indiferença ou mesmo uma ocasional antipatia. Essa é a primeira vez que minhas caras colegas de turma me dirigem algo parecido com respeito. Para ser honesta, a sensação é boa. Para variar, minhas colegas estão de fato admirando minha cultura, em vez de escarnecê-la.

Quer dizer, o que eu amo na cultura bengalesa é muito mais do que a henna ou a comida, mas essas são coisas que podemos partilhar aqui com algum significado.

Acompanho Catherine e Janet até a entrada do restaurante, acenando adeus com meu sorriso mais animado enquanto olho ao redor buscando sinais de mais clientes.

Bom, eu tive duas. Deve significar que há mais a caminho.

Mas quando volto para a cabine, Priti está encarando seu telefone com um olhar de raiva tão ardente que eu sei imediatamente que há algo errado.

"Priti?"

Ela levanta a cabeça para olhar para mim, seu rosto se suavizando. "Apujan…" Ela balança a cabeça. "Acho que sei por que você não teve clientes."

"Racismo e homofobia?", digo gracejando, mas Priti só consegue dar um sorriso fraco.

"Tipo…" Ela dá de ombros antes de estender o telefone erguido para que eu veja. É uma foto no Instagram de um jardim cheio de gente. Tem algo de familiar nela: o lugar e as pessoas. Há tanta gente que primeiro os rostos se misturam em um borrão, mas então eu as identifico: quase todas são meninas de nosso ano. Estão usando camisetas brancas e estão cobertas de tinta vermelha, azul e rosa. E ali, em primeiro plano, está Chyna. Seu cabelo loiro flutua ao seu redor. O vermelho da tinta mancha suas bochechas de um modo gritante contra sua pele pálida.

Na legenda, lê-se *festa holi com tattoos de henna!!!*

Consigo apenas balançar a cabeça. Aquilo era baixo até mesmo para Chyna.

"Ainda faltam meses para o Holi", digo.

Priti suspira. "Acha que Chyna sabe disso? Acha que ela sabe qualquer coisa sobre o Holi além das cores e da oportunidade de conseguir mais pessoas para pagar pela henna dela?"

Sinto um aperto no peito quando me sento de volta na cadeira, me recostando e deixando escapar um suspiro profundo. Priti se aninha ao meu lado e diz: "Não se preocupa, a gente vai dar o troco."

Mas eu não tenho mais certeza disso.

27

Priti toma o ônibus para casa, a mochila a reboque. Ela insistiu que não me deixaria no restaurante para eu ficar me lamuriando sozinha, mas prometi a ela que se ninguém mais aparecesse na hora seguinte, eu faria Abbu me levar de volta para casa de carro.

Mas sem Priti e com a cabine vazia — com exceção de mim e dos meus tubos de henna —, tudo parece pior. Chyna está na casa dela, celebrando algo que não lhe pertence, que ela sequer entende, apenas para ter lucro, enquanto estou aqui, torcendo para que uma terceira cliente apareça antes do fim do horário.

"Oi!"

Quando ergo o olhar, Flávia está espiando pela cortina.

"Posso entrar? Você está... ocupada?"

Pisco os olhos um pouco rápido demais para me certificar de que ela está mesmo aqui. Eu não reparei nela na foto que Chyna postou no Instagram, mas não consigo imaginá-la *não* estando lá. Mas cá está ela.

"Nishat? Quer que eu... volte mais tarde?" Ela olha por cima do ombro, como se bastasse eu dizer que sim e ela daria meia-volta e iria embora.

"Não estou ocupada", digo, dando tapinhas no espaço vazio ao meu lado. Ela entra na cabine.

"O que está fazendo aqui?"

"Bom, eu vi seus posts no Instagram... Pensei em dar uma passada, talvez fazer uma henna nas minhas mãos." Ela ergue a palma como se para me mostrar que veio preparada. Suas duas palmas estão surpreendentemente sem henna, embora haja pitadas de bolhas vermelhas apagadas e manchas, provavelmente da aplicação em outras pessoas. Nenhuma das manchas parece nova.

Eu tomo sua palma e corro um dedo por ela.

"Como é que você não tem henna nas mãos?" Eu estendo minha própria palma, coberta de henna marrom-escura. Também tenho desenhos de henna por toda parte em meus pés e tornozelos, e subindo até meus cotovelos. Eu me tornei minha própria tela nesse empreendimento comercial.

"Não sou muito boa em fazer henna em mim mesma, então não tentei muito."

"Sei..."

Cato meu mostruário de desenhos e o entrego a ela. "Esses são os meus desenhos, mas... não sei se é uma boa ideia dar dinheiro à sua concorrente."

Ela dá de ombros. "Já tive ideias piores."

Ela pega o mostruário e começa a folheá-lo. Eu a examino atentamente, insegura quanto a como perguntar sobre Chyna e sua festa.

"Você é muito boa, Nishat." Ela se detém ao folhear o caderno, correndo as mãos pelas páginas e traçando os desenhos com as pontas dos dedos.

"Achei que eu não entendia de arte... que eu não era uma artista." Minhas palavras saem um pouco mais ressentidas do que eu pretendia, mas Flávia me encara com um sorriso.

"Você já teve algum momento em que sentiu como se sua língua estivesse dizendo palavras sobre as quais você não tem controle, e depois quis poder retirar tudo que disse?"

Dou de ombros. "Talvez. Uma ou duas vezes." Eu com certeza disse e fiz algumas coisas das quais não me orgulho. E a maioria nem faz tanto tempo assim.

"Me desculpe pelo que eu disse." Flávia suspira. "Foi... não sei. Acho que não estava realmente pensando quando disse aquelas coisas..." Por um instante, tenho certeza de que ela vai dizer mais. Em vez disso, ela aponta para um de meus desenhos e exclama: "Eu quero esse aqui!".

Me aproximo lentamente, espiando por cima do ombro dela.

É um de meus desenhos mais intrincados. Só tentei ele uma vez em mim mesma e, desde então, já se apagou. Ele tem como base o desenho de um pavão, um dos mais comuns em Bangladesh.

"Eu não tenho nenhum desenho assim, sabe", diz Flávia, enquanto alcanço meu tubo de henna. "Todos os meus são meio sem sal. Não sei por que as pessoas procuram a mim e não a você."

Eu hesito, incerta sobre como responder a isso e *se* eu devia responder a isso. Eu pego o tubo de henna e começo a tecer o desenho por suas mãos. Alguns minutos de silêncio se passam entre nós, com Flávia observando meu trabalho atentamente e eu tentando, e falhando em, só pensar no desenho.

"Flávia..." Eu me detenho no meio do trabalho, erguendo a cabeça para encontrar o olhar dela. "Por que você não está na casa da Chyna?"

Flávia franze o cenho. "Por que eu estaria na casa da Chyna?"

"Tenho certeza de que sabe da festa."

A expressão de Flávia murcha. "Como você sabe...?"

"Ela postou no Instagram."

"Ah."

"Pois é."

Faz-se um silêncio que paira pesado no ar entre nós por um instante. Então, Flávia dá um suspiro, balançando a cabeça. "Me desculpe", diz ela em uma voz que soa tão sincera que me aperta o coração um pouco forte demais. "A Chyna está... ela está tão inflexível quanto a vencer essa coisa que anda se deixando levar."

Exceto que Chyna sempre foi assim. Ela vem "se deixando levar" pelas coisas a vida inteira.

"Como ela consegue fazer henna sem você?"

Flávia me olha de soslaio, relutante. "Ela... tem estêncis."

"*Estêncis?*" Minha voz sai um pouco mais aguda do que havia sido a intenção. Nada deveria me chocar a essa altura, nem mesmo as pessoas em nossa escola irem para uma "festa Holi" dada por uma garota branca que aplica henna com estêncis. Não depois de tudo.

No entanto, fico chocada mesmo assim.

"Eu disse a ela que não iria para a festa e... essa foi a solução dela." Flávia dá de ombros. "Eu sei que é... feio. A coisa toda é..." Ela balança a cabeça outra vez, como se não conseguisse colocar em palavras o quão feio isso realmente é.

"E você não disse que ela não devia? Que era ofensivo?" Eu sei que Chyna não é o tipo de pessoa que dá ouvidos à razão ou que faz algo porque outras pessoas disseram. Mas é óbvio que Flávia é muito importante para ela. Chyna desistiu de me denunciar pelo roubo dos tubos de henna por causa de Flávia. E também tinha o modo como as duas interagiram na casa de Flávia — casuais e íntimas. Chyna a *escuta* mais do que a qualquer outra pessoa, de todo modo.

Flávia franze a testa em concentração por um instante, como se estivesse fazendo muito esforço para pensar em algo. "Ela me disse que se não podia dar a festa, então eu também não podia fazer henna. Que eram a mesma coisa." Flávia respira fundo. De um modo penoso, como se o peso do mundo estivesse sobre seus ombros e ela não soubesse como se desvencilhar dele. "E ela meio que tem razão, não tem? Fui eu a pessoa que fez ela ter coragem suficiente para achar que não havia problema em fazer isso. Agora eu entendo. O porquê de você ter ficado com raiva de mim, para começo de conversa. Eu só... não estava pensando direito, sabe? Eu fui àquele casamento e simplesmente... achei que podia levar a ideia adiante porque tinha gostado. Eu realmente não pensei em mais nada. E... para ser sincera, meio que só queria ter algo para falar com você quando as aulas começassem."

"Isso... não é verdade." Eu franzo o cenho. "É?"

"É verdade, sim. Eu nunca fiz isso antes, Nishat." Ela está me olhando com os olhos arregalados.

"Isso?"

Ela balança a cabeça e, com um risinho, diz: "Você é meio intimidadora. Tipo, você é tão segura de si e confiante..."

"Você acha que *eu* sou segura de mim?" Minha voz se eleva um tom. "Acha que *eu* sou confiante?"

"Ah, para, Nishat. Você é a pessoa mais segura que eu conheço. Você é tão... Tem toda uma série de coisas nas quais você acredita, e você não se desvia delas só porque pode não ser descolado ou porque as pessoas podem não gostar. Sempre tem firmeza nas suas posições e... você é tão ligada à sua cultura."

"Isso não é ser segura de mim." Sinto uma palpitação cálida em meu peito.

Flávia sorri como se não concordasse muito comigo.

"Eu queria poder ser assim. Às vezes, me sinto como..."

"Se sente como...?"

"Como... não sei. Como se às vezes não me sentisse realmente brasileira, sabe? Ainda mais junto de Chyna e daquele lado da minha família. Parece que eles querem que eu seja uma coisa completamente diferente, e é bem mais fácil me enquadrar. Eu quero que eles gostem de mim. Que me aceitem. Mas..."

Eu de súbito estou ciente de que há uma tristeza em Flávia. Eu não havia notado antes, mas talvez sempre tenha estado ali, por baixo de todo o resto.

"Isso tudo foi por causa disso? Fazer a Chyna e a família dela te aceitarem?"

Flávia solta um suspiro e afasta o cabelo do rosto, manchando-o com o desenho de henna pela metade em sua palma.

"Ah, não!", grita ela, tentando tirar a henna de seus cachos castanhos, mas de alguma forma piorando a situação.

Sei que se fosse Priti estragando o meu trabalho duro, eu estaria bem mais do que irritada. Mas não é. É Flávia, e ela parece alarmada de uma forma tão adorável que me faz sorrir.

Estendo a mão e pego um dos lenços que deixei por perto para uma ocasião exatamente como essa e o uso para dar puxadelas em seu cabelo. A henna pegou em seus cachos finos, colando-os uns nos outros e se recusando a ir embora.

"Sabia que henna faz muito bem para o cabelo?", eu murmuro.

"Sério?"

"É, deixa ele mais saudável. Além disso, é uma tintura natural... digo, para nós, não muito, porque nosso cabelo já é bem escuro, mas..." De súbito fico ciente de que estou segurando o cabelo de Flávia, e ela está a centímetros de distância de mim e me olhando um pouco atentamente demais. Me dou conta de que puxar henna do cabelo de alguém não é bem a coisa mais romântica do mundo, mas parece estranhamente íntimo, sobretudo porque consigo ouvir o som de sua respiração.

Flávia resvala os dedos em minha bochecha, afastando uma mecha do meu próprio cabelo e fazendo uma descarga de eletricidade me atravessar.

Dessa vez, quando nos inclinamos na direção uma da outra, não há interrupções.

Quando nossos lábios enfim se tocam, a sensação é de mil calafrios em minha barriga. Como se meu coração batesse duas vezes mais rápido que o normal. Como se não houvesse nada nem ninguém que eu desejasse mais do que isso.

Quando nos afastamos, Flávia olha para mim como se estivesse surpresa. Como se não tivesse tido em absoluto a intenção de me beijar.

Meu estômago afunda. E se ela achar que isso foi mais um engano?

Antes que eu possa continuar a me perguntar isso, ela se inclina para a frente até nossas testas se tocarem, roçando o nariz no meu. Posso sentir seu hálito quente em minha pele.

"Você está com cheiro de henna", diz ela. O que é totalmente apropriado, creio eu.

Franzo o nariz e me afasto dela. Estamos cercadas pelo cheiro terroso da henna e eu na verdade não tenho certeza se ele está vindo dela, de mim ou dos tubos na mesa. Ou de tudo isso junto.

"É ruim?"

Ela sorri, entrelaça os dedos nos meus e me puxa para perto.

"Eu amo cheiro de henna." Ela me beija outra vez, porém é pouco mais do que um casto selinho. Eu quero que dure mais. Quero me perder nele. Nela.

Mas ela se afasta e suspira. "Eu não sei o que estou fazendo, Nishat."

"O que quer dizer?"

"Tipo... Isso... Você... Eu estou..." Ela balança a cabeça.

"Confusa?" Eu me lembro de quando também me sentia assim. Eu ficava confusa porque não conseguia ver a graça em todos os homens que todo mundo considerava atraentes. Conseguia ver de uma forma abstrata, distante, creio eu. Mas eles nunca fizeram meu coração disparar do modo como as garotas faziam. Como as garotas fazem.

Creio que eu ficava menos confusa com o que eu sentia e mais com o que os outros esperavam que eu sentisse.

Mas como Flávia pode estar confusa depois de me beijar daquele jeito um instante atrás?

"Com medo", admite ela, enfim. Baixinho. "De contar às pessoas. À Chyna."

"Sinto muito", eu murmuro. "Eu sei como é. Contar às pessoas. Meus pais... não aceitaram muito bem."

"Eu contei à minha mãe."

"Contou?"

Ela assente. "Faz um tempinho. Ano passado... quando... tipo... Tinha essa garota..."

Algo que se assimila curiosamente à raiva brota dentro de mim. Ciúmes? Empurro esse sentimento para o mais fundo que posso, tentando parecer o mais despreocupada possível ao dizer: "Ah, é?".

"Quer dizer, foi... diferente. Disso, de você. Não aconteceu nada. Mas eu fiquei confusa e... eu confio na minha mãe, sabe? A gente é próxima. Então eu disse a ela... não sei. Disse que achava que podia ser bissexual."

"E...?"

Ela sorri. "Ela foi... Quer dizer, acho que ela não estava esperando. E levou um tempo até entrar na cabeça dela. Mas acho que ela está de boa. Ela nunca fez estardalhaço nem nada."

"Ah, que... que bom. Fico feliz." Fico mesmo feliz, mas essa sensação, algo parecido com inveja, se infiltra para dentro de mim outra vez, se arrastando por minha pele e enfiando as garras em meu coração. Dessa vez não é por causa de garota nenhuma, mas por causa do modo como

Flávia pareceu tão despreocupada quanto à sua mãe não ter feito um estardalhaço. Tenho inveja por essa revelação ter sido tão fácil para ela, quando a mim custou minha família.

Flávia coloca uma mecha do meu cabelo atrás da orelha, e seus dedos roçando minha pele fazem um calor escaldante subir à superfície. Ainda estamos tão próximas uma da outra que poderíamos nos tocar em um piscar de olhos. Tenho que colocar meus pensamentos de volta nos trilhos. Só de vê-la, de pensar nela, já me lança em um ataranto.

"Posso te perguntar uma coisa?"

"Claro."

"Se você sabia que era bissexual... por que ficou toda estranha depois da festa do Certificado Júnior?"

Ela baixa o olhar para suas palmas manchadas de laranja como se elas fossem ter a resposta para minha pergunta. "Você conhece algum brasileiro, Nishat?"

"Eu conheço você."

"Além de mim?" Ela sorri.

Há muitos brasileiros na Irlanda, mas em nossa escola, até onde sei, Flávia é a única garota brasileira. Então, balanço a cabeça devagar.

"Bom... não é exatamente fácil ser brasileira aqui, sabe? Quando as pessoas pensam no Brasil, elas pensam em... sei lá, futebol, Carnaval, farra, essas coisas. E todos os garotos pensam que, por ser brasileira, eu vou topar de tudo. Você não sabe como eles olham pra mim, as coisas que eles dizem. E a Chyna não entende. Ela meio que encoraja isso. Depois da festa, eu não parava de pensar em como seria ainda pior se eu fosse mesmo bissexual. Brasileira e bissexual? Não iam parar de me azucrinar nunca mais."

"Eu entendo", digo, embora não ache que entenda de fato. Mas quero entender. Estou tentando entender. "A Chyna é assim tão importante para você?"

"Não é só a Chyna...", diz ela, hesitante, como se estivesse mesmo selecionando e escolhendo as palavras. "É só que... minha mãe me trouxe de volta para cá porque achou que seria bom para mim poder conhecer meu pai e o lado dele da família. Mesmo que eles sejam meio conservadores, um pouco diferentes de nós. E... sim, a Chyna e eu tivemos essa ligação a vida inteira. Não sei como explicar. Não posso exatamente jogar isso fora."

Flávia pode não entender, mas acredito que eu, sim, após ver o jeito como elas são quando estão juntas, sem inibições; é assim que nós somos com as pessoas que amamos.

Não digo nada disso à Flávia. Em vez disso, digo: "Família pode ser difícil. Complicado. Eu entendo".

Ela me puxa um pouco mais para perto. "Sinto muito, Nishat. Vou tentar dar um jeito nisso."

Não tenho certeza de que ela vai dar, nem mesmo se ela pode. O que sei mesmo é do meu desejo de que este momento dure, se estenda em mais um milhão de momentos para dividirmos. Então faço que sim, escolhendo acreditar nela.

28

Acordo no domingo ainda pensando no beijo em Flávia. Estou fervilhando com um tipo de felicidade que não sinto há um longo tempo. Claro, meus pais ainda estão superesquisitos em relação à minha sexualidade. E a escola inteira sabe e está fofocando sobre mim. Isso quando não estão fazendo coisas como se recusar a usar o mesmo vestiário que eu. Mas nada disso tem muita importância neste momento.

Mais tarde, ainda pela manhã, Chaewon e Jess aparecem no restaurante com sorrisos reluzentes. Estou sozinha lá. Priti ficou em casa, decidiu não sair de seu quarto e não o faz desde o café da manhã.

"Estou pronta para ser embelezada!", exclama Jess enquanto passa para dentro da cabine e começa a folhear meu mostruário de desenhos. Chaewon revira os olhos, mas abre para mim um sorriso largo.

"Já teve muitos clientes?", pergunta ela.

Balanço a cabeça. "Chyna... decidiu fazer uma festa ontem na mesma hora em que meu estande estava aberto."

"É sério?", pergunta Chaewon. Dou de ombros. Afinal de contas, o que mais há para ser dito?

"A gente precisa dar o troco nelas!" Jess dá uma pancada na mesa com o punho, antes de recolher a mão e esfregar os dedos. "Mesa dura", diz, encabulada.

Eu engulo um sorriso. "Qual é, vamos esquecer isso, tá bom? Vocês são minhas primeiras clientes do dia!" Para minha surpresa, elas mudam de assunto e me deixam aplicar henna nas duas mãos de ambas, desde detrás das pontas de seus dedos até seus cotovelos. Parecem prontas para um casamento na hora em que termino. Até faço um desconto para amigos e família, mesmo que elas insistam em pagar o preço cheio.

Nenhuma outra cliente aparece. Não estou exatamente surpresa, mas não consigo evitar a decepção que me inunda.

Flávia: *Ainda no restaurante?*

A mensagem de Flávia chega quando já estou guardando tudo, pronta para ir embora.

Saindo agora!, digito em resposta. Os três pontos indicando que Flávia está digitando aparecem imediatamente, como se ela estivesse à espera de que eu respondesse sua mensagem.

Me encontra no centro em 15 min?

E é assim que me vejo no Gino's quinze minutos depois, dividindo um sorvete com Flávia. Está fazendo apenas quatro graus lá fora, então é provável que um sorvete não seja a melhor das ideias, mas se as pessoas na Irlanda deixassem que o clima as impedisse de tomar um sorvete, elas raramente teriam essa chance.

O bom, é claro, é que o Gino's está quase vazio. Há só um casal em um canto que talvez esteja ficando um pouquinho à vontade demais e uma família de três pessoas que é um pouquinho barulhenta demais, porém nada que interrompa os dedos de Flávia entrelaçados aos meus, ou seu olhar me perfurando.

"Isso é... um encontro?" A pergunta escapole de mim antes que eu possa impedi-la e me sinto aquecer de imediato.

Flávia abre um sorriso largo. "Se você quiser que seja..."

"Você pagou o meu sorvete... isso é um comportamento típico de encontro", eu murmuro.

O sorriso de Flávia se alarga. "Claro, e ficar de mãos dadas e dividir um sorvete são coisas normais de amigas."

Eu chuto o pé dela por baixo da mesa e digo: "Nunca tive um encontro antes. Não sei o que se faz em um".

Flávia deixa escapar uma breve risada. "Sim, isso é um encontro. E é com certeza um dos melhores que já tive."

"Você só está dizendo isso para fazer eu me sentir melhor."

Ela balança a cabeça, apertando meus dedos. "Qual é, Nishat." O modo como ela diz isso é tão reconfortante — grave e rouco —, como se fosse um segredo destinado só a mim. Um momento destinado apenas a nós.

Após nosso sorvete de chocolate belga e Nutella, Flávia enlaça meu braço com o dela e me arrasta na direção da Ponte Ha'penny.

"Eu devia estar indo para casa", digo, sem fazer absolutamente nenhum esforço para me desenredar dela.

"Daqui a pouco você vai", ela me tranquiliza. Não acredito nela e nem quero.

Subimos a escada da ponte. É domingo e ainda há uma grande multidão passando por cada lado. Flávia nos puxa para o meio. Em um dos lados, podemos ver a Ponte O'Connell, ampla e robusta, transbordando de gente e carros.

Mas Flávia vira para o outro lado. Pelos gradis brancos da Ponte Ha'penny podemos ver o Rio Liffey enquanto o sol poente transforma a cidade em um caleidoscópio.

"Quando eu era pequena, minha mãe costumava me trazer aqui." Flávia solta minha mão e fica na ponta dos pés para poder admirar o pôr do sol em toda a sua glória. Vejo as cores defletirem dela, iluminando seu cabelo, seus olhos. A curva de seus lábios. Quero beijá-la, mas parece estranho fazer isso em um lugar lotado.

"Ela me falava sobre São Paulo enquanto o sol se punha."

"Você queria poder ir para lá?", pergunto, titubeante.

Ela assente, embora não olhe para mim. "É, às vezes. É como se eu tivesse essa estranha atração por um lugar que mal conheço. Eu não entendo. Minha irmã foi para lá há dois anos com o namorado. Ela disse que talvez a gente possa ir juntas quando ela terminar o mestrado, ano que vem."

"Seria bom, né?" Penso em minha própria época em Bangladesh; tive sorte por crescer com minha família por perto, aprendi sobre minha cultura e minha língua.

"Pois é..." O olhar de Flávia enfim encontra o meu. "É só que... meio que me deixa nervosa, também."

Deslizo meus dedos pelos dela outra vez e avanço para mais perto. Os passantes nem ligam para as duas garotas paradas no meio da rua ou para o fulgor alaranjado que o sol lançou sobre todos nós.

"Eu entendo. Morei em Bangladesh por vários anos, mas voltar ainda é algo que me deixa ansiosa."

Flávia sorri e se vira para o céu novamente. "Primeiro encontro vendo o pôr do sol. É meio brega."

"É fofo."

Ela me dá um sorriso encabulado. "Então... brega?"

"Romântico." As palavras escapolem, com mais coragem do que sinto.

O sorriso dela se alarga. Ela me puxa para mais perto. De repente, é como se não houvesse mais ninguém além de nós na lotada ponte de Dublin quando ela junta os lábios dela aos meus.

29

Na sexta-feira, realizamos nossa segunda exposição. Acordo cedo para chegar na escola e preparar tudo antes de todas as outras alunas chegarem. Depois do que aconteceu durante o primeiro evento, não consigo evitar o nervosismo. Eu sei que não podem me tirar do armário outra vez, e devia estar exultante pelo fato de que Flávia e eu estamos... alguma coisa. Mas nada disso faz a sensação pesada em meu peito ir embora.

"Vamos à sua escola à tarde", me lembra Ammu quando estou prestes a sair porta afora. Quase tinha me esquecido de que os pais haviam sido convidados para a feira de hoje, ainda mais considerando que mal tínhamos nos falado desde que me revelaram para a escola inteira.

"Como vocês souberam?" Sei que é a pergunta errada a fazer, mas ela escapole antes que eu possa impedi-la.

"Recebemos uma mensagem."

"Abbu também vai?"

Ela assente e enfim olha em meus olhos. Ela entreabre os lábios por um instante, como se estivesse prestes a dizer alguma coisa.

"Nishat, eu...", começa ela. Seus olhos perfuram os meus, e eu não sei o que esperar. "... boa sorte hoje", conclui, irresoluta.

Queria que Priti estivesse aqui, mas é provável que ela ainda esteja dormindo. Meu corpo inteiro treme a caminho da escola. Ammu me desejou sorte, mas isso não significa nada. Mesmo que tenha sido o máximo que ela disse a mim em um longo tempo.

Não sei como vou poder entreter meus pais na escola hoje. Não sei como vou poder encará-los estando nas mesmas imediações de Flávia e fingir que eles não me rejeitaram.

Engulo em seco minha ansiedade e olho firme à minha frente para a chuva que se esparrama pelo para-brisas do ônibus. Só preciso achar um modo de atravessar esse dia sem deixar a peteca cair.

Na escola, penduro a faixa de Flávia em meu estande, admirando o modo como ela se encaixa com perfeição na estética de meu negócio como um todo. As cores são exatamente as mesmas que assentam na pele depois de a henna secar.

Chaewon e Jess chegam segurando uma caixa de materiais enquanto estou arrumando meus tubos de henna e meu mostruário de desenhos na mesa à minha frente.

"Uau, bela faixa", comenta Jess, acenando com a cabeça para ela, admirada. "Você mesma quem fez?"

"Por favor." Reviro os olhos, porque Jess definitivamente não deveria ser assim tão ingênua.

"Priti?", pergunta Chaewon, reparando na faixa com admiração.

Me pergunto por um momento como Chaewon e Jess encarariam o fato de que foi Flávia, o que exatamente elas pensariam disso. Mas apenas balanço a cabeça e mudo de assunto.

"Vocês duas não deviam estar no estande de vocês, se preparando? É uma grande feira. Os pais de vocês não vêm?"

Chaewon faz que sim com a cabeça, animada, como se mal pudesse esperar seus pais aparecerem. "Minha mãe está muito empolgada pelo pessoal da escola gostar das coisas que estamos vendendo. Ela disse que é um sucesso na Coreia, mas que não achava que os jovens daqui também iriam gostar." Ela dá um sorriso tão largo que estou surpresa de ele não machucar seus lábios.

"Enfim, estamos aqui para ajudá-la!" Jess dramaticamente pousa na mesa a caixa que estava carregando. "Trouxemos algo para dar uma ajuda com seu estande."

"Sério?"

"Pois é." Jess dá de ombros. "Tipo, você está aqui sozinha e..."

"... é meio que culpa nossa", conclui Chaewon com um sorriso encabulado.

"Nós tivemos visões criativas diferentes", é tudo que eu digo, antes de passar a revirar a caixa. Está cheia de pisca-piscas e papel crepom colorido. "Obrigada."

Jess e Chaewon terminam de me ajudar a montar tudo, pendurando os pisca-piscas e espalhando papel crepom ao redor da barraca até ela parecer meio mágica.

A feira tem um bom início. Muito embora quase todas as outras barracas recebam mais atenção que a minha, umas poucas retardatárias param nela e me deixam pintar suas mãos com henna. Não é muito, mas é a maior quantidade de clientes que tenho desde que essa coisa toda começou.

Passada uma hora de feira, Jess vem até mim, acenando com a cabeça para minha mesa, em aprovação. "Fizemos um trabalho muito bom."

Eu reviro os olhos. "Fizeram, sim. Com o de vocês também." O estande delas tem clientes o tempo inteiro. A maioria alunas e professoras, mas mesmo os pais que chegaram cedo foram atraídos até lá.

"E aí, vai fazer minha henna?", pergunta Jess, tomando uma cadeira. "O outro lado." Ela expõe a palma vazia.

"Claro." Eu sorrio e entrego a ela meu mostruário de desenhos, deixando tudo pronto enquanto ela decide qual desenho de henna vai fazer.

Assim que escolhe, ela coloca a mão esticada na mesa à minha frente e a minha paira sobre a dela, o tubo de henna de prontidão.

"Eu queria dizer que sinto muito." O acometimento súbito me distrai de meu trabalho. Quando ergo os olhos, ela está me analisando com os cantos da boca franzidos. Nunca antes a vi tão séria.

"Você já pediu desculpas", digo.

"Não de fato. Não pelo que é importante." Jess suspira. "Tipo... por não acreditar em você sobre Chyna. E por te abandonar ao léu em vez de apoiar sua ideia para o ateliê de henna."

"Tudo bem. Você está me apoiando agora."

"Como é que..." Ela para e respira fundo. "Como é que você nunca contou para a gente que é gay?"

Só consigo dar de ombros. Por que nunca contei a elas? Não é por nunca ter pensado a respeito, mas depois que contei a Ammu e Abbu, a sensação foi de que uma cortina havia caído sobre essa parte minha. Uma cortina que eu não conseguia abrir, não importa o quanto eu tentasse. Toda vez que pensava em contar a elas, em contar a qualquer um, só me lembrava do que Ammu havia me dito sobre fazer escolhas. Eu sei que não se trata de fazer escolhas, mas contar a outras pessoas seria como confirmar aquilo de que Ammu mais tinha medo: eu escolhendo trazer vergonha para a família. E eu não tinha certeza se conseguiria lidar com a rejeição e a perda uma segunda vez.

Jess franze o cenho, como se estivesse realmente pensando a respeito. Me preocupo que ela vá ficar com raiva e soltar os cachorros. Afinal de contas, ela e eu não tivemos o melhor dos históricos nos últimos tempos. Mas ela assente e aquieta a mão sob a minha.

"Acho que entendo. Eu provavelmente também não teria contado, se fosse você. Ainda mais... depois de tudo." Espero que ela vá dizer mais, fazer mais perguntas. Mas ela não diz nada. Apenas olha para mim com expectativa e a mão projetada à sua frente.

Assim que me inclino para trabalhar na henna, é como se tivesse deixado o barulhento e abafado salão do St. Catherine e adentrasse meu próprio mundo. Um mundo onde só há eu, a henna e a mão de Jess. Nem mesmo Jess, apenas sua mão, como se ela tivesse se desmembrado e flutuasse. Mal sinto sua presença enquanto trabalho, então quando ela se inclina para a frente e uma mecha de seu cabelo castanho roça meu ombro, dou um pulo com a surpresa. Uma linha fina e escura de henna abre caminho por seu antebraço abaixo.

"Desculpa!", exclama Jess ao mesmo tempo que eu. Cato um lenço de minha mesa e dou leves batidinhas em seu braço.

"Só estava tentando olhar direitinho." Sua voz está mais alta que de costume.

"Está tudo bem. Olha." Há uma linha pálida se desvanecendo no lugar onde borrei a henna, mas é mais ou menos invisível e deve sumir em poucos minutos.

"Você fica tão concentrada quando está trabalhando", comenta Jess.

Eu coro, porque não tenho certeza se isso é um elogio ou um insulto.

"Henna exige concentração."

"Eu sei, eu sei. Só..." Ela respira fundo e se reclina em sua cadeira, afastando uma mecha de cabelo para trás da orelha. "Eu devia ter escutado você antes. Quando você queria que nós três fizéssemos isso. Eu fui... Eu não entendi direito. E você é... Uau, você é tão talentosa!" Ela agora está olhando para seu próprio braço coberto de henna. Tento não sorrir porque isso me faria parecer condescendente, mas eu meio que também quero dizer "Há! Eu não falei?!".

Em vez disso, digo: "Obrigada".

**

Ninguém mais aparece em minha barraca até o intervalo para o almoço. A maioria das meninas que vieram era de anos anteriores, liberadas para se aventurarem pelo salão durante a manhã; estou torcendo para que, depois do almoço, quando mais adultos aparecerem, eu tenha um pouco mais de clientela. Tento não me aborrecer com o fato de que houve um fluxo constante de pessoas na barraca de Flávia e Chyna quando aceno ao passar por elas para me juntar a Chaewon e Jess para almoçar.

"Você *tem* que ver algumas das outras barracas quando estiver livre", diz Jess empolgada, dando uma mordida em seu sanduíche e falando com a boca meio aberta e meio cheia. "Tem umas coisas muito legais. Você viu o estande de bichinhos de pelúcia feitos à mão? É incrível!"

"Não tenho ninguém para cuidar do meu estande se eu for dar um rolê." Dou de ombros. Jess fecha a boca e lança a Chaewon um olhar de relance culpado. "Não era para isso ser qualquer acusação a vocês", eu acrescento rapidamente. "Estou só dizendo."

Jess e Chaewon não mencionam mais os outros estandes durante o almoço, mas eu de fato mando uma mensagem para Priti para que ela se apresse e venha me ajudar com o estande quando puder.

Ela responde você sabe que eu tenho a prova do cert júnior*!!!!!!!!*, antes de imediatamente complementar com *Chego aí depois do almoço*.

Após o almoço, seguimos todas em passos lentos rumo ao salão quase vazio. Chaewon e Jess se apressam até o estande delas e eu as sigo, passando por Flávia e Chyna. Flávia me dá um sorriso secreto e fugaz quando passo por ela e não consigo evitar a descarga de eletricidade que me atravessa ao vê-lo.

O estande de Chaewon e Jess fica bem no meio de tudo. O lugar absolutamente perfeito. Assim que chegamos lá, Chaewon começa a examinar as coisas, garantindo que esteja tudo perfeito. Jess a observa com uma expressão pensativa no rosto.

"Queria que seu estande fosse mais perto para que pudéssemos nos ajudar", diz ela.

Eu também queria. Uma mãozinha viria bem a calhar.

Dou de ombros. "Tudo bem. Priti está vindo me ajudar."

Vou andando devagar até meu canto quase isolado e paro no ato.

"Que bela estrutura você tem aqui!"

Eu me viro e encontro Cáit O'Connell sorrindo de forma maliciosa, seus olhos pulando de mim para a "estrutura" da mesa à minha frente. Não está nem de perto parecida com como a deixei. A faixa que Flávia fez para mim está rasgada ao meio, com bordas denteadas onde antes havia *Mehndi da Nishat*. Os pisca-piscas que Jess e Chaewon haviam pendurado cuidadosamente ao redor de toda a mesa foram arrancados e estão caídos no chão, o vidro da maioria deles quebrado.

Corro até a mesa, tentando segurar o nó em minha garganta e as lágrimas ardendo por trás de meus olhos. Os tubos de henna que eu havia disposto com cuidado sobre a mesa estão todos rasgados e a henna mancha o papel crepom e a mesa, mas estou mais preocupada com meu mostruário de desenhos, que enfiei em um canto escondido.

Deixo escapar um suspiro de alívio quando enfim o encontro debaixo da mesa. Seja lá quem fez isso deve tê-lo derrubado por acidente e nem notou. As páginas soltas que coloquei dentro dele estão espalhadas pelo chão sujo, mas ilesas. Enfio-as de volta e puxo o livro para junto do peito. Nunca antes fiquei tão feliz em ver um livro, e eu costumo ficar bem feliz ao vê-los.

Mas ainda há o fato de meu estande ter sido vandalizado.

Quando ergo o olhar da mesa, Cáit já voltou ao seu próprio estande, arrumando diferentes cosméticos em uma linha reta. O resto do salão está inundado por um barulho alegre — de trabalho, brincadeira, empolgação.

Afundo em minha cadeira. Todo o meu trabalho duro foi perdido. Assim, do nada.

"Que diabos aconteceu aqui?" Jess e Chaewon estão de pé na minha frente; Jess está olhando feio para a mesa vazia com as sobrancelhas franzidas, como se tivessem feito mal a ela, e Chaewon está me examinando com olhos suaves, como se eu fosse um cachorrinho que alguém chutou e ela precisa proteger.

"Alguém... Não sei, alguém estragou a minha mesa." Eu de algum modo consigo colocar as palavras para fora, muito embora o nó em minha garganta tenha montado acampamento sem nenhum sinal de que fosse se dissipar em breve.

"Temos que contar para a srta. Montgomery!", diz Chaewon, ao mesmo tempo em que Jess lança um olhar fuzilante para o outro lado do salão e declara: "Eu vou matar a Chyna!".

"Você não sabe se foi ela", interpõe Chaewon.

"Quem mais teria sido?"

Eu balanço a cabeça. "Pode ter sido qualquer uma", digo. Penso no modo como Cáit sorriu maliciosamente para mim quando me aproximei. Foi ela quem fez isso? Chyna? Ali? A lista de pessoas que me odeiam pelo simples fato de eu ser quem sou é longa demais, e não sei se eu faria algo a respeito mesmo se soubesse quem fez isso.

30

"Apujan!" A voz de Priti corta a multidão que dispara pelo salão, os olhos agitados assimilando tudo que está sendo oferecido. Ela sorri de orelha a orelha, até reparar em meu estande triste e detonado.

"O que aconteceu?", pergunta ela.

Estive tentando arrumar tudo. Tive sucesso em limpar a henna derramada e arrumei os pisca-piscas quebrados, mas ainda há caquinhos de vidro e pedaços de papel crepom espalhados para todo lado. Eu dobrei a faixa retalhada e coloquei na mochila. Não há como restaurá-la, mas a ideia de jogá-la fora faz meu coração doer.

"Alguém destruiu meu estande", digo. As pessoas que passam têm me dirigido olhares empáticos, mas pelo visto não com empatia o suficiente para oferecer ajuda.

"Ali?", sussurra Priti.

Dou de ombros. "Não sei, talvez. Isso nem importa."

"Você devia contar à srta. Montgomery." Ela olha em volta, mas a srta. Montgomery ainda não voltou do intervalo do almoço. "Tá, então a srta. Grenham. Ou..."

"Não", eu a interrompo com firmeza. "E elas vão fazer o quê?"

Priti não sabe que me atrasei para a educação física quase todo dia desde que me tiraram do armário porque agora tenho que me trocar depois de todas as outras meninas já terem saído. Ela não sabe das coisas que eu às vezes ouço elas sussurrarem sobre mim. Ela não sabe que não há nada a ser feito quanto a tudo isso. Assim como ninguém nunca tirou satisfações com Chyna por todas as coisas terrivelmente racistas que ela fez, ninguém nesta escola vai encarar as consequências por sua homofobia.

"Apujan..."

"Só deixe isso pra lá", digo.

Ela franze o cenho, antes de lançar um olhar de relance por cima do ombro. "Não sei se você vai ter muita escolha, Apujan. Ammu e Abbu estão aqui."

"Como é?"

Quando ergo os olhos e sigo seu olhar, consigo discernir meus pais avançando em meio à multidão, destacando-se dos demais. Ammu está usando um saree verde e vermelho, que só a vi usar no Noboborsho, o Ano-Novo bengalês. Abbu também optou pelo estilo tradicional, com um Panjabi branco-pérola com colarinho, com um sutil desenho preto e dourado ao longo das barras. Os dois estão elegantes demais para um evento escolar normal; posso ver algumas das outras meninas, e *um monte* dos outros pais, olhando para eles com as sobrancelhas erguidas.

Se este fosse qualquer outro dia, eu poderia ter ficado constrangida, mas neste exato momento eu, na verdade, sinto uma torrente de orgulho e alegria. Seus trajes elegantes são uma óbvia demonstração de apoio.

Eles param em frente ao meu estande com os cantos da boca franzidos e trocam um rápido olhar. Falando naquela língua exclusiva e única que sempre tiveram.

"O que é isso?", pergunta Ammu. "Este é o seu estande?"

Sei que ela não disse isso como um insulto, mas estremeço.

"É que..." Não sei como concatenar as palavras para contar a eles o que houve, mas antes que eu possa tentar, Priti intervém.

"Alguém o destruiu!"

"Como é?", pergunta Abbu, uma das sobrancelhas erguida.

Fuzilo Priti com o olhar. "Eu voltei do almoço e minhas coisas estavam todas... arrebentadas."

Abbu e Ammu trocam outro olhar. Então, para minha surpresa, Ammu dá um passo à frente e se estatela na cadeira que coloquei para os clientes. Ela parece pequena e desconfortável, como quem sente que não se encaixa ali, ainda mais usando seu saree.

"E então?" Ela ergue o olhar para mim. "Não vai fazer minha mehndi?"

Cato um dos únicos tubos de henna que não foram retalhados e começo a tecer padrões de henna em sua mão enquanto Abbu vai dar uma volta pelo salão com Priti.

"Vou sondar a concorrência!", diz Priti com um pouco de prazer demais em sua voz, enquanto Abbu balança a cabeça, como se não tivesse muita certeza de como ela acabou sobrando para ele.

"Isso acontece com muita frequência?", pergunta Ammu depois de tanto tempo que já estou desenhando flores nas pontas de seus dedos; sua palma e seu antebraço já estão cobertos de henna.

"Henna?" Ergo o olhar e vejo que ela me encara um pouco atentamente demais.

"Não, não a henna." Ela acena com a cabeça para a mesa vazia. "O que aconteceu com seu estande."

"Ah." Eu tomo sua palma outra vez e desenho uma flor na ponta de seu dedo anelar. "Não *isso*, em específico."

"Mas outras coisas?"

"Às vezes, sim." Sinto a ardência das lágrimas em meus olhos e pisco para afastá-las. Não quero ter essa conversa com ninguém, muito menos com Ammu, bem agora que parecemos, enfim, estar nos reconciliando de algum modo.

O silêncio paira entre nós até que eu finalmente termino sua henna. Então ela fita as mãos como se fosse a primeira vez que as vê.

"Você sabe que sua Nanu vai tentar fazer um museu para seus desenhos de henna quando ela vir seu trabalho, não sabe?"

Eu contenho um sorriso, mas não consigo evitar o modo como o calor se espalha por todo o meu corpo.

"Gostou?", pergunto.

"Ficou lindo", diz Ammu.

* * *

Estou entre o alívio e a tristeza quando o dia finalmente chega ao fim e posso guardar minhas coisas e ir para casa.

"Sabe, os outros negócios não são tão originais quanto o seu", Abbu me diz no carro, entre as Rabindranath sangits.

"Nem tão talentosos", acrescenta Ammu com um aceno de cabeça na direção de Abbu.

"É óbvio que elas estão com muita inveja de você para terem feito o que fizeram", diz Priti, cruzando os braços e olhando pela janela. Ela provavelmente está falando de Ali. Mas duvido que algo daquilo tenha sido por inveja.

"Não importa", eu suspiro. "Só mais algumas semanas..." Considerando o modo como minhas clientes minguaram depressa de poucas para nenhuma, tenho sérias dúvidas de que eu esteja no páreo. Não importa o quanto minha ideia seja original ou o quanto eu aparentemente seja talentosa.

Para minha surpresa, alguns minutos após chegarmos em casa, a campainha toca. Quando abro a porta, Flávia está na entrada, o rosto corado pelo frio.

"Oi...", diz ela. Eu a vi de canto de olho algumas vezes durante a feira hoje, mas nossos estandes eram distantes, e depois que encontrei o meu estande detonado, não pude nem pensar em ir até o dela.

"Oi."

Ela me dá um sorriso hesitante e diz: "Você sabe que não foi a Chyna. Ela esteve comigo o dia inteiro."

Eu balanço a cabeça. "Entra." Me ponho de lado para permitir que ela passe e a porta se fecha atrás de nós.

Ficamos na soleira, reparando uma na outra como se essa talvez fosse a última vez em que seremos capazes de fazê-lo. A sensação é muito mais dramática do que deveria, e tudo em que estou realmente pensando é naquele dia na casa dela e em como ela se despediu de mim em sua porta colocando meu cabelo atrás de minha orelha. Sinto arrepios irromperem por minha pele só de pensar.

"Chá?" Passo por ela em direção à cozinha.

"Claro."

Ponho a chaleira no fogo e pego duas canecas do armário, deixando-as preparadas com os saquinhos de chá.

"Quer se sentar?"

Flávia olha para as rijas cadeiras de madeira junto da mesa de jantar e assente. Ela se acomoda em uma, parecendo deslocada e desconfortável. Eu levo o chá até ela e tomo meu lugar no lado oposto da mesa.

"Então..."

"Então..."

Ela aninha a caneca em sua mão, mas não bebe. Me dou conta de que nem perguntei como ela gosta do chá. Simplesmente o fiz do modo como o faço para mim mesma. Eu devia ter perguntado. Agora, ela vai tomar uma caneca de chá horrível e talvez essa vá ser a única coisa da qual ela vá se lembrar a respeito de mim e do nosso relacionamento. Vou ser a garota que ela beijou que tinha cheiro de henna, que faz um chá horrível e que a fez se sentar em uma cadeira dura e desconfortável durante um silêncio ainda mais desconfortável, porque conversar era difícil demais para ela.

"Acho que...", digo, ao mesmo tempo em que ela diz: "Andei pensando...".

Nós duas nos detemos. Encontramos os olhos uma da outra. Os sorrisos se espalham por nossos rostos ao mesmo tempo.

Flávia estende a mão pela mesa até seus dedos encontrarem os meus. Ela os entrelaça. Nossas mãos se encaixam perfeitamente. A dela ainda está fria por ter vindo de lá de fora. A minha está morna por causa do chá.

"Andei pensando no que aconteceu hoje e... sinto muito. Eu devia ter procurado você. Falado com você. Mandado uma mensagem para você. Alguma coisa. Quer dizer, não foi a Chyna, mas ela não ficou exatamente triste por causa disso. Ela já vem dizendo coisas sobre você há um bom tempo." Ela aperta mais minha mão. "É só que tenho estado com muito medo de que todo mundo vire e faça o mesmo comigo se eu botar a boca no mundo. De que eles saibam. Eu... ainda não estou pronta pra que alguém saiba."

Eu solto o ar. As peças de minha decisão se juntam em minha cabeça, como um quebra-cabeça que enfim vai se montando.

"Eu entendo."

"Entende?" Ela ergue uma sobrancelha.

"Entendo, mas..."

Ela suspira. "Lá vem."

"Acho só que não consigo lidar com isso agora. Não com tudo que vem acontecendo e... com a Chyna sendo sua prima... eu só... não consigo fingir e me esconder. Não posso me esgueirar por aí por você. Não posso..."

"Eu não estou pedindo..."

"Eu sei." Eu a interrompo porque sei mesmo. Flávia deve contar aos outros quando estiver pronta. Quando quiser. Quando achar que é a hora dela. Deve contar a eles por ela, não por mim. Mas isso não muda o que sinto. Não posso voltar atrás no fato de que Ali me tirou do armário. Eu não quero voltar atrás. E ficar me escondendo com Flávia seria um retrocesso, não um avanço. "Acho que eu só não consigo lidar com isso. Estar com você, mas... ter que lidar com elas. Sendo que elas não sabem. E as coisas que elas vão dizer... sobre mim e minha família. Não posso aceitar isso."

Ela assente. Sua mão aperta a minha por um instante. O calor dela se espalha por mim.

Então ela recolhe a mão. A distância entre nós de repente parece ser de quilômetros. É inconcebível que apenas há um instante estivéssemos nos tocando.

"Eu entendo." Sua voz falha de um modo que eu desejo não ter ouvido. "Acho que vou indo."

"Flávia."

"Você tem razão. Por favor, não diga mais nada." Ela se levanta da cadeira e eu apenas observo. Não há mesmo nada mais que eu possa dizer. Reconfortá-la não vai melhorar as coisas. E não seria honesto.

"Posso..." Ela para e me olha nos olhos. "Eu quero sair do concurso. Tudo que aconteceu... Está tudo errado. Eu agora vejo isso, e devia ter visto antes. Você sempre teve razão, e eu sempre soube. Eu só... não queria aceitar."

Eu balanço a cabeça. "Não quero vencer porque você deixou", digo. "Quero vencer porque mereci."

"Mesmo que tudo esteja jogando contra você?"

Dou de ombros. "Mesmo que tudo esteja jogando contra mim."

"Eu sinto muito."

"Eu sei."

Ela hesita por um momento, me observando. Penso que ela vai protestar. Ou dizer alguma coisa. Mas ela não o faz. Com um aceno, Flávia se vira e some de vista. Ouço o clique da porta da frente ao se abrir e ao se fechar, e só então começo a respirar normalmente outra vez. Meu peito dói demais com toda a ansiedade que vim refreando.

Encaro a caneca cheia de chá que Flávia deixou para trás. Intocada.

Tudo em que consigo pensar é que pelo menos ela não vai se lembrar de mim como a garota que faz um chá horrível.

31

"O que ela queria?", pergunta Priti quando vou para o andar de cima e me atiro em minha cama, respirando fundo como se isso fosse fazer os acontecimentos das últimas semanas sumirem da minha cabeça.

"A gente... terminou." Parece estranho dizer isso em voz alta. Ainda mais por eu nunca ter dito em voz alta que estávamos juntas. Nosso relacionamento foi mais curto do que o casamento da Kim Kardashian com o Kris Humphries.

"Sinto muito." Priti se deita na cama ao meu lado e me envolve em seus braços. É superembaraçoso porque metade do corpo dela está em cima de mim, mas é um belo gesto, creio eu.

"Valeu", eu murmuro, me desvencilhando dela lentamente. "Mas não precisa fingir que não está feliz com isso."

Priti se vira para mim de cara feia. "Não estou *fingindo*", diz ela, como se eu a tivesse acusado de fazer algo horrendo. "Eu sei que eu era resistente à ideia, mas..." Priti dá de ombros. "Se ela te fazia feliz... isso é o mais importante."

Eu suspiro e me viro de lado, de modo a ficar cara a cara com Priti. "Ela é prima da Chyna."

"Pois é, essa parte é *estranha*", concorda Priti, franzindo o nariz. "Foi por isso que vocês terminaram?"

Respiro fundo. "Não exatamente, mas teve sua cota. Em grande parte foi porque Flávia não quer se assumir e... eu não quero ter um relacionamento em segredo. Além disso, não consigo me imaginar com a Flávia enquanto a Chyna fica dizendo coisas horríveis sobre eu ser lésbica."

"Sinto muito, Apujan", diz Priti outra vez, pousando a cabeça em meu ombro. Eu a puxo para perto e fecho os olhos. "Sabe... Você devia contar a todo mundo que Ali mandou a mensagem. Você não tem que protegê-la."

"Não estou protegendo ela", eu caçoo. Na verdade, estou tentando proteger Priti. Já é difícil o suficiente perder sua melhor amiga de tantos anos por causa de algo assim. Deixar que isso se desmanche até não ser mais nada em vez de fazer um espalhafato para toda a escola parece ser a melhor opção.

"Nós não somos mais amigas, então você devia contar para todo mundo." Priti diz isso com segurança, mas consigo ver a mágoa por trás de seus olhos. Ela não tem sido a mesma nessas últimas semanas.

"Acho que perder sua amizade deve ser o pior castigo que ela poderia ter."

"Consigo pensar em alguns outros", murmura Priti.

Eu reviro os olhos. "Acho que a gente devia deixar toda essa besteirada pra trás. Nós somos muito ruins nisso."

"Eu disse que você não era o James Bond", diz Priti, me cutucando com o ombro.

Tenho que rir, porque não tenho certeza de como posso algum dia ter pensado que chegar de mansinho e sabotar logo *Chyna* poderia de fato me trazer algum resultado positivo.

***

Ammu me chama até seu quarto no sábado de manhã. Quando apareço na soleira, ela está sentada em sua cama com uma garrafa de óleo de coco e uma escova de cabelo ao seu lado. Abbu está na cadeira de balanço junto da cama, lendo um livro sobre a Guerra da Independência Bengalesa.

"Venha cá." Ammu dá palmadinhas no lugar da cama em frente a ela. Quando eu me sento, ela me puxa para mais perto e começa a pentear o meu cabelo com a escova. Ela repuxa um pouco nos nós. Dói, mas só de leve.

Quando éramos crianças, Ammu costumava escovar meu cabelo e o de Priti toda noite antes de irmos para a cama. Amávamos tanto esse hábito que sempre brigávamos para ver quem seria a primeira, até que Ammu desenvolveu um sistema: cada uma seria a primeira em dias alternados, assim seria sempre justo.

"Quando foi a última vez que passou óleo no cabelo?", pergunta Ammu de modo acusatório, correndo os dedos pelos fios. "Olhe só, os fios estão todos secos. Depois que ele cair todo, não tem mais volta, viu?"

"Meu cabelo não vai cair, Ammu."

"Nunca se sabe. Você tem um cabelo lindo, como eu tinha quando era jovem. E agora, veja só." Não sei do que ela está falando, porque o cabelo de Ammu ainda é longo, grosso e preto feito nanquim. "Não corte seu cabelo, está bem?"

Franzo a testa. "Por que eu faria isso?"

"Não sei. Às vezes meninas como você deixam o cabelo curto", diz ela.

"Meninas como... eu?"

"Você sabe."

Lésbicas. Ela está falando sobre lésbicas. Há um conforto estranho em ouvi-la dizer isso. Bom, não exatamente dizer, mas... reconhecer. De canto de olho, vejo Abbu inquieto em sua cadeira como se não estivesse realmente prestando atenção em seu livro.

"Há muitas lésbicas de cabelo longo também", digo.

"Onde? Tem aquela mulher, sabe? Helen Deijinnraas. O cabelo dela é tão curto que ela parece uma... uma lésbica." A voz de Ammu vai lá para baixo quando ela diz a palavra *lésbica*, como se ela não devesse ser dita em voz alta.

"Bom, ela *é* lésbica. O nome dela é Ellen DeGeneres, a propósito. E a esposa dela tem lindos cabelos longos."

"E a esposa dela é lésbica, não uma bissexual?"

Eu me viro tão rápido diante disso que a escova fica presa no meu cabelo, arrancada da mão de Ammu.

"O que está fazendo?" Ela tenta pegar a escova outra vez.

"Por que você sabe o que é um bissexual?"

"Eu andei lendo a respeito."

"Sobre lésbicas?"

"E bissexuais. E paansexuais." Ela diz "pansexual" como se fossem pessoas atraídas por paan, a comida, não pessoas que sentem atração por pessoas de todos os gêneros. "E... como é que chama? Transgênero. Como hijras, não é?"

"Pansexual, Ammu", eu murmuro entredentes, embora esteja impressionada por ela saber tudo isso.

"Paansexual, foi o que eu disse." Ela enfim faz eu me virar e põe a escova de lado. Por algum tempo, nos sentamos em silêncio; estou tentando descobrir o que devo dizer a seguir, enquanto ela começa a separar as mechas de meu cabelo para esfregar óleo em meu couro cabeludo.

Quando ela termina, me dá tapinhas na cabeça como se eu fosse um bichinho.

"Sabe, quando eu contei à sua Nanu e ao seu Nana sobre mim e seu Abbu, não entendi por que eles ficaram com tanta raiva. Havia possibilidades tão boas no futuro dele, e no meu também. Não fazia sentido. Mais tarde, me dei conta de que era para eu ter mentido, as coisas teriam sido mais fáceis. Se eu tivesse fingido que nunca tinha falado com ele antes, que não o conhecia, que ele era um estranho que eu tinha achado bonito e nada mais, então ninguém teria falado sobre nós aos sussurros como se fôssemos algo vergonhoso. Amma e Abba poderiam ter mantido a cabeça erguida, porque eu teria feito as escolhas certas."

"A senhora disse que se arrependia do que houve. Que tinha vergonha." Essa conversa está gravada em minha mente e não tenho certeza se algum dia poderei esquecê-la.

"Me arrependi. Me arrependo. Eu..." Sua voz fenece. "Na época, eu não entendi. Achei que era para eu ser honesta com meus pais. Achei que *tinha* feito todas as escolhas certas, então por que estava sendo punida por uma única coisa errada? Eu fiquei com raiva, sabe? No casamento, vestida com meu saree vermelho, usando mehndi e joias, não conseguia ficar feliz, porque não parava de olhar para o mar de rostos, pensando no que eles provavelmente estavam falando sobre mim. Eu não queria que você passasse por isso, Nishat."

Eu afasto as mechas do meu cabelo do rosto e pisco, confusa. Não consigo fazer com que as palavras dela entrem na minha cabeça.

"Mas é o que tem acontecido mesmo assim, não é?"

Eu faço que sim, sentindo um nó se formar em minha garganta.

"Eu só estava tentando entender. Eu não... não entendo, Nishat. Eu nunca conheci alguém assim antes." Sua voz falha ligeiramente. "Achei... que era só algo que acontecia aqui. Não com meninas bengalesas. Não com a minha filha."

"Não é algo que acontece, Ammu." Eu esfrego as lágrimas que correm por meu rosto. "É algo que eu sou."

"Eu sei." Ela estende os braços, me envolvendo neles. "Eu sei."

Quando Ammu e eu nos afastamos, estamos as duas esfregando os olhos. Até Abbu pôs o livro de lado e está com os olhos injetados, como se tivesse chorado não tão secretamente também. Ele esfrega o nariz ao notar que estou olhando, como estivesse constrangido por eu tê-lo visto.

"Oi..." A voz de Priti nos desperta de nossas emoções lacrimosas em um sobressalto. Ela está na porta do quarto, reparando em todos nós com olhos arregalados. "Hã... O que está acontecendo?"

"Nada." Ammu funga uma vez, enxuga o que restou de suas lágrimas e se coloca outra vez em posição na cama. "Venha aqui, deixe eu passar óleo no seu cabelo também."

Priti olha para nós, cética por um instante, antes de se sentar bem ao meu lado na cama. Ela me lança um olhar questionador quando Ammu começa a escovar seu cabelo.

"Posso colocar uma música?" Saco meu telefone e começo a rolar a tela do Spotify.

"Rabindronath Sangeet."

Todas resmungamos com a sugestão de Abbu. Até Ammu.

"Coloca alguma coisa de Bollywood", pede Ammu. "Algo animado que seu Abbu não possa cantar junto."

"Coloque 'Tum Hi Ho'." Priti quica um pouco ao dizer isso, mas Ammu a puxa para baixo pelos cabelos e ela se aquieta de novo imediatamente, murmurando um "ai" entredentes.

"'Tum Hi Ho' é velha e superdeprê."

"Coloque 'Amar Shonar Bangla', podemos todos cantar juntos."

"Abbu!" Tanto eu quanto Priti resmungamos. Cantar nosso patriótico hino nacional definitivamente não era o que eu tinha em mente.

Por fim, após rolar por toda a minha lista do Spotify por tempo demais e de enfrentar sugestões horríveis de toda a minha família, coloco para tocar uma canção de Bollywood da qual todos — incluindo Priti — reclamam. Eu reviro os olhos e suspiro, me recostando no ombro de Ammu enquanto ela passa óleo no cabelo de Priti. Mas na verdade, por dentro, estou transbordando de felicidade.

32

Duas semanas de aplicações de henna, de trabalho duro, de contabilidade e de planos de negócios se passam. Apesar de meu estande detonado, consigo colocar as coisas para funcionar. Ajuda o fato de Jess e Chaewon terem me feito uma faixa novinha em folha com as cores da bandeira lésbica. Elas até a plastificaram por precaução, para que ninguém pudesse rasgá-la.

Mas ao cabo de duas semanas, nossas apresentações finais estão marcadas.

A srta. Montgomery nos contou a respeito na semana passada, nos chamando até sua sala de aula na sexta, no fim do dia. Nós todas nos sentamos enquanto ela se postou na frente da turma. Ela me deu um sorriso secreto, como se eu fosse sua favorita para vencer; será que isso significa algo? Que eu tenho uma chance? Porém, duvido muito.

"A próxima sexta-feira será nosso último dia de competição", disse ela em uma voz estrondosa que calou todas de imediato. Vejo Flávia de relance em um canto da sala. Estava sentada ao lado de Chyna, mas não parecia feliz com isso. Me lançou um sorriso vacilante.

"Seus estandes ficarão montados durante o dia todo, mas como teremos a visita dos juízes, também vão precisar ter seus portfolios para apresentar a eles quando chegar a hora", continuou a srta. Montgomery. "Terão que mostrar a eles suas contas, seus planos de negócios, todos os registros que vêm mantendo. Não é só o negócio com o maior lucro que vai vencer; eles também vão procurar as ideias mais inovadoras, mais vistosas. Há um monte de critérios diferentes que entram no julgamento, então se certifiquem de que seus portfolios estejam atualizados e preparados."

Ela foi passando de grupo em grupo, verificando o que havíamos preparado até então e o que ainda precisávamos fazer. Não pareceu tão difícil. Eu tinha basicamente tudo preparado, pois vinha acompanhando tudo desde o princípio. Sou filha de um pequeno empresário e tenho usado o trabalho de Abbu como exemplo a cada passo do caminho, e sou irmã de Priti, o que significa que ela se intrometeu nos mínimos pormenores. Estou meio que agradecida por isso, agora. Quando chega o dia da apresentação, estou totalmente preparada, mas ainda sinto o frio ondulando em minha barriga.

Chaewon: É HOJE*!!!!!*

Jess: *ahhhhhhhhhhhhhhhh*

Não paro de digitar e apagar, digitar e apagar. Não tenho certeza do que posso dizer e de como me sinto. Estou empolgada, mas também aliviada. Hoje é o dia em que isso tudo vai chegar ao fim. Toda essa confusão entre eu, Flávia e Chyna começou por causa do ateliê de henna, afinal de contas. Talvez algo que se assemelhe à normalidade retorne à minha vida depois de hoje, embora eu tenha sérias dúvidas quanto a isso depois de tudo que aconteceu.

Jess: *a gente se encontra no meu armário antes da aula?*

Chaewon: *sim!!*

Nishat: *vejo vocês lá*

Nos reunimos junto aos nossos armários com largos sorrisos empolgados. Parece até que o Natal chegou mais cedo para todas as envolvidas no concurso. Estivemos trabalhando tão duro, e hoje é o dia em que poderemos mostrar ao mundo o que conquistamos. Poderemos reclamar os frutos de nosso trabalho — ou tentar, de todo modo. Passamos a primeira aula preparando tudo mais uma vez, todos os nossos estandes, faixas e pôsteres. Eu coloco a faixa que Jess fez para mim — a bandeira lésbica com todos os seus diferentes tons de rosa, branco e vermelho. Posso sentir as garotas no salão me fitando com desdém, mas não estou nem aí.

Os olhos de Flávia encontram os meus lá da outra ponta do salão enquanto eu penduro a faixa. Eu sorrio, e ela sorri de volta, acenando para mim. Sinto meu coração acelerar e respiro fundo. Tenho que manter meus sentimentos sob controle.

Meu telefone vibra no bolso de minha camisa. Duas mensagens. De Flávia. Olho em volta de relance, tentando encontrar o olhar dela de novo, mas ela está em uma animada conversa com Chyna.

Flávia: *boa sorte*
Flávia: *torcendo para você ganhar :)*
Meu estômago afunda. Não faço ideia do que dizer em resposta.
obrigada, boa sorte para você também
É a única coisa que parece sincera. Quero acrescentar um *saudades*, por que as sinto desesperadamente; até digito um coração, mas o deleto.

Chaewon e Jess aparecem ao meu lado assim que guardo o telefone de volta no bolso. Chaewon engancha o braço em um dos meus braços e Jess toma o outro. As duas sorriem.

"Pronta?"

"Pronta."

***

Após os juízes terem a chance de falar com todas as competidoras, sorrisos falsos e pranchetas em posição, eles tomam seus lugares no palco que foi armado na frente do salão. O resto de nós se reúne em volta. Uma tagarelice empolgada se forma no pátio de entrada, quebrada apenas pelo guincho alto do microfone quando a srta. Montgomery toma posse dele.

"Ah, desculpem", murmura ela, erguendo o microfone até seus lábios e sorrindo para todas nós. "Hã. Boas-vindas a todos. E um obrigada muito especial aos nossos juízes, sr. Kelly e srta. Walsh, por se unirem a nós hoje. Estamos muito felizes por termos tido a chance de participar desta competição. Ela despertou bastante dedicação em nossas jovens alunas do Ano de Transição, e tenho certeza de que em alguns anos veremos algumas delas aqui no palco conosco."

Quando ela entrega o microfone ao sr. Kelly, sinto uma presença um pouco próxima demais. Quando me viro, me deparo com Flávia sorrindo para mim. Ela segura minha mão e se inclina para perto.

"Estou nervosa", sussurra ela, seus lábios roçando minha orelha e fazendo um arrepio correr por minha espinha.

"Eu também", sussurro de volta. Ela se aproxima lentamente, e posso sentir seu perfume adocicado.

"Há muitas ideias e negócios excelentes nesta escola este ano", anuncia o sr. Kelly em seu microfone na frente do salão. Ele está usando um terno preto liso e gravata. A juíza próxima a ele, sorrindo por entre seus brilhantes lábios vermelhos, parece inspirar mais empatia. Em uma escola só de meninas, creio que deveria ser ela a comandar o concurso. Deveria ser ela a juíza principal, para mostrar às meninas que elas podem vencer no mundo dos negócios.

"Mas, infelizmente, só pode haver uma vencedora." Quando o sr. Kelly diz isso, o silêncio se espalha por todo o salão. Todas esperamos prendendo o fôlego para ouvir quem é a vencedora.

A mão de Flávia aperta a minha ao mesmo tempo em que Chaewon encontra minha outra mão.

"E a empresa vencedora pertence a... Chaewon Kim e Jessica Kennedy!"

Solto um arquejo alto, mas ele é afogado pelo som do salão irrompendo em aplausos.

Chaewon e Jess estão com os maiores sorrisos do mundo. Eu envolvo as duas em um abraço antes de empurrá-las pela multidão. Elas avançam, olhando para o palco abismadas. Elas obviamente não esperavam ganhar, mas se tem alguém que merece esse prêmio, com certeza são elas. Trabalharam duro. Sem joguinhos. Sem sabotagem.

Meu coração se enche de orgulho ao vê-las lá em cima, recebendo o prêmio do sr. Kelly e da sra. Walsh. Seus sorrisos são tão largos que contagiam.

"Que engraçado, né?" Flávia se inclina para sussurrar enquanto todos ainda estão aplaudindo.

"O que é engraçado?"

"Que tudo isso foi por causa do concurso de empresas. Foi como tudo começou, e agora..."

"Eu sei. Nenhuma de nós está lá em cima."

Flávia suspira e se vira, tentando encontrar alguém na multidão. "É melhor eu ir... A Chyna não parece muito entusiasmada com o resultado. Falo com você depois?"

Eu quero dizer a ela que fique, mas apenas dou de ombros e digo: "Claro".

Jess e Chaewon não conseguem parar de sorrir após terem descido do palco. Eu as abraço novamente antes de admirar seu troféu.

"Não acredito que nós vencemos", sussurra Chaewon. "Não acredito que nós vencemos."

O troféu é de vidro translúcido e tem a forma de um diamante. Bem no meio dele, lê-se PRÊMIO JOVEM EMPREENDEDORA em cintilantes letras douradas.

"Vocês mereceram", eu asseguro a elas. "Trabalharam muito duro para isso."

Chaewon me envolve em outro abraço tão apertado que consigo sentir suas costelas me cutucando. "Tá bom, tá bom. Uau, me deixa respirar." Ela me solta e esfrega os olhos, como se estivesse fazendo de tudo para não chorar.

"Chaewon." Jess revira os olhos e a cutuca até que Chaewon começa mesmo a soluçar de leve, mas também a rir. E então estamos todas rindo juntas e não sei bem por quê. Mas a sensação é de um grande peso ter sido tirado de meus ombros. Parece a coisa mais normal que já aconteceu desde que Ali me tirou do armário para a escola inteira. Como se, no fim das contas, nada daquilo tivesse realmente importado. Nem Ali, nem Chyna, nem mesmo o concurso. Porque ainda estou aqui e tenho minhas amigas, minha irmã, minha família. E tudo vai ficar bem.

***

Parece estranho desmontar meu estande. Como se fosse o fim de uma era, muito embora o concurso tenha durado apenas algumas semanas. Enrolo com cuidado a faixa com a bandeira lésbica e a amarro com um elástico. Estou pensando em pregá-la na parede do meu quarto.

"… a mãe dela basicamente fez todo o trabalho por ela." Um sussurro abafado vem das meninas no estande ao lado do meu. Ponho minha faixa de lado cuidadosamente. Silenciosamente. De modo a não atrair atenção alguma.

"Foi justamente por isso que a Chyna montou um negócio de henna. Hoje em dia, se você é branco, as pessoas não querem nem te considerar."

"Pois é. O que está na moda é ser 'diverso' ou sei lá o quê."

Nem consigo ouvir as palavras seguintes, pois estou sentindo aquele fervilhar de raiva dentro de mim outra vez. *É claro* que mesmo com Chaewon e Jess tendo ganhado o concurso, Chyna ainda faz de tudo em seu poder para manipular a situação.

De relance, vejo ela e Flávia arrumando as coisas de seu estande junto ao de Chaewon e Jess. Quando dou por mim, estou marchando direto até lá, encarando Chyna de frente.

"Nishat." Seus lábios estão comprimidos em uma linha fina. "O que você quer?"

"Você não aguenta que outra pessoa receba atenção nem que seja por um segundo, não é?" As palavras escapolem de mim antes mesmo de se formarem em minha cabeça. É como se eu estivesse funcionando movida a adrenalina.

De algum modo, seus lábios ficam ainda mais finos. "Do que você está falando?", pergunta ela, ao mesmo tempo que Flávia se aproxima devagar com os olhos arregalados e diz: "E aí, Nishat?".

Mal reparo nela. Tudo que consigo ver é Chyna, com seu fino cabelo loiro e seus olhos azuis, tentando manipular a vitória de alguém que mereceu, assim como ela tenta manipular tudo. Como manipulou nossa amizade para fazer de si mesma o tipo de pessoa que se encaixa e de mim, a "outra".

"Sobre dizer às pessoas que a única razão para Chaewon e Jess terem ganhado o concurso de empresas foi porque diversidade está na moda." É um esforço colocar as palavras para fora de um modo remotamente calmo e sereno. A forma como Flávia olha de Chyna para mim, indo e voltando, faz eu pensar que talvez não esteja tão composta quanto acho que estou.

Chyna tem o descaramento de suspirar, como se essa conversa a entediasse. "As pessoas gostam de novidades. Não é exatamente uma forçação. Seja lá que troços coreanos elas estivessem vendendo, é algo que não vimos aqui antes, então, pois é, é moda, e nada que tivermos será novidade da mesma maneira."

"Da mesma forma que henna é moda?"

Chyna revira os olhos. "Sim, como henna é moda. Foi por isso que fizemos toda a coisa da henna. É assim que os negócios funcionam, Nishat." Ela diz isso como se tivesse um mestrado em administração e eu fosse alguém que precisa aprender.

A minha raiva é maior do que a minha noção do que fazer com ela. Mas antes que eu possa dizer mais qualquer coisa, a mão de Flávia está em meu ombro. Em vez de isso me causar um faniquito como normalmente faria, na verdade me acalma. Sinto que ela está do meu lado, para variar.

"Flá, vamos, temos que terminar de guardar as coisas." Chyna já está dando as costas para ir embora, e só então percebo que uma certa aglomeração se formou ao nosso redor. Acho que não devo ter falado tão baixo quanto imaginei que tivesse. Chaewon e Jess estão olhando para mim de seu estande quase desmontado com os olhos arregalados. Chaewon me dá um sorriso vacilante quando meus olhos encontram os dela.

"Chy, você acha que ser brasileira é moda?" Flávia pergunta isso com suavidade o bastante, mas parece ressoar pelo salão inteiro. Mais e mais alunas vão parando para escutar essa conversa. Não creio que Flávia se importe.

Chyna se vira, ajeitando uma mecha de cabelo loiro atrás da orelha e dando outro suspiro. "Que conversa tosca é essa, Flávia?"

"Você vai aos nossos churrascos brasileiros todo verão. Você come a nossa comida. Você acha que isso é moda?"

"Não... Sim... Sei lá. É simplesmente algo que a gente faz. Não é uma moda."

"Nem ser coreana", diz Chaewon, do lado oposto a nós. "Ou querer vender algo que seja coreano. É só algo que eu faço."

"Ou henna. É uma coisa que faz parte da minha cultura. Assim como nossa comida... Você sabe, a comida que pelo visto dá problemas digestivos em todo mundo." Dou de ombros. "Uma você achou que era moda, a outra, não, daí começou a espalhar boatos sobre a minha família."

"Isso é... diferente", diz Chyna, mas dessa vez ela não soa como se de fato acreditasse no que está dizendo.

Flávia balança a cabeça e diz: "Imagine que alguém falasse sobre mim as mesmas coisas que você fala sobre a Nishat. Imagine que me excluíssem porque eu como comida brasileira e falo português".

"Isso nunca aconteceria", intervém Chyna de imediato. "Flávia, isso não é... Nishat não contou a você a história toda. Ela tem as próprias amigas e a irmã dela. Eu nunca tive nada contra ela."

"Você espalha boatos sobre a Nishat por ela ser lésbica." É Jess quem oferece essa informação, e me pergunto se isso vai fazer Flávia recuar. Mas não faz. Seu aperto em meu ombro se intensifica e não tenho certeza se é para ajudar a ela ou a mim.

"Porque ser gay a torna diferente?", pergunta Flávia, e não tenho certeza se mais alguém nota sua voz trêmula, mas eu noto, e isso faz meu coração ser atravessado por um picador de gelo.

"Eu não espalhei boato nenhum sobre ninguém", diz Chyna, com cada vez menos convicção. "Eu realmente não sei por que estão se mancomunando contra mim desse jeito."

Flávia respira fundo e diz: "Vamos, Nishat". Ela entrelaça os dedos com os meus e me leva para longe de Chyna e do salão cheio de garotas do nosso ano. Todas elas parecem um pouco aturdidas pelo que acabou de acontecer. Para ser sincera, eu também estou um tanto quanto admirada. O máximo que eu esperava era descarregar um pouco da minha raiva ao mandar a real para Chyna. Isso tudo eu nunca esperei.

"Não tinha que fazer aquilo", digo a Flávia assim que saímos do prédio da escola. O lugar está deserto. A maioria das pessoas já foi para casa. Só restou agora nossa turma de administração.

"Acho que tinha, sim."

"Não tinha que fazer isso por mim."

Flávia sorri. "Eu fiz mais por mim do que por você, Nishat."

Nós nos sentamos nos degraus próximos. Eles ficam perto da entrada principal da escola, mas longe o bastante para nos ocultar das vistas.

"Quer que eu vá buscar suas coisas lá dentro?", pergunto. Minha mochila e todo o meu material de henna ainda estão espalhados por minha mesa; estou torcendo para que Chaewon ou Jess os recolham.

"Tranquilo. Tenho certeza de que a Chyna vai cuidar disso."

"Você está bem?" É a única pergunta que consigo pensar em fazer, muito embora ela não pareça bem apropriada.

Ela dá de ombros e diz: "Você está bem?".

Eu sorrio. "Acho que gostei da sensação de finalmente confrontar a Chyna."

"Mesmo que para defender outra pessoa e não a si mesma?"

"Acho que defender outra pessoa é mais fácil. Além disso... Chaewon e Jess não merecem esse tipo de difamação. Elas trabalharam duro. Não fizeram nenhum joguinho. Ganharam de forma limpa e justa."

"Eu sinto que conheci um lado novo da Chyna nesses últimos meses." Flávia suspira.

"Antes você achava que ela era uma pessoa legal?"

Flávia deixa escapar uma leve risada, como se pensar em Chyna como uma pessoa legal talvez fosse pedir um pouco demais. "A Chyna sempre foi competitiva e obstinada. Pode vir a calhar, tipo, quando nossa família inteira se reúne e jogamos algo juntos, ou sei lá. Eu sempre torço para ficar no time da Chyna porque sei que ela vai ganhar. Seja jogando futebol no verão ou *quiz* sobre Harry Potter no inverno."

"A Chyna gosta de Harry Potter?" Não sei por que essa é a mais chocante das coisas de se ouvir. Mas realmente é. Eu nunca teria pensado que alguém como Chyna pudesse ser fã de Harry Potter.

"Nós vemos os filmes todo Natal, quando eles passam na tv."

Não consigo imaginar Flávia e Chyna sentadas na frente da TV maratonando logo Harry Potter. Eu ainda vejo Chyna apenas como a garota que vem atormentando a mim e às minhas amigas pelos últimos três anos.

"É engraçado porque, na minha antiga escola, quando as meninas me diziam coisas cruéis por eu ser preta, a Chyna ficava com muita raiva. E agora não tenho certeza se ela ficava com raiva porque sabia que era errado ou porque... era eu, e eu sou a exceção à regra dela. E isso é bom ou é ruim?"

Eu definitivamente não consigo imaginar Chyna tendo qualquer tipo de código moral no que se refere a questões como raça, mas franzo as sobrancelhas e tento lidar com isso. Tento decifrar o que Chyna viu em mim no dia em que nos conhecemos, e então depois, na festa, quando tudo desceu pelo ralo.

"Talvez seja ambos", eu declaro.

"Isso não é um paradoxo?"

"Talvez... Às vezes, as pessoas não veem as coisas que fazem como sendo erradas, mas conseguem ver o erro no que os outros fazem, principalmente se é feito com alguém importante pra elas", digo. "Quando acontece com uma outra pessoa, não parece tão importante quanto quando acontece com alguém que amamos."

Flávia pensa nisso por um momento, os cantos da boca franzidos, o que faz meu coração dar cambalhotas. Eu tento ignorá-las.

"Acho que eu quero contar a ela. Sobre mim. Nós. Se ainda houver um nós." Ela não olha para mim ao dizer isso e balança os pés como se estivesse realmente com medo de que possa não haver um nós. Como se eu pudesse ter me esquecido dela e de mim e de nós apenas nessas últimas semanas. Como se eu não tivesse pensado nela quase todo santo dia.

"Você não tem que..."

"Eu sei." Ela se vira para mim, toma a minha mão na dela e sinto a eletricidade pulsando por mim. "É só que... não me sinto mais com tanto medo. Tipo... minha mãe não para de me contar notícias do Brasil, e das coisas que nosso presidente diz sobre mulheres, pretos e gays, sabe? E então essas últimas semanas eu vi você enfrentar o que pareceu ser o mundo inteiro. Ou pelo menos, tipo, metade da população da nossa escola. E você nunca deixou que isso te afetasse. Eu não quero ser o tipo de pessoa que deixa as coisas passarem. Eu quero ser o tipo de pessoa que faz algo, que toma partido."

"E você vai tomar partido... se assumindo?", pergunto.

"Eu vou tomar... o meu partido. O seu. O nosso, eu acho."

Não parece grande coisa. Mas, às vezes, simplesmente ser você mesmo — ser você de verdade — pode ser a coisa mais difícil de todas.

33

Priti está com a cabeça enterrada nos livros quando chego em casa, mas assim que a vejo de relance pela fresta da porta de seu quarto, ela me encara. Como se estivesse esperando por qualquer sinal meu para se distrair dos estudos.

"Eu soube que Chaewon e Jess ganharam!", exclama ela, quicando na cama. "Sinto muito por não ter sido você."

Me recosto no batente da porta e digo: "Não é nada demais. Não é como se eu tivesse achado que ia ganhar". Muito embora ainda houvesse aquele pequeno resquício de esperança dentro de mim. "Mas aconteceu uma coisa depois da premiação."

"É?" Priti se inclina tanto para a frente na cama que estou surpresa por ela não ter caído da beira. "Uma coisa boa ou uma coisa ruim?"

Dou de ombros porque ainda estou me resolvendo quanto a isso. "Flávia disse que vai se assumir para Chyna."

"Uau!" Priti se recosta de volta, os olhos arregalados. Como se estivesse tentando processar e achando tudo um tanto sem pé nem cabeça.

"Pois é." Eu me sento ao lado dela, também tentando processar. O que isso significa? O que isso vai significar?

"Ela deve gostar mesmo de você."

Me viro para Priti, franzindo o cenho. "Quê? Ela não vai fazer isso por mim."

Priti me olha como se não acreditasse de todo em mim, mas diz "Ah, entendi", na voz mais falsa que já escutei.

"Você acha mesmo que é por minha causa?"

"Acho que não *deixa* de ser por sua causa."

"Você acha que ela vai ficar bem?" Meu coração fica pesado ao pensar na reação de Chyna.

Priti engatinha para junto de mim e apoia a cabeça no meu ombro. "Acho que não importa o que aconteça, ela vai ter você, a mãe e a irmã dela."

Espero ansiosa junto ao meu telefone a noite inteira. A sensação é estranhamente parecida com a daquele fatídico dia em que decidi contar a Ammu e Abbu sobre mim, e me dou conta de que agora tenho que contar a eles sobre Flávia também.

Quando acordo na manhã seguinte com meu telefone ainda aninhado junto a mim, há uma nova mensagem de Flávia.

Posso passar aí?

***

Ammu e Abbu estão na sala de estar, os olhos grudados na TV. Quando espio da porta, espero que eles estejam vendo um filme de Bollywood no Star Gold ou um natok indiano no Star Plus. O que eu não espero é que eles estejam assistindo o *Ellen DeGeneres Show* como se suas vidas dependessem disso.

"Quer assistir, Nishat?" Ammu dá tapinhas no lugar vazio ao lado dela, mas não tira os olhos da TV. Na tela, Ellen DeGeneres está entrevistando o Elliot Page. É provável que não haja nada mais gay nesta casa... e meus pais estão assistindo por livre e espontânea vontade.

"Hã, não...", eu murmuro, olhando da TV para Ammu e então de volta. "Eu posso... Ammu..." Não tenho certeza de como articular a pergunta. Flávia está a caminho e só se tem uma chance de causar uma boa primeira impressão. "Tudo bem... se eu tiver uma namorada?"

Ammu finalmente tira os olhos da TV, as sobrancelhas franzidas e os lábios apertados. Ela troca um olhar com Abbu antes de perguntar: "É a menina do casamento?".

"Que casamento? Que menina?"

"Você sabe." Ammu balança os braços ao seu redor como se isso fosse uma explicação. "Sua irmã me mostrou uma foto. Do casamento. A menina brasileira."

Nunca amei Priti tanto quanto a amo neste exato momento.

"A Flávia... Pois é. Ela... está vindo para cá."

"Agora?" Abbu endireita a postura, como se estivesse um tanto despreparado para isso.

"É, agora. Tudo bem?"

Abbu franze o cenho para mim, antes de se virar para Ammu. "O que vamos oferecer para ela comer?"

"Ela come comida apimentada? Ela vai ficar pro jantar?"

Ammu desliga a TV e ajusta a urna sobre o peito. "O que brasileiros comem? Ela não é uma dessas... vegetarianas, é?" Vegetarianos são o pior pesadelo da maioria dos bengaleses, já que grande parte de nossa culinária é cheia de carne.

Tento engolir o nó se formando em minha garganta e dou de ombros. "Acho que ela não é vegetariana. E talvez fique pro jantar."

"Tem que ficar", decide Abbu ao mesmo tempo em que Ammu balança a cabeça e corre até a cozinha, claramente agoniada com o que ela vai servir para Flávia comer.

Mando uma mensagem para Flávia assim que Ammu e Abbu desaparecem cozinha adentro.

Você não é vegetariana, né?

Flávia: *não, por quê?*

Eu: *Minha mãe tá surtando com o que vai fazer pra você comer. É coisa de bengalês*

Flávia: *surtar por causa de comida?*

Eu: *tipo isso!*

Na hora em que Flávia toca a campainha, Ammu já começou a preparar todo um banquete, e não tenho certeza se devia estar orgulhosa ou constrangida. Estou um pouco de cada quando apresento uma atarantada Flávia aos meus pais.

Eu consigo arrastá-la escada acima para longe de suas perguntas constrangedoras e abelhudas logo depois de eles trocarem olás e apertos de mão.

"A gente tem um monte de lição de casa para fazer" é o que dá conta do recado. Porque estudar vem antes de qualquer coisa.

"Seus pais até que reagiram bem", diz Flávia assim que chegamos ao meu quarto, lá em cima. "Eles vão realmente preparar o jantar pra mim?"

"Se eu deixar você ir para a casa sem jantar, acho que eles vão me deserdar", eu explico. "Você não vai embora da casa de um bengalês sem comer."

"Posso me acostumar com isso." Flávia dá um sorriso largo, antes de se inclinar para a frente e tomar minha mão nas suas. "E também com todas as outras coisas, acho."

Tenho que sorrir também, mas timidamente, porque a pergunta que venho querendo fazer desde que recebi a mensagem dela ainda está me apoquentando. "A Chyna foi... digo, você contou a ela? Ela está...?"

Flávia suspira. "A Chyna está... tentando."

"O que isso significa?"

"Significa que... estamos nos resolvendo."

Quero fazer outras mil perguntas. Quero que ela me conte de sua conversa com Chyna tim-tim por tim-tim; quero saber de tudo. Mas então Flávia se inclina e une os lábios dela aos meus, e nada disso me importa mais.

***

A segunda-feira raia tão melancólica e cinzenta quanto a maioria das manhãs irlandesas. Há uma garoa constante que faz com que realmente não pareça manhã. Porém, nem se eu tentasse poderia me sentir mais exultante. Não consigo parar de sorrir, mesmo enquanto tiro meu pesado livro de francês do armário.

"Oi."

Ao som da voz de Chyna, eu derrubo o anteriormente mencionado livro de francês bem nos meus dedões dos pés.

"Ai. Hã, oi." Eu cato o livro, tentando massagear meus dedos por cima dos sapatos e com certeza parecendo um pretzel deformado ou coisa assim.

Chyna não parece muito simpática ao meu drama, o que não é nenhuma surpresa. Ela olha ao redor como se para garantir que ninguém está nos vendo conversar. Faltam apenas cinco minutos até o sinal tocar, então estão todas ocupadas demais para prestar atenção em nosso canto do corredor. Exceto Chaewon e Jess, cujos armários são próximos do meu. De canto de olho, posso ver suas tentativas de bisbilhotar discretamente.

Chyna respira fundo e, com uma expressão dolorida em seu rosto, diz: "Queria dizer que é de boa você namorar a minha prima".

"Ah." Ela ainda está evitando meu olhar, e me pergunto se foi Flávia quem a convenceu a fazer isso. "Bom... Obrigada."

Os olhos dela enfim encontram os meus e seus lábios se apertam, curvados para baixo. "Eu provavelmente não devia ter dito o que disse na sexta..." A voz dela fenece quando o som do primeiro sinal preenche o ar ao nosso redor.

"É melhor eu ir..." Chyna já está arrastando os pés para longe de mim, colocando uma distância visível entre nós, como se eu estivesse transmitindo algo que ela tem medo de contrair.

Chaewon e Jess avançam praticamente no instante em que Chyna está fora de vista. Seus olhos estão saltando das órbitas.

"O que foi aquilo?", pergunta Jess, como se tivesse acabado de testemunhar algo de outro mundo. Ela bem pode ter testemunhado, mesmo.

"Acho que foi Chyna pedindo desculpas."

"*Aquilo* foi um pedido de desculpas?", pergunta Chaewon, de sobrancelhas erguidas.

Dou de ombros. "Acho que é o máximo que algum dia vou conseguir."

Mesmo as desculpas sem-desculpas de Chyna não conseguem arruinar meu bom humor, porque quando me despeço de minhas amigas e entro em minha turma de francês, Flávia está sentada em um canto. Sua mochila está escorada no lugar ao seu lado e ela está aérea, enrolando um cacho em um dos dedos.

Quando ela me vê, seu rosto se abre em um sorriso.

Com covinhas e tudo.

O calor se espalha por mim diante dessa visão.

34

Flávia tem uma queda por cafés com leite e abóbora. É possível que isso seja o que ela mais tem de garota branca. Então, quando ela me arrasta para um Starbucks certa tarde após a escola e me compra um desses cafés com especiarias, tenho que fingir que odiei, muito embora em segredo eu meio que tenha adorado.

Eu franzo o nariz a cada gole que dou, até que Flávia revira os olhos e diz: "Aposto que se eu vier aqui amanhã, você já vai estar em um canto com uma caneca disso nas mãos."

"Não acredito que você pense que tenho tamanho mau gosto."

"Você é muito esnobe com comida, sabia disso?"

Dou de ombros. "Não posso evitar. É a minha essência bengalesa." Ela sem dúvida nunca reclama de eu ser esnobe com comida quando está jantando na minha casa.

Mas agora ela me cutuca nas costelas.

"Admite. Você até que gostou."

Uma renovada onda de frio varre minha barriga. Acho que Flávia não se dá conta do que seu toque ainda faz comigo.

"Tá bom, acho que não é tão ruim assim", eu reconheço.

Ela dá um sorriso largo, e eu reconsidero se ela sabe exatamente o que seu toque faz comigo. Porém, não tenho muito tempo para pensar nisso, porque no momento seguinte ela enlaça meu braço com o seu e está descansando a cabeça em meu ombro.

"A gente devia estudar." Ela suspira. Essa foi a desculpa que demos aos pais de ambas para nos aventurarmos pela tarde. Porém, nenhuma das duas faz esforço algum para alcançar nossas mochilas; nem tenho certeza de que livros estão na minha.

Em vez disso, apoio minha cabeça na dela e ficamos observando como os carros, os ônibus e os VLTs disparam pela Westmoreland Street. A luz do sol começa a desvanecer lentamente.

"Quero que você faça henna em mim." A voz de Flávia me tira de meu devaneio em um sobressalto. Ela se apruma e diz: "Você nunca fez. Daquela única vez fiquei com henna no cabelo todo e você não terminou o desenho".

"Está se dando conta disso agora?" Isso foi só há algumas semanas, mas parece até que uma eternidade se passou desde o fim do concurso, desde nosso primeiro beijo, desde que Flávia e eu demos início ao nosso relacionamento mais ou menos público.

Ela franze o cenho e se vira para mim, de modo a ficarmos cara a cara, como se estivéssemos no meio de uma discussão séria, e não apenas conversando sobre henna.

"Andei pensando um bocado sobre isso", diz ela.

"Sobre henna?"

"Sobre... Sim, sobre henna. Mais ou menos. Conversei com as suas amigas e a sua irmã e..."

"Pelas minhas costas?"

Ela revira os olhos. "Não seja dramática, Nishat. É uma coisa boa. Pense nisso como um presente."

"Você está se sentindo bem?" Me pergunto se isso é um efeito colateral dos cafés com leite e abóbora. Eles têm mesmo um aroma bem forte.

Flávia apenas sorri. Ela puxa o telefone do bolso de sua calça jeans e mexe nele por um minuto antes de estender a tela na minha direção.

"Eu não sabia quando seria a hora certa para mostrar a você, mas... acho que estamos prontas."

O perfil do Instagram que eu desabilitei após o concurso de negócios me encara de frente, mas eu mal o reconheço. A foto de perfil é novinha em folha. Em caligrafia cursiva vermelho-clara lê-se *Mehndi da Nishat*, com o mesmo nome escrito em letras bengalesas e levemente transparentes ao fundo.

"Jess me ajudou com o design e a gente montou até um site. E sua irmã disse que seu pai vai deixar você usar o restaurante de novo." Há esse brilho radiante de esperança nos olhos de Flávia que não sei se entendo.

"Meu negócio meio que fracassou por completo da última vez", digo. "Não sou..."

"Mas você gosta de fazer. Ama, na verdade." Ela diz como se fosse um fato. "É o que sua irmã acha. Assim como suas amigas. E da última vez a coisa toda foi reduzida a cinzas por nossa causa."

"Mas..."

"Você é muito talentosa, Nishat." Flávia se inclina para a frente e toma meu rosto com as mãos em concha. Sinto o rubor tomar minhas bochechas. Sinto o desabrochar do calor em meu peito. "E todo mundo deveria ver isso."

"Eu ainda tenho alguns tubos de henna que sobraram", eu admito.

"E tem um catálogo inteiro de desenhos originais."

Penso no mostruário de desenhos juntando poeira no fundo de minha estante de livros.

"Talvez", digo, por fim.

Deve ser o bastante para Flávia, porque ela se inclina para a frente e junta seus lábios aos meus. Mas é um beijo tão breve que, quando ela se afasta, ainda estou me inclinando na direção dela e quase tombo.

Ela está ocupada demais fuçando sua mochila para sequer notar. Por um segundo, receio que ela vá tirar seu livro de francês e insistir que levemos a escola a sério. Mas ela retira algo completamente inesperado — um tubo de henna.

Ela o pousa na mesa à nossa frente e me olha com seu sorriso de covinhas. "Muito bem. Estou pronta para um original da Nishat."

"Flávia."

"Por favor?" Ela me fita com olhos grandes e redondos como os de um cachorrinho, e não é como se eu fosse capaz de dizer não a ela.

Apanho o tubo de henna e começo a espremer um padrão na palma de Flávia enquanto ela sorri para mim, radiante, como se este fosse o melhor dia de sua vida. Parece um pouco surreal: o calor da mão dela. A ternura em seu olhar. O modo como o sol poente ilumina seu rosto.

O fato de que estou tecendo minha própria cultura na pele dela.

Este é um daqueles momentos que eu quero engarrafar e guardar comigo para sempre. Não porque seja extraordinário ou porque seja o tipo de coisa que se veria em um filme de Bollywood.

Mas porque é o tipo de coisa que eu nunca teria sonhado em viver em 1 milhão de anos.

Glossário

- *Abba*: pai.
- *Abbu:* outra forma para "pai", bastante comum nos lares bengaleses muçulmanos.
- *Alhamdulillah*: "louvado seja Deus".
- *Amma*: mãe.
- *Ammu*: outra forma para "mãe", bastante comum nos lares bengaleses muçulmanos.
- *Apu*: termo que designa uma irmã mais velha e também uma parente mulher da mesma geração da pessoa e/ou de gerações posteriores à de seus pais.
- *Apujan*: modo carinhoso de se dirigir à irmã mais velha.
- *Assalam Alaikum*: "que a paz esteja sobre vós", expressão tradicional de cumprimento.
- *baby taxi*: uma das formas de se referir aos autorriquixás em Bangladesh; os riquixás eram meios de transporte tradicionais que consistiam em uma carroça de duas rodas e duas hastes, que eram puxadas por uma pessoa. Nos autorriquixás, a tração vem de triciclos motorizados.

- *Bhaiya*: termo que designa um irmão mais velho e também um parente homem mais velho, mas também de uma geração posterior à dos pais da pessoa.
- *biryani*: tradicional prato de arroz com carne e especiarias.
- *chagol*: cabra (usado como xingamento).
- *chibi*: termo japonês que denota um estilo de desenho estilizado, com personagens de cabeça avantajada.
- *churi*: tradicionais braceletes rígidos geralmente feitos de metal, madeira, vidro ou plástico.
- *dal puri*: quitute que consiste em uma massa fina e frita (semelhante a um pastel) recheada com um tipo de ervilha.
- *dawat*: festa em que são servidas comidas e bebidas em comemoração a um determinado evento ou ocasião.
- *Desi*: termo que designa pessoas nascidas no Sul Asiático ou de ascendência sul-asiática.
- *dhol*: tradicional tambor de dois lados originário do subcontinente indiano.
- *Dulabhai*: cunhado. Em famílias bengalesas, os maridos de primas (não importa o quão distantes sejam da pessoa) também são cunhados.
- *Eid*: grande celebração muçulmana que acontece duas vezes por ano. O Eid ul Fitr (festa da quebra do jejum) acontece após o jejum do Ramadan; e o Eid-ul-Adha (a festa do sacrifício) é realizado após o Hajj, a peregrinação anual a Meca.
- *Festa Holi*: celebração de rua pela chegada da primavera, com bebida, comida, música e sua característica mais conhecida: as tintas coloridas que as pessoas atiram umas nas outras.
- *fuchka*: comida de rua bastante comum, feita com a mesma massa do dal puri e enrolada em bolinhas que depois são recheadas com caldo e chutney de tamarindo, especiarias, purê de batata, cebola e grão de bico.

- *gadha*: jumento, asno (usado também como xingamento, da mesma forma que em português).
- *Go raibh míle maith agaibh*: expressão de agradecimento em irlandês/gaélico, algo como "muito obrigado(a) milhões de vezes".
- *hijra*: comunidade cujos indivíduos, em Bangladesh, são reconhecidos como pertencentes a um terceiro gênero.
- *Insha'Allah*: "Se Alá quiser".
- *Jannu*: meu amor, meu querido/minha querida.
- *jilapi*: doce feito à base de uma massa de farinha de trigo frita, enrolada e embebida em xarope de açúcar (ao qual também podem ser misturados sabores cítricos e água de rosas).
- *kebab*: prato à base de carne (embora algumas variações sejam feitas com peixe ou vegetais), originário de diversas partes do mundo. Bangladesh conta com uma ampla variedade dele. Alguns são feitos com carne moída, outros são servidos em espetos. Muitos são grelhados e temperados com diversas especiarias. Os kebabs mais comuns em Bangladesh incluem o shami kebab (feito de carne moída e pasta de lentilhas, com cebola picada, coentro e pimenta verde, frito em forma de disco) e o sheekh kebab (preparado com carne moída e especiarias, grelhado no espeto).
- *kintu*: mas, porém.
- *kohl*: outro nome para o kajal, cosmético de origem milenar feito para os olhos, de um tom de preto intenso; antigamente feito em pasta ou em pó, hoje é comercializado em lápis.
- *korma*: prato em que a peça de carne ou legume é selada e cozida lentamente com caldos ou creme para gerar um molho espesso.
- *latim*: pião.
- *lehenga*: traje de três peças que consiste em uma saia que vai até os tornozelos, uma blusa e um lenço, geralmente decorados com bordados tradicionais.

- *Mashallah*: expressão usada para expressar satisfação, alegria, agradecimento ou reconhecimento pelos méritos ou qualidades de alguém; significa, literalmente, "como Deus desejou".
- *mehndi*: outro termo para henna.
- *Mung daal*: prato tradicional à base de feijão mungo.
- *naan*: tradicional pão asiático, achatado e de massa leve.
- *nah*: não.
- *namaz*: as cinco orações diárias que os muçulmanos devem fazer voltados em direção a Meca, mais conhecidas pelo termo árabe salá (namaz se refere a essas orações em todas as outras línguas que não o árabe).
- *Nana*: avô.
- *Nanu*: avó.
- *natok*: termo pelo qual são conhecidas as novelas indianas e bengalesas.
- *norom khichuri*: prato cremoso de arroz com lentilhas e vegetais.
- *paan*: comida de rua que consiste em folhas de betel recheadas com diversos ingredientes, como frutas secas, coco ralado e noz de areca.
- *polau*: prato à base de arroz cozido com diversas especiarias, geralmente servido em casamentos e em outras ocasiões especiais.
- *Rabindranath Sangeet* (ou *Rabindra Sangeet*): as populares canções compostas pelo bengalês Rabindranath Tagore. São mais de duas mil. Ele foi o primeiro não europeu a receber um prêmio Nobel de literatura, em 1913.
- *Rajkumari*: princesa.
- *salwar kameez*: traje típico bem solto, que consiste em uma calça, um vestido e a urna.
- *samosa*: salgado frito de formato triangular que pode contar com vários recheios, de feijão a carne.
- *saree*: traje feminino tradicional constituído de uma única peça de tecido (com cerca de cinco metros de comprimento e um de largura), com uma borda bem estampada (chamada pallu), que fica enrolado no corpo da mulher.

- *shashlick*: espetinho de pedaços de carne entremeado por vegetais. Também conhecido como shish kebab.
- *sherwani*: modelo de casaco comprido usado em ocasiões formais.
- *shingara*: tradicional versão bengalesa da samosa, mais gordinha e geralmente recheada com batatas e ervilhas ao curry.
- *shona*: termo usado para se referir a alguém por quem se nutre afeto e ternura, próximo da expressão "meu amor" em português.
- *taina*: expressão que funciona como uma frase interrogativa após uma afirmativa, como "não é?", "não vai?", "não sou?" etc.
- *tikka*: prato que consiste em pedaços de carne ou vegetais também no espeto, porém marinados com especiarias no iogurte e assados em um tandoor, tradicional forno de barro em forma de ânfora e semienterrado.
- *urna:* vestimenta semelhante a um lenço, usado por muitas mulheres sul-asiáticas. Parte de trajes tradicionais, como o salwar kameez ou o lehenga, geralmente é usado dando-se duas voltas ao redor do peito.
- *Walaikum Salam*: resposta à saudação *assalam alaikum*; pode ser traduzida como "E sobre vós, a paz".

Agradecimentos

Um livro só é bom quando também o são todas as pessoas que se uniram para torná-lo realidade, e me sinto com sorte por ter tanta gente incrível ao meu lado.

Obrigada à minha extraordinária agente, Uwe Stender, por acreditar em mim e nesta história, e por seus infindáveis entusiasmo e apoio.

Obrigada à minha brilhante editora, Lauren Knowles, por todo o seu trabalho duro para tornar *Pegas de Surpresa* o que ele é hoje. Um enorme agradecimento à toda a incrível equipe da Page Street: William Kiester, Ashley Tenn, Molly Gillespie, Tamara Grasty, Lauren Davis, Lauren Cepero e Lizzy Mason.

Eu com certeza não estaria aqui sem minha própria equipe Avatar: Alyssa, Shaun, April, Kristine e Timmy. Obrigada por acreditarem em mim e na minha escrita todos esses anos, e por fazerem de mim a pessoa que sou hoje.

Go raibh míle maith agaibh para Amanda e Shona, por aturarem meus textos desde a adolescência, e pelos chás, bolos e *tapas*. E para Gavin, por deixar eu desabafar com você interminavelmente, por ser um amigo solícito e uma pessoa extraordinária.

Este livro não existiria sem minha incrível e talentosa amiga Gabhi, que foi a primeira pessoa que procurei com a ideia. Obrigada por gritar comigo até que eu escrevesse o livro, por sempre acreditar em mim e por tudo que você fez para tornar esta obra o que ela é.

Ao meu Esquadrão Bengalês, Tammi e Priyanka: não sei o que eu faria sem vocês duas. Não tenho como agradecer o bastante por toda a sua ajuda ao longo de todo esse processo. Por segurarem minha mão desde a primeira versão até o final e por sempre saberem a palavra bengalesa perfeita quando estou empacada.

À minha brilhante e talentosa amiga Faridah: obrigada por aturar todos os meus desabafos e a minha ansiedade e por sempre acreditar em mim e neste livro. Obrigada também por aturar o *gif* bizarro do Jack Nicholson (ele não vai sumir tão cedo, foi mal).

Obrigada a todas as pessoas fantásticas que leram a primeira versão deste livro, me dando retornos inestimáveis, e que continuaram a apoiá-lo com tanto entusiasmo e amor que mal consigo acreditar: Terry, Tas, Maria, Cass, Francesca e Fadwa. Vocês são algumas das pessoas mais extraordinárias de todos os tempos, e sou grata demais por poder chamar vocês de amigos.

Muito obrigada a Lia por todo o seu entusiasmo, por seu apoio, pela boneca da Flávia e por sua amizade.

Obrigada à minha incrível amiga Alechi: você me deu tanta orientação enquanto eu dava meus primeiros passos nessa carreira, muito embora mal me conhecesse na época. Nunca esquecerei sua generosidade abnegada e tudo que fez por mim desde então. Fico muito feliz por poder chamá-la de amiga.

Professores de inglês podem ter um papel enorme na vida de uma escritora, e tive a grande sorte de ter alguns dos melhores, mas nenhum tão incrível quanto o sr. Fallon. Seu incentivo e entusiasmo foram essenciais para mim desde que eu era criança.

Obrigada à minha família, que ainda não entende o meio editorial, mas está fazendo seu melhor: Mamoni, Abbu, Bhaiya, Biyut Apu e Labiba.

A cada uma das pessoas que me apoiou e apoiou este livro de qualquer modo ou forma: nem tenho palavras para agradecê-los. Apenas saibam que cada vez que vejo uma mensagem empolgada ou de apoio, meu coração fica pleno e eu derramo lágrimas horrorosas.

Por fim, obrigada a você, leitor, por escolher este livro e lhe dar uma chance.

ADIBA JAIGIRDAR nasceu em Daca, Bangladesh, e mora em Dublin, Irlanda, desde os 10 anos de idade. É bacharel em língua inglesa e em história, e mestra em estudos pós-coloniais. É colaboradora do Bookriot, site independente sobre literatura. Chá e uma dose saudável de Janelle Monáe e Hayley Kiyoko são seus grandes combustíveis para escrever. Quando não está escrevendo, pode ser encontrada bradando contra os males do colonialismo, jogando videogame e expandindo sua exuberante coleção de batons. *Pegas de Surpresa* entrou para a lista da revista *Time* dos cem melhores romances YA de todos os tempos, foi indicado como melhor livro do ano pela *Kirkus Reviews* e foi semifinalista no Goodreads Choice Awards na categoria Melhor Romance Jovem Adulto. Saiba mais em adibajaigirdar.com

So, here we are in the car
Leaving traces of us down the boulevard
I wanna fall through the stars
Getting lost in the dark is my favorite part
Let's count the ways we could make this last forever.

— "Pynk", Janelle Monáe —

DARKSIDEBOOKS.COM